KB108133

미로

일러두기

소설에 등장하는 인물, 사물, 사건 등은 작가의 창작에 의한 허구적인 것과 실재하거나 실재했던 것들이 혼재되어 있으며, 별도로 구분해서 표기하지 않았다.

외래어나 외국어는 병기하지 않고 한글로만 표기하였다. 단, 내용 전개에 도움이 되는 몇몇 경우만 기재하였다.

내 기억이 찾아가는 시간 °———

미로

하창수 장편소설

연금술사

바람을 꺾는 자는 죽지 않는다

A person who can break wind is not dead.

장 자크 루소

차례 •————————————————

『미로』는 시간과 죽음에 관한 소설이다

소설을 쓰는 동안 작업실 한쪽 벽에는 시간과 죽음에 관한, 잡지나 신문에서 오려낸 사진이나 기사, 이런저런 메모들이 적힌 포스트잇, 등장인물의 관계도, 요긴하게 써먹을 수 있는 어록 들이 빼곡하게 붙여져 있었다. 어록의 주인은 대부분 과학자나 철학자였다. 소설의 마지막 문장을 쓰고, 서너 번 다시 읽으며 교정을 마치고, 최종원고를 출판사에 넘긴 뒤에도 한동안은 그대로 두었다. 그렇게 2주일쯤 지난 어느 날, 소설을 쓰는 내내 수없이 반복해 들었던 영화 《그래비티》의 주제곡인 아르보 패르트의 〈거울 속의 거울〉을 찾아 볼륨을 한껏 높이고는 벽에 붙은 것들을 하나씩 떼어내기 시작했다.

소설을 쓰는 일은 한겨울에 차가운 얼음물 속으로 들어가는 것과 비슷하다. 얼음물에 들어갈 때는 죽을 만큼 싫지만 일단 들어가면 생각보다 차갑지가 않다. 오히려 온기가 느껴진다. 때로는 화상을 입은 것처럼 뜨겁기도 하다. 그러나 문제는 얼음물에서 빠져나오는 순간이다. 그때 엄습하는 차가움은, 경험한 적은 없지만, 죽음만큼 차갑다. 지난 30년을 그렇게 살아왔고, 『미로』 또한 그렇게 썼다.

"어쨌든 난 '죽음'이란 말을 사랑한다. 그건 내가 가장 사랑하는 단어 중 하나다"라는 코미디언 래리 윌모어의 어록이 적힌 포스트잇을 떼어내다가 바로 옆에 붙은 잡지 기사로 눈길이 움직였다. 세계적 천문학 저널인 영국의 『왕립천문학회 월간보고』 최신 호에 발표된 내용이다. 우리 태양계가 속한 은하에 이웃해 있는 대마젤란은하가 우리를 향해 돌진하고 있다는 것, 우리의 태양계를 성간공간으로 날려 보낼 끔찍한 사건이 언제 일어나는지가 적혀 있다. 지금으로부터 20억 년 뒤…… 피식, 웃음이 솟았다.

포스트잇 몇 개와 사진 몇 장, 그리고 프린트한 종이도 떼어낸다. A4용지 오른쪽 위 여백에 빨간색 사인펜으로 '영혼의 무게'라고 쓰여 있다. 20세기 초 미국 매사추세츠 헤이브릴의 의사 던컨 맥두걸은 임종을 앞둔 환자 여섯 명을 대상으로 죽음 직전과 직후의 체중을 측정했다. 여섯 명 중 한 명에게서 1과 3/4온스, 즉 21.3그램의 변화가 일어났다. 맥두걸은 이것을 '영혼의 무게'로 추정했고, 1907년 3월 11일 자 '뉴욕타임스'에는 "Soul has Weight, Physician Thinks 내과의사, 영혼에 무게가 있다고 생각하다"라는 기사가 실렸다. 그해 4월 미국심령학회는 맥두걸의 결과를 의학 잡지 『아메리칸 메디슨』에 게재했다. 그로부터 100년 뒤 멕시코 출신의 명감독 알레한드로 이냐리투는 그 무게를 제목으로 사용한 영화 《21그램》으로 아카데미를 비롯해 무려 70여 개의 영화상 후보에 올랐다. 부실해 보일 정도로 사소한 데이터가 100년을 끌어오다니 놀랍기도 하고 웃기기도 했다.

『미로』의 뼈대를 이루는 것은 과학이다. 참고서적도 대부분 과학책이었다. 소설의 곳곳에는 과학에 근거한 사실과 상상들이 산재해 있다. 죽음과 시간을 철학이 아닌 과학으로 얘기하고 싶었다. 만약 철학적으로 푼다면 관념을 관념으로 푸는 것이 될 터이고, 옥상에 또 옥상을 짓는 격이 될 것을 우려해서였다. 그래서 소설의 시간적 배경을 2041년으로 잡고, 공간적 배경을 과학 도시로 변모한 북한의 원산으로 잡았다.

22년 뒤인 2041년을 상상하는 일은 매우 흥미로웠다.

세계는 미국과 EU가 중심이 된 '새로운 질서'로 재편되고, 일본은 우익의 준동과 장기적 경기침체로, 중국은 산업화에 의한 급격한 사막화로 위세가 떨어진 상태다. 2029년에 상호 경제개방이 전면적으로 시행된 한반도는 이즈음 실질적인 통일을 이루었다. 북부 강원의 원산에는 첨단통신업체와 우주산업체를 거느린 다국적 기업 '슈퍼퓨처'사의 55층 건물이 들어섰고, 서울은 무엇이든 가능한 '자유특별시'가 되었다. 당연한 일이지만, 새로운 물건과 장치들도 생겨났다. 변온 장치가 내장되어 저장물마다 보관온도가 자동으로 조절되는 휴대용 냉장고가 개발되고 또 나선형으로 이동하는 엘리베이터, 유기물을 이용해 컴퓨터에 쌓이는 먼지를 원천적으로 차단하는 부품, 친구가 없는 사람에게 진짜 친구 역할을 해주는 심층 대화 프로그램도 상용화 되었다.

시스템에도 큰 변화가 생겼다. 매일 수없이 쏟아지는 데이터 중 '연합' 정보국에 의해 선별된 데이터만 데이터로서의 가치를 인정받는다. 나머지 오래된 데이터들은 아카이브 DB 위성에 보관되었는데, 접속 장치가 제한적이긴 하지만 접속하면 확인할 수 있다. 통화는 벽에 부착된 월스크린으로 하고, 혼성모방 프로그램이 개발되어 기존의 소설을 교묘히 재편집해 출판되기도 한다. 입력값을 월등히 웃도는 출력값으로 연료를 사용하지 않고도 엔진이 가동되는 무한 동력 장치도 개발되었다. 니콜 키드먼, 할리 베리, 브래드 피트, 키아누 리브스, 장동건 등의 칠십 대 노익장 배우도 여전히 스크린에 등장하고, 주성치는 여전히 황당한 코믹영화를 제작한다.

이처럼 현재를 바탕으로 가까운 미래에 이루어질 것 같은 일들과 희망 사항을 절묘하게 섞어 보았다.

＊　　＊　　＊

　세상의 모든 일은 시간 위에서 일어나고, 어느 한 지점에서 우뚝 멈춰버린다. 그 멈춤을 우리는 죽음이라 말한다. 이 생각은 과연 옳을까? 죽음은 삶의 끝일까? 시간을 되돌릴 수만 있다면 죽음 이전으로 돌아갈 수 있지 않을까? 답은 없다. 명확한 답은커녕 비슷한 답조차 찾기 어렵다. 시간과 죽음은 아무리 궁리해도 풀리지 않는 수수께끼와 같다. 분명히 꿈을 꾸었는데, 꾸었다는 사실을 물리적으로 증명해낼 수가 없다. 그것은 잡으려 해도 잡을 수 없는 물, 꺾으려 해도 꺾이지 않는 바람, 출구가 존재하지 않는 미로와 같다. 소설『미로』는 시간과 죽음이 만들어놓은 출구 없는 미로 속으로 들어간, '미로'라는 이름을 가진 스물다섯 살 청년의 이야기다.

　하지만 미로를 헤매는 '미로'에게 출구를 찾아줄 수 있는 사람이 있다. 그가 누구인지는,『미로』의 마지막 페이지를 넘긴 사람만이 알 수 있다. 부디 당신이 그 사람이기를, 빈다.

하창수

• 등장인물 관계도

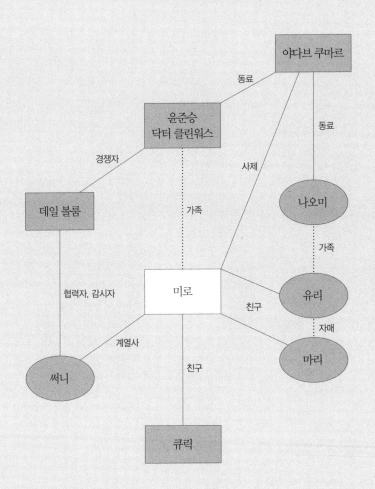

• 등장인물 소개

미로 (윤미로, 2017~)

세계적 우주산업체 슈퍼퓨처사 산하의 스피릿 필드 연구소에서 연구원으로 일하는 스물다섯 살의 엔지니어다. 열다섯 살에 케임브리지대학교 특별장학생으로 선발되어 모픽 필드 이론에 정통한 야다브 쿠마르 교수로부터 지도를 받았다. 네 살 때 죽은 어머니와 스무 살 때 심장판막에 생긴 희소병으로 죽은 동갑내기 여자 친구 유리를 가슴 속에 묻었다. 열한 살 때 아버지마저 의문사로 세상을 떠나자, 죽음에 대한 의문이 인생의 화두가 되었다.

닥터 클린워스 (Dr. Cleanworth, 윤준승, 1990~2027)

주인공 미로의 아버지 윤준승 박사가 소설을 쓸 때 사용하는 필명이다. 엄마를 잃은 어린 아들의 잠자리에서 이야기를 만들어 들려주다가 소설까지 쓰기에 이르렀다. 케임브리지대학교 동료인 야다브 쿠마르 교수와 함께 '죽은 사람의 혼령과 만날 수 있는 장치, ADM'을 은밀히 개발하던 중에 의문의 죽임을 당한다.

마리 (2020~)

나오미의 작은딸로 죽은 유리의 여동생이다. 미로를 끔찍하게 좋아하고, 대화 프로그램 '엘리자베스'가 유일한 친구다.

큐릭(2017~)

미로의 유일한 친구다. 유명한 해커였다가 연합정부 정보국 통신 팀장으로 근무한다.

유리(2017~2037)

나오미의 큰딸로 미로의 어릴 적 친구다. 스무 살 때 심장판막에 생긴 희소병으로 세상을 떠났다.

나오미(1992~)

유리와 마리의 어머니다. 미로의 아버지 윤준승 박사와 어릴 적 친구이며, 야다브 쿠마르 교수와 소울메이트다.

야다브 쿠마르(1990~2041)

윤준승 박사의 케임브리지대학교 동료로 생물학자이자 '모픽 필드'의 세계적 권위자다.

데일 볼룸(2001~)

닥터 클린워스가 쓴 모든 소설을 혼성모방 프로그램 '워킹노블'로 개작해 세계적인 성공을 거둔 미국의 남성 작가다.

써니(2006~)

연합정부 정보국의 교육정보통신담당관이다. '슈퍼퓨처'사에 파견되어 ADM 프로젝트를 진행하는 실질적인 실무자다.

- 소설 배경 소개

새로운 질서

2041년 '통합연합' 정부를 독립 언론에서 희화화한 이름이다. 2030년에 군사력과 경제력을 기반으로 한 미국과 유럽 강대국들의 주도 하에 전 세계가 통합되었다. 한반도는 2029년에 전면적 상호 경제개방이 이루어져 실질적인 통일이 이루어진 상태다.

슈퍼퓨처Super Future사

주인공 미로가 근무하는 세계적 우주산업체다. 수년간 모픽 필드, 즉 '물질의 생성에 필요한 에너지의 장'을 연구하는 데 막대한 금액을 쏟아부었지만 이렇다 할 성과를 얻지 못하자, 한때 심각한 정신장애를 유발하는 부작용으로 폐기 처분됐던 'ADM'을 새로운 수익창출 아이템으로 적극 추진한다.

ADM After-Death Machine

일명 고스트 머신Ghost Machine으로 '죽은 사람과 소통할 수 있는 기계 장치'다. 닥터 클린워스한테는 사랑하는 아내에게, 주인공 미로한테는 부모님과 여자 친구에게 사랑을 전할 수 있는 유일한 방법으로 중요한 의미가 있다.

모픽 필드Morphic Field, 스피릿 필드Spirit Field, 사이킥 필드Psychic Field

모픽 필드는 '형태의 장'으로, 물질의 생성에 필요한 에너지의 장이다. "내 손과 내 발은 똑같은 근육단백질과 신경단백질과 혈단백질로 되어 있는데 어떻게 나는 손이 되고 하나는 발이 된 걸까? 왜 서로 다른 모습을 하고 있는 걸까?"

스피릿 필드는 모픽 필드보다 몇 걸음 더 진보한 것으로 '영혼의 장'이다. 영혼의 장은 모든 사물이 고유한 영혼을 갖도록 해주는 에너지장이다. 사물도 영혼을 가지고 있다는 가설이다.

사이킥 필드는 '정신의 장'이다. 기쁨, 슬픔, 분노, 이성, 우울, 불안, 질투 등 정신의 현상들이 만들어지는 것이다. 형체를 가진 것을 만들어내는 모픽 필드와 세트 개념이다.

이 모든 것은 닥터 클린워스가 소설 속에서 순전히 상상에 의해 만들어낸 개념이다.

'모픽 필드'의 개념

모픽 필드는 '자기장'의 개념과 완전히 일치한다. 자석의 주위에는 항상 자기장이 존재하지만 눈에 보이지도 않고 만질 수도 없고 냄새도 맡을 수 없으며 맛도 없고 소리도 나지 않는다. 하지만 자석의 주위에 쇳가루를 뿌려놓으면 보이지 않던 자기장의 모습이 드러난다. 자기장이 쇳가루에 작용해 그 정체를 드러내는 것이다. 자석을 절반으로 토막 냈을 때도 N극 자석 하나와 S극 자석 하나가 생기는 것이 아니라, 원래의 자석과 마찬가지로 양쪽이 N극과 S극으로 나누어져 온전한 자석의 형태를 띤다.

이런 자기장의 개념은 도마뱀의 꼬리가 잘려도 일정한 시간이 지나면 다시 자라나는 복원력과, 식물의 일부를 떼어 똑같은 형태를 가진 식물을 키우는 꺾꽂이의 비밀을 푸는 열쇠가 된다. 이는 "전체에서 일부를 제거하더라도 전체가 유지되며, 일부분만으로도 다시 전체의 모습을 나타낼 수 있다"는 생물학의 유명한 금언을 확정한다.

이 소설이 세상에 나온 건 2019년이다. 하지만 이 소설이 쓰인 것은 2041년이다. 그러니까 이 소설은 출간되고 22년 후에 쓰였으며, 쓰이기 22년 전에 이미 출간되었다는 얘기다. 하지만 2019년에 이 책이 출간될 당시의 작가가 2041년에 소설을 쓴 작가와 동일하다고 확정할 수는 없다.

만약 2019년에 이 소설을 출간한 작가가 이 소설이 비로소 쓰이게 되는 2041년에도 살아 있고 그 작가가 정직하다면, 이 소설의 진짜 작가가 누구인지를 확인할 수 있다. 하지만 만약 그 작가가 이미 죽었다면, 그리고 죽지 않았어도 그 작가가 정직하지 않다면, 이 소설의 진짜 작가가 누구인지를 밝혀내는 일은 미궁에 빠져버릴 것이다.

오래전부터 중국에 내려오는 속담이 있다.

"跳到黃河洗不淸"도도황하세불청

보통의 강물은 깨끗해서 몸을 씻을 수 있지만, 황하는 물이 워낙 탁해서 몸을 아무리 씻어도 깨끗해질 수 없다는 얘기다. 때론 삶도 이와 같다고 생각한다. 삶 속에서 일어나는 대부분의 일들이 어쩌면 탁한 황하처럼 명확함과는 거리가 멀지도 모르겠다.

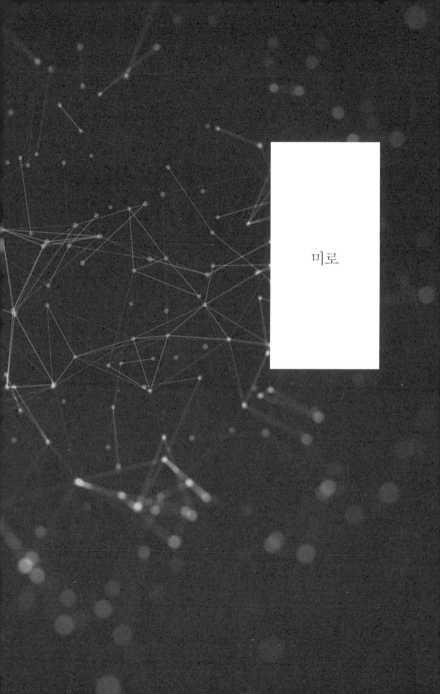

미로

"어디로 가시죠?"

"스테이션 나인9."

"플랫폼 얘기가 아니라 ……."

"아, 호버카로 가는 길입니다."

"최종 목적지가 우주정거장인가요?"

"최종 목적지를 물으셨군요."

"예, 최종 목적지."

"거긴 …… 음 …… 죽음이죠, 하하하!"

"……."

"죄송합니다, 농담이었습니다."

"……."

"스피릿 필드로 가는 길입니다."

"엔지니어신가요?"

"예."

"감사합니다, 미로 씨.
검문에 응해주셔서."

"천만에요. 언제든 응해야죠.
'새로운 질서'의 시민으로서."

I

미로는 변온 장치가 내장된 컬렉션맘Collection-Mom에서 애플민트 사탕 하나를 꺼내 입에 물고 컴퓨터 앞에 앉았다. 모니터 초기 화면에 있는 버튼 하나를 눌러 아카이브 DB위성에 접속을 시도했다. 접속을 기다리는 동안 미로는 의자 등받이에 몸을 지긋이 묻은 채 사탕을 입천장에서 혀 아래까지 살살이 굴렸다. 어릴 때부터 칫솔질 대신 했던 버릇을 스물다섯 살이 된 지금도 버리지 못한 것이다. 불소 에너지가 내장된 칫솔을 3분 동안 물고 있는 것과 애플민트 사탕 한 알을 입안에 넣고 굴리는 것을 굳이 비교한다면, 가득한 공허와 텅 빈 충만의 차이와 같다고 할까, 별 차이가 없다.

인터벤션   역사학자들은 입버릇처럼 세상이 변했다고 말한다. 그것도 아주 많이. 하지만 내가 보기에 세상은 아무것도 변한 게 없다. 과거의 어느 지점과 비교해 봐도 마찬가지다. 지금과 가장 가까운 20세기를 끌어오든, 문명이 시작되는 16세기를 끌어오든, 아니면 까마득한 선사시대를 끌어오든, 전혀 달라진 게 없다.

이유는 간단하다. 세상은 변하지 않기 때문이다. 세상은 절대 변하지 않는다. 변화라는 단어는 — 적어도 세상의 변화에 관한 한 — 사전이라는 무용지물에 처박힌 채 곰내나 풀풀 날리는 사어死語에 불과하다. 내 생각을 강조하기 위해 다시 반복한다. 세상은 변하지 않는다. 이를 증명하기 위해 굳이 유인원의 시대까지 갈 필요 없이, 오늘 아침에 잠을 깨우는 알람용 종이시계만 봐도 알 수 있다.

종이시계는 오늘 아침에 당신을 깨우기 위해 정확히 여섯 번을 "오늘은 2041년 11월 1일입니다"라고 속삭였다. 하지만 당신은 "그게 무슨 대수야"라며 투덜거리고는 아직은 잠에서 깰 수 없다는 듯이 다시 잠을 청하고 코까지 골았다. 결국 지각을 했고, 상사한테서 주의를 넘어 '한 번만 더 지각하면 연봉을 반으로 깎을 것'이라는 위협까지 받았다.

퇴근길에 당신은 동네 가게에 들러 새로운 종이시계를 샀다. 평소에는 분홍색이든 연두색이든 상관없지만, 오늘은 기분이 별로여서 평소에는 거들떠보지 않던 회갈색 종이시계를 골랐다. 그 순간 좋지 않던 기분이 말끔히 씻겨 내려가는 걸 느꼈다. 마치 새 시계가 새로운 시간을 부여한 것 같은 기분이다. 당신은 입가에 흐뭇한 미소를 지으며 집으로 돌아와 현관 지문인식기에 손가락을 넣어 문을 열었다. 집 안으로 들어와서는 곧바로 벽난로를 향해 성큼성큼 다가가, 선반 위에 있는 천사 같은 하얀색 종이시계를 와살스럽게 구겨서 쓰레기통에 던져버렸다. 그리고 그 자리에 새로 사 온 회갈색 종이시계를 올려놓았다.

그렇게 묵은 시계가 가고 새로운 시계가 왔다. 하지만 변한 건 없다. 선반 위에 새로운 시계가 놓인 것은 변화가 아니다. 며칠 전에 하얀색 종이시계 자리에 바다 빛깔의 푸른색 종이시계가 있었다는 걸 기억하는가. 그때도 당신은 푸른색 종이시계를 와살스럽게 구겨버렸다. 계속 이런 식이다. 앞으로 며칠 뒤에 또, 회갈색 종이시계 대신 다른 색의 종이시계가 그 자리에 놓이게 될 것이다. 이처럼 변하는 것은 아무것도 없다.

중요한 것은 오늘이 2041년 11월 1일이라는 사실이다.

내 소개가 늦었다. 불쑥 끼어들어 얘기하고 있는 나는 누구인가? 작가? 아님 소설의 또 다른 주인공? 아니다. 내레이션? 아니다.

그럼 누구? 어쩌면 당신의 무의식일 수도 있다. 아님 주인공의 무의식? 죽은 닥터 클린워스의 영혼이나 유리의 영혼? 그것도 아니면 소설의 퓨어 텍스트?

당신이 생각하는 것만큼, 내가 누구인지는 전혀 중요하지 않다. 난 소설의 주인공들과 함께 숨 쉬는, 하지만 그들이 전혀 의식하지 못하는 대기 속에 떠도는 먼지에 불과하니까.

"이거 왜 이래?"

모니터가 픽, 하는 소리와 함께 갑자기 빛을 잃었다. 모니터만의 문제가 아니다. 컴퓨터가 아예 작동을 하지 않았다.

"아, 고물! 큐릭 너 ……!"

미로는 얼른 스피릿폰Spirit-Phone을 꺼내 C-R-10-44를 눌렀다. 스피릿폰은 구형 휴대전화의 별명으로, 통화 음질이 좋지 않고 영상통화할 때 화질변형이 심해서 마치 영혼과 대화하는 것 같다는 데서 그렇게 불린다. 대부분의 통화는 벽에 부착된 월스크린Wall-Screen이라는 다기능 무선영상통화 시스템을 이용한다. 미로는 14년 전에 죽은 아버지가 사용하던 휴대전화를 그대로 사용하여, 주변에서 못 말리는 빈티지 애호가라는 소리를 듣고 있다.

통화 연결음이 외발뛰기를 하듯 툭, 툭, 끊어지면서 이어졌다. 그러는 사이에 혹시나 하는 마음으로 미로는 조심스럽게 컴퓨터의 파워 버튼을 눌러봤다. 역시 미동도 없다. 폰의 연결음은 여전히 외발뛰기를 하고 있었다.

가볍게 10초를 넘겼다. 미로의 입에서 한숨이 새어 나왔다. 10초 안에 전화를 받지 않는다는 건 50초를 고스란히 인내해야 한다는 얘기다. 큐릭이 입력해놓은, 그 빌어먹을 도청 방지 시스템 때문이다. 큐릭은 미로의 어릴 적 친구로, 한때 명성이 자자한 해커였다.

이 도청 방지 시스템은 아이피가 일 초에 25번씩 자동으로 바뀌도록 되어 있다. 다시 말해 신형 휴대전화는 아무리 성능이 좋은 도청 장치로도 도청이 불가능하다. 반면에 구형 휴대전화는 고정된 아이피가 부여되어 있어서 통신사의 감청 방지 시스템 혜택을 전혀 받지 못한다. 즉, 미로가 가지고 있는 스피릿폰 같은 건 마음만 먹으면 아무리 멍청한 무선 도청기라도 감청할 수 있다는 얘기다. 빈티지 전화기를 사용하는 값비싼 대가라고나 할까. 이 약점을 보완하기 위해 큐릭이 스피릿폰을 위한 ― 엄밀히 말해 미로와 큐릭 둘 사이의 통화를 위한 ― 도청 방지 시스템을 깔아놓았는데 '10+50초 법칙'은 바로 그 시스템의 작동과 관련이 있다.

원리는 간단하다. 가령 미로가 큐릭의 휴대전화로 전화를 걸었다고 하자. 이때 누군가 도청을 위해 무선 장치를 작동한다면, 첫 신호가 떨어짐과 동시에 수신자(큐릭)의 휴대전화에서 무선 도청 장치로 위장 아이피가 발신된다. 그 상태에서 일단 통화가 시작되면 도청 장치의 아이피 분석기는 위장 아이피를 쫓게 되고, 도청 장치로서의 기능은 더 이상 작동하지 않는다. 이것은 시스템의 효율을 높이기 위해, 일단 통화가 이루어지면 녹음과 음성분석기만 작동하도록 되어 있는 도청 장치의 기능을 역이용한 것이다.

하지만 만약 10초 안에 통화가 이루어지지 않으면 문제가 달라진다. 즉, 도청 장치의 아이피 분석기가 고도 기능으로 바뀌어서, 위장 아이피를 걸러내는 기능을 1차 단위시간인 일 분 동안 수행하게 된다. 이때 전화를 받으면 가짜 아이피라는 게 들켜버린다. 따라서 도청을 당하지 않으려면 1차 단위시간 이 끝나는 일 분 후부터 다시 10초 사이에 새로운 위장 아이 피가 전송되는 동안 통화가 이루어져야 한다.

미로는 큐릭이 개발한 도청 방지 시스템이 대단하다고 여기면서도, 50초를 인내심을 갖고 기다려야 할 때는 이 시스템 이 정말 유용한지 항상 의문스러웠다.

인터벤션　무언가가 유용한지 아닌지를 판가름하는 객관적인 기준은 무엇일까? 그런 게 있기는 할까?

최근 인터넷의 한 경매 사이트에 올라온 두 점의 그림을 스미소니언박물관에서 터무니없이 높은 가격에 매입해 화제가 되었다. 그 그림을 그린 사람은 '검은 물이 흐르는 산'이라는 뜻의 이름을 가진 동양의 무명 화가로, 평생에 그림 한 점을 제대로 팔아본 적이 없는 알코올중독자였다. 중국의 문자로 '玄汕'이라 쓰며 동아시아에서 '슈안샨' 혹은 '겐스와' 혹은 '현산'으로 다양하게 읽힌다는 것 이외에 이 무명 화가에 대해 밝혀진 정보가 거의 없다. 스미소니언박물관 측에서 거액을 제안했고, 알코올 중독의 무명 화가가 기꺼이 응했다는 애기만 나돌 뿐이다. 어쩌면 아카이브 DB위성에 접속하면 생각보다 훨씬 많은 정보를 얻을 수 있을지도 모른다. 그 무명 화가의 세세한 이력뿐만 아니라 어떻게 알코올중독에 이르게 되었는지 등까지.

여기서 잠깐, 아카이브 DB위성을 소개하겠다. 아카이브 DB위성Archive DB-Satellite은 한마디로 오래된 기록을 저장해두는 데이터베이스 위성이다. 일 년이 지난 데이터들 중 연합정부 기록보관실의 DB에 저장되지 못한 것들은 폐기된다. 이 폐기된 정보를 찾기 위해서는 아카이브 DB위성에 접속해야만 한다. 아카이브 DB위성에서 취득한 정보는 공식적인 것으로 인정되지 않으며, 연합정부 기록보관실의 DB에 재등록하려면 매우 복잡하고 까다로운 절차를 밟아야 한다. 따라서 이 정보는 정보로서의 가치가 떨어지는 데다 접속 환경이 열악해 거의 사용되지 않는다. 하지만 간혹 유용한 정보, 특히 개인정보를 얻을 수 있는 창구 역할로 쓰인다.

아무튼 지적소유권과 관련되어 있어서 스미소니언박물관에 직접 가지 않으면 절대 볼 수 없는, '검은 물이 흐르는 산'이라는 이름을 가진 무명 화가의 그림 두 점을 보자.

아마도 당신은 〈지구〉라는 똑같은 제목을 가진 두 점의 그림 앞에서 고개를 갸우뚱했을 것이다. 이유는 각자가 다르겠지만, 한 가지만은 같다.

"어떻게 저 그림 한 점에 일 억 달러씩이나 하지?"

그동안 20세기 화단을 대표해온 스페인 화가 파블로 피카소의 1억1천만 달러 기록에는 당연히 미치지 못한다. 하지만 무명 작가가 연작을 한꺼번에 팔아 벌어들인 액수를 고려하면 피카소를 능가했다. 그렇다면 동양의 무명 화가의 그림이 거액에 팔릴 수 있었던 비밀은 무엇일까? 바로 '쿤달리니 게이지'라는 영적 에너지를 측정하는 기기에 나타난 숫자 때문이다.

14만4천 헤르츠!

이 놀라운 수치가 바로 〈지구〉라는 그림에서 측정된 영적 에너지다.

혹시 당신 안에 흐르는 영적 에너지가 몇 헤르츠나 되는지 아는가?

'쿤달리니 게이지'를 판매하는 회사가 공공연히 하는 이야기가 있다. 아인슈타인과 스티븐 호킹 같은 과학자도 2천 헤르츠를 넘지 않고, 수천 년 전에 이미 인간의 철학적 탐색을 모두 마친 소크라테스나 노자, 플라톤이나 공자도 1만 헤르츠를 넘기긴 힘들다고 한다. 그런데 이 그림은 무려 14만4천 헤르츠다! 이쯤 되면 〈지구〉라는 그림 두 점이 과연 사람들에게 어떤 유용성을 가져다줄 수 있을지 궁금하지 않을 수 없다.

그러나 웬일인지 '쿤달리니 게이지'를 제작한 회사도, 그림 〈지구〉를 구입한 스미소니언박물관도, 이 문제에 대해선 어떤 언급도, 해명도 내놓지 않고 있다. 심지어 14만4천 헤르츠란 수치가 실제로 나왔는지도 확인해주지 않았다. 〈지구〉를 보는 순간 그림이 뿜어내는 강력한 에너지에 의해 감상자들이 순간적으로 공중으로 떠오른다는 얘기만 나돌 뿐이다.

이런 허무맹랑한 이야기를 하는 것은 앞서 던진 질문 '객관적인 기준'에 대한 답을 하기 위해서다.

미로가 느끼는 50초는 분명 길고도 긴 시간이다. 그 시간이면 데일 볼룸의 소설 『조용한 우주』의 주인공이 발명한 영속활물기靈速活物機를 타고 거의 10만 광년을 날아갈 수 있다.

데일 볼룸은 현존하는 최고의 베스트셀러 작가다. 미로의 아버지 윤준승 박사필명 닥터 클린워스의 베스트셀러 소설을 '워킹노블Walking-Novel'이라는 혼성모방 프로그램을 이용해 재창작한 작품으로 유명해졌다.

데일 볼룸의 소설에 나오는 영속활물기는 영혼의 속도로 날아가는 비행기를 가리키는 것으로, 실제 영혼이 나는 속도를 측정해서 붙인 이름이 아니라 그만큼 빠르다는 뜻이다. 시간당 1,224킬로미터를 나는 음속에 대략 1,044배 정도의 속도를 영속이라 칭한다. 속도는 매질媒質과 부피탄성률에 의해 결정되는데, 데일 볼룸은 만화적 상상력을 발휘해 두 단위를 0에 가깝게 바꾸어버렸다. 이에 대해 대부분의 과학자는 일고의 가치도 없는 논리라고 무시하지만, 소수의 과학자는 매질과 부피탄성률을 초월하는 어떤 '방법'이 있을 수 있다면 불가능한 얘기는 아니라면서 데일 볼룸을 조심스럽게 지지하기도 했다.

미로는 중학교 1학년 때 '영활사영속활물기를 사랑하는 사람들' 동호회의 한국 시스템 오퍼레이터로 활동한 적이 있었다.

"어이, 친구!"

드디어 큐릭의 지지직거리는 '영혼'이 스피릿폰 수신구 저 멀리서 흘러나왔다. 미로가 스피릿폰 화면을 슬쩍 끌어내렸을 때 스톱워치가 01:08에서 01:09로 막 넘어가고 있었다. 혹시 모를 도청 장치에 의한 도청을 간신히 피했다는 뜻이다.

"그래, 친구. 컴이 또 멈춰버렸네. 다시는 멈추지 않을 거라고 자네가 장담하고 장담했던 그 컴이 말이야. 이제 어쩔 거야? 이 고물 장난감을 박살내 버려도 할 말이 ……."

"어? 어? 그럴 리가, 친구."

큐릭은 미로의 말에 당황해하면서도 장난스러운 말투를 멈추지 않았다. 그러다 갑자기 장난기가 사라진 말투로 물어왔다.

"환풍구 확인해봤어? 아냐, 그건 …… 아니지. 지난번에 막혔을 때 더스트 이터Dust-Eater. 컴퓨터 안에 끼는 먼지를 자동으로 제거하는 장치 필터를 생生플라스틱으로 바꿨으니 막힐 리가 없지. 백만 년이 지났다 해도 말이야."

그래서인지 미로의 귓속으로 밀려드는 큐릭의 목소리가 왠지 서늘하게 느껴졌다. 순간 깜깜한 어둠 속에서 불안하게 주위를 두리번거리는 큐릭의 모습이 떠올려졌다. 미로는 긴장감 어린 큐릭의 목소리에 신경이 쓰였지만, 별일 아닐 거라고 생각하면서 평소의 장난스러운 말투로 통화를 이어갔다.

"그게 뭐 그리 대수라고 목소리를 깔고 그래? 사람 긴장하게 ……. 어이 친구, 아직 퇴근 안 한 거야? 누가 왔구나 …… 팀장? 아, 팀장으로 승진했지. 그럼, 과장? 부장? 보안국장?"

인터벤션　당신은 당대를 살아가는 사람이지만, 그렇다고 당대를 속속들이 아는 것은 아닐 것이다. 그것은 아침마다 먹는 초콜릿 볼 속에 들어 있는 미량의 애국심 자극제 때문에, 여덟 시간의 고된 노동에도 불구하고 결코 정부에 불만을 가지지 않는 것과 같다. 물론 농담이다.

사실 난 가끔 그런 생각을 한다. 내가 사람들에게 가지는 수많은 정체불명의 분노에도 불구하고, 어째서 연합국 정부에 영원히 목숨을 바칠 것처럼 충성스러운지를 말이다. 물론 그 후에는 그렇게 생각한 데 대해 눈물이 쏙 빠지도록 반성한다. 이게 애꿎은 초콜릿 볼을 내가 의심스러운 눈으로 보게 된 이유다.

아무튼, 당대의 사람들이 모르는 수많은 일 중에는 큐릭이 팀장으로 일하는 직장, 보안국도 포함된다. 이 보안국은 '새로운 질서New Order'가 세운 통합연합국, 통칭 연합국 정부의 심장에 해당하는 중앙 정치보안국이다.

2025년에 UN이 해체되고 미국과 EU가 결집해서 세계를 하나의 통합 국가로 개념화하는 새로운 기류가 형성되었다. 2030년에는 경제력을 기반으로 한 미국과 유럽 선진국의 주도하에 '새로운 질서'라는 이름의 통합 정부가 만들어졌다. 이때 아시아 국가들은 거세게 저항했다. 하지만 2041년 현재는 일본 경제의 장기 침체와 중국의 급격한 사막화에 의한 경제력 상실, 인도와 이슬람 국가의 갑작스러운 연합국 참여 선회로 아시아 전체가 연합국 정부에 흡수 통합된 지 서너 해가 지났다.

큐릭은 중앙 정치보안국에서 온라인상에 떠도는 모든 정보를 수집하고 분석하고 정비하여 전 세계 연합국 시민들의 이성과 감성에 가장 적합한 정보로 재생산하는 일을 맡고 있다.

아, 한 가지 더! 큐릭이라는 젊은이가 유명한 해커였다는 건 앞에서 말했는데 그 시작이 무려 아홉 살 때였다. 조기교육의 덕분임에 틀림없다. 네 살 때 아버지가 생일 선물로 'Thief-Heart'라는 해킹 시뮬레이션 게임을 직접 만들어주었는데, 큐릭은 그걸 5년 동안 만지작거리는 사이에 자연스럽게 천하무적 해커로 성장했다.

"지금 컴 앞이야?"

스피릿폰의 수신구로 흘러나오는 큐릭의 '영혼의 목소리'가 보통 때보다 훨씬 심하게 떨리는 것 같다고 생각하며 미로는 휴대전화를 쥔 손을 가볍게 흔들었다. '한 번만 더 그러면 때린다!'는 뜻이 담긴 행동이다. 말을 듣지 않는 기계에 가하는 전통적인 '체벌'이랄까.

"당연하지." 미로가 대답했다.

"파워 한번 껐다가 켜볼래? 본체 뒤편 오른쪽에 있는 거. 아! 앞에 있지, 앞에 옆, 오른쪽. 맞지? 당연히 맞지. 끌 때 센서 두 개가 어떻게 바뀌는지 확인해보고."

큐릭의 끊어지는 말투가 왠지 어색했지만 미로는 반문하지 않았다. 반문하면 안 될 거 같았다.

"파란 거, 빨간 거?" 미로는 그의 말대로 따라 하며 물었다.

"당연히 둘 다지. 끌 때 어떤지 우선 살피고, 켤 때도 확인해. 약하지만 어딘가에 신호가 잡힐 거야. 파란 게 깜박이는지, 빨간 게 깜박이는지, 아니면 둘 다 깜박이는지."

미로는 보안국이란 데가 끔찍한 건지, 팀장이라는 직위가 끔찍한 건지, 큐릭 같은 분방한 자유주의자가 내뱉는 명령식 말투가 여전히 어색하게 느껴졌다. 하지만 지금은 그걸 생각할 상황이 아니었다. 미로도 큐릭 못지않게 예민해지기 시작하더니, 정색을 하며 물었다.

"확실히 해야 하는 거야? 잘못 확인하면 컴이 터지기라도 하는 거야? 응?"

미로가 예민하게 반응한 데는 그만한 이유가 있었다. 몇 년 전 우주정거장의 사이드엘리베이터Side Elevator. 우주정거장 내에서 이동할 때 쓰는, 나선형으로 움직이는 장치에서 일어났던 일이 떠올랐기 때문이다.

'파란 거, 빨간 거?' 그때도 그랬다. 미로는 스피릿 필드 현장으로 떠나는 우주비행선을 타기 위해 플랫폼으로 이동하던 중이었다.

인터벤션　스피릿 필드Spirit Field. 영혼의 장(靈魂場)는 모든 사물이 고유한 영혼을 갖도록 해주는 에너지장이다. 여기서 영혼장은

36

'영혼의 운동장'에 해당하는 것으로, 사물도 영혼을 가지고 있다는 가설이 이론으로 확립되었다. 다시 말해, 영혼장이 사물의 개체와 전체에 모두 관여한다는 것이 거의 증명되고 있다. 이는 1922년 러시아의 알렉산더 구르비치에 의해 처음 언급된 모픽 필드Morphic Field, 형태의 장(形態場) 가설과 긴밀한 관계를 갖는다.

형태장은 알렉산더 구르비치 이후 오스트리아의 파울 카머러가 더욱 세밀하게 연구했으며, 1980년대 영국의 과학자 루퍼트 셸드레이크에 의해 광범위하고 치밀하게 연구된 바 있다. 여기서 몇 걸음 더 나아간 것이 바로 스피릿 필드 이론이다.

미로는 세계적 우주산업체인 슈퍼퓨처사 산하의 스피릿 필드 연구소에서 연구원으로 일한다. 주된 업무는 스피릿 필드와 관련된 다양한 실험과 시험을 하는 것이다. 일 년의 반은 지상에서, 나머지 반은 우주, 즉 우주정거장의 궤도상에 떠 있는, 스피릿 공명Spirit Resonance을 총괄하는 지름 1.2미터의 극소위성 셸드레이크 주니어 호에서 근무한다. 그리고 아직 스피릿 필드나 스피릿 공명은 가설로 남아 있다.

미로가 우주로 가기 위해 사이드엘리베이터를 타고 우주비행선으로 이동하던 중 갑자기 사이드엘리베이터가 멈추더니 인터폰 화면에 인상을 잔뜩 쓴 관리국 요원의 얼굴이 나타나서 "'새로운 질서'에 반대하는 단체가 몰래 폭탄을 설치했다"
라고 말한 것이다. 미로로서는 연합국 정부가 들어선 지 벌써
10년이 넘어가는데도 여전히 그런 단체가 존재한다는 게 신
기하기만 했다. 어쨌든 우주정거장의 중심부에 해당하는 엘
리베이터는 폭탄을 설치하기엔 적격인 곳이었다.

예전에도 다양한 형태의 폭탄테러가 빈번하게 일어났다.
자고 나면 뉴스의 첫머리를 장식하던 아비규환의 현장은 거
의 모든 국가가 '새로운 질서'에 전격적으로 참여하는 결정이
내려지면서, 지금은 서서히 줄어든 상태다. 하지만 수년 동안
은 통합 백지화에서 통합 유예까지 다양한 요구들이 끊이지
않았다.

그때마다 공공연히 얘기된 것이 바로 연합국 관리하에 있
던 우주정거장 호버카Hover Car. 국제우주정거장에 대한 폭탄테러
였다. 실제로 서너 차례 감행되기도 했다. 다행히 보안과 검색
이 강화되면서 대부분 경고나 위협의 수준에서 그쳤다. 그러
다 최근에 ─ 폭탄테러라는 확실한 증거는 없었지만 ─ 중국
에서 개별적으로 운영하던 '티엔공天宮 7호'에서 실제 폭발이
일어난 후라 그리 좋은 상황이 아니었다. 더구나 그날은 마침
미로가 6개월간의 지상 근무를 마치고 스피릿 필드 현장으로
파견 근무를 떠나는 날이었다.

"센서에 불이 들어올 겁니다, 파란 불인지 빨간 불인지, 미

로 씨, 확인해주세요."

보안요원의 얘기는 거기까지였다. 이미 사이드엘리베이터의 외곽은 폭파로 인한 외부의 피해를 최소화하기 위해 삼중 금속 피막이 둘러쳐진 뒤였다. 그것은 폭발이 일어날 경우 엘리베이터 내부 온도를 수천 도까지 상승시킬 것이고, 따라서 엘리베이터에 탑승한 사람, 즉 미로의 몸을 재조차 남기지 않고 깔끔하게 태워버릴 거라는 얘기다. 만약 파란 센서가 깜박인다면, 어쩌면 고통조차 느끼지 못한 채 불꽃놀이에 휘말리게 될 거라고 미로는 생각했다.

미로는 그때 자신이 무엇을 보았는지 정확히 기억나지 않지만 아직 살아 있다는 건 당연히 빨간 센서가 깜박였기 때문일 거라 생각했다. 위장 폭발 장치라는 것을 알리는 빨간 센서가 깜박이고 있었지만 당시 미로의 눈에는 파란색으로 보였던 것 같기도 했다. 몸속의 피가 모두 빠져나가 버리는 것 같은 그 순간, 미로는 죽은 아버지를 보았다.

'아무도 널 위해 기도해주지 않아.'

아버지가 미로에게 속삭였다. 목소리는 너무도 또렷했다. 그 또렷함은 아버지가 죽은 사람이란 사실을 망각하기에 충분했다. 그러나 그것은 '잊는다'는 행위와 무관한 일이었다. 아버지가 다시 살아났거나, 죽은 게 아니라는 '거짓된 사실'과 관련된 일이었다.

"확인해주세요, 빨간 센서인가요, 파란 센서인가요?"

보안요원의 목소리는 다급했지만, 미로는 부질없는 질문이라고 느꼈다. 뻣뻣하게 굳어서 제대로 웃을 수 없는 상황인데도, 미로는 웃고 있었다. 솔직히 미로로서는 어이가 없었다. 만약 파란 센서가 깜박였다면, 대체 그들이 무얼 해줄 수 있단 말인가? 그들이 할 수 있는 일은 아무것도 없었다. 그들이 할 수 있는 것은 미로의 목숨을 구해주는 것이 아니라 단지 우주정거장의 외벽에 균열이 일어나지 않기를 기도하는 것뿐이었다.

스피릿 공명 위성으로 떠나는 1인승 우주선 코쿤이 대기하고 있는 플랫폼으로 가기 위해 사이드엘리베이터에 탔을 때 미로는 분명히 혼자였다. 그러나 엘리베이터가 멈추고 폭탄이 설치되었다는 보안요원의 요란한 목소리가 인터폰으로 들려왔을 때, 엘리베이터에는 명백히 두 사람이 타고 있었다. 탈 때는 혼자였고, 타서는 두 사람이었다. 그것은 너무도 명확해서 오히려 비현실적이었다. 아니, 그건 분명 현실이 아니었다. 현실일 수가 없었다.

미로의 아버지는 베를린의 노천카페에서 커피를 마시다가 세상을 떠났다. 그때 미로의 나이는 열한 살. 아버지의 죽음이 얼마나 명확한 현실인지를 받아들이기에 충분한 나이였다. 미로의 아버지는 서른일곱 살. 그리고 죽은 아버지를 엘리베이터에서 다시 만났을 때 미로의 나이는 스물두 살이었다.

인터벤션　미로의 아버지는 자상한 사람이었다. 특히 외아들 미로에게는 더없이 자상한 아버지였다. 자상함을 강조하는 데는 깊은 이유가 있다. 우리는 가끔 모든 아버지는 자상하다고 착각한다. 그런 착각은 아버지에 대한 감정을 지나치게 확대 해석해서 효나 사랑 따위를 비정상적으로 증폭한다.

　이건 자식들에게도 아버지들에게도 좋은 일이 아니다. 아버지들이 자식에게 가졌던 감정을 오해하도록 놔두는 것은 훗날 악덕이 될 수도 있고, 정연하고 논리적인 사고를 하는 데 방해를 일으킬 수도 있다. 나는 지금 심리학자들의 논리를 주장하는 것이 아니다. 적당히 자상한 것은 자상한 것이 아니라는 것을 말하려는 것이다. 이는 미로와 미로의 아버지 사이에 놓인 인과의 다리를, 그 다리의 견고함을 얘기하기 위해서다. 물론 그 견고함이 때로는 치명적인 결점이 되기도 한다. 자상함도 지나치면 자상하지 않은 것만 못할 수 있기 때문이다.

　미로의 아버지는 미로에게도 분명히, 자상한 아버지였다. 미로가 우주정거장의 사이드엘리베이터에서 죽음과 마주쳤을 때 ― 결국 죽음과는 상관없었지만 ― 이미 그것이 증명된 셈이었다!

"잘 모르겠어, 큐릭. 빨간 게 깜박인 거 같기도 하고, 아닌 거 같기도 하고 …… 신호가 영 안 들어온 거 같기도 하고 …… 빌어먹을, 그러게 컴퓨터를 아예 바꾼다고 했잖아."

"당황할 거 없어. 센서가 전혀 먹히질 않는 게 맞을 거야."

"무슨 뜻이지?" 미로가 큐릭에게 물었다.

컴퓨터 안에 끼는 먼지를 자동으로 제거하는 장치인 더스트 이터가 장기간 작동하지 않아서 컴퓨터가 다운이 된 적은 여러 번 있었다. 환풍구가 먼지로 막히면 컴퓨터의 내부 온도가 상승하게 되고 그러면 컴퓨터가 알아서 자신을 보호하기 위해 자동으로 셧다운되는 건, 아주 고전적인 형태였다.

몇 번 그런 현상이 반복되자 큐릭은 컴퓨터 안의 먼지를 깨끗이 제거한 뒤 아예 더스트 이터의 필터를 식물의 레마 lemma. 초본(草本)류의 꽃을 둘러싸고 있는 얇은 이중막 포엽 중 아래 막를 이용한 생플라스틱 그물망으로 바꾸었다. 생플라스틱 그물망은 극세사만큼 조밀해서 먼지를 걸러내는 데 탁월하고 생체 조직에 가까워 통풍 성능도 뛰어났다. 값이 좀 비싸다는 단점이 있지만.

필터를 바꾼 뒤엔 컴퓨터가 내부 열로 인해 셧다운되는 일은 더 이상 일어나지 않았다. 그렇다면 지금의 현상으로 봐서는 완전히 방전되었다는 얘기인데, 미로로서는 도무지 영문을 알 수 없었다. 조금 전까지 컴퓨터를 작동시킨 건 전기가 아니고 뭐란 말인가. 전기란 게 무슨 유령인가. 감쪽같이 흔적도 없이 사라지게.

"혹시, 미로 너 누구를 해킹한 적 ……."

"애가 지금 뭔 소릴 하는 거야."

"솔직하게 말하면 …… 이 경우엔 네가 해킹 프로그램에 접속한 거 외엔 답이 안 나와. 미로 네가 그런 적 없다고 하지만, 이건 너무 확실해. 네가 누군가를 해킹한 거야. 그거 아니곤 다운 될 일이 없어. 네 컴은 워낙 구닥다리라, 어지간히 틀어막고 해킹 나가지 않으면 금방 들키거든."

"무슨 뜻이야?" 미로가 되물었다.

"역으로 먹힌단 뜻이야. 해킹하려다가 오히려 당한다고."

"상대가 다운시켜버린단 얘기야?"

"맞아" 큐릭이 대답했다.

"완전히 방전시킬 수도 있는 거야?"

"물론이지. 방전 프로그램을 가동했다면. 블랙홀이라고 아시려나?"

큐릭의 말이 너무도 단호해서 미로로선 거짓으로라도 자백해야 할 것 같았다. 하지만 미로는 지금껏 한 번도 해킹을 시도한 적이 없었다.

"실망이다. 친구한테 의심을 받다니. 그래, 내가 건드렸다고 하자. 건드렸다면, 건드렸으니 이런 일이 일어났을 테지. 그런데 만약에 안 건드렸다면, 만약에 내가 해킹 같은 거 안 했는데도 다운됐다면 뭔 이유지?"

"글쎄 그건 …… 아무튼 네 컴에 일어난 현상은 다운이 아니야."

"그럼, 방금 네가 말한 블랙홀?"

"응, 블랙홀 ……."

갑자기 큐릭의 목소리에 잡음이 섞이는가 싶더니 정말 유령이라도 된 듯이 수신구가 알아들을 수 없는 소리로 가득 차 버렸다. 5초 정도? 등골이 오싹할 정도의, 거의 비명이라고 할 만큼의 고조된 음성이 스피릿폰의 수신구를 뚫고 날카롭게 새어 나왔다. 미로는 마치 전자충격기가 큐릭의 옆구리를 파고들기라도 한 것처럼 느껴졌다.

"큐릭!" 미로가 큐릭을 불렀다.

잡음이 천천히 제거되기 시작했다.

"큐릭?" 미로가 다시 큐릭을 불렀다.

"응." 큐릭은 아무 일 없다는 듯이 대답했다.

"뭐라고 그랬는지 못 들었어." 미로는 큐릭이 말한 블랙홀 다음 말이 궁금했다.

"아무 말도 안 했는데?"

"그래?" 미로는 이 상황이 어리둥절하기만 했다.

"어쨌든, 저녁에 갈 테니까 아무것도 건드리지 말고 그냥 뒤. 그리고 ······."

"그리고 뭐?"

"되도록 집에 있지 마." 큐릭이 불안감을 감추지 않고 내뱉었다.

"이유는?"

"네가 늘 ······ 걱정하는 거."

미로는 대꾸하지 않았다.

"저녁에 만나서 얘기하자. 끊을게."

"응 ······ 뭐, 그러 ······."

미로의 말이 채 끝나기도 전에 스피릿폰의 수신구가 잠겨버렸다. 평소의 큐릭과는 달라도 한참 다른 모습이었다. 너무 진지하다고나 할까. 아무리 긴박한 상황이라도 농담을 그치지 않던 녀석이었다. 게다가 이럴 때 꼭 묻던 두 가지가 모두 빠져 있었다. 집에 무슨 술이 있냐는 것과, 마리한테 놀러 오라고 해두라는 것. 평소의 그였다면, 둘 중의 하나는 분명히 말했을 터였다. 대개는 둘 다지만.

미로는 어깨를 으쓱하고는, 옷장으로 걸음을 옮겼다. 집에 있지 말라고 한 큐릭의 말만큼은 왠지 지켜야 할 것 같았다. 옷장 문을 열고 갈색 재킷을 집어 들었을 때 '감시'라는 단어가 미로의 뇌리를 스쳤다. 아버지가 돌아가신 뒤 14년 동안 반복하는 습관이었다.

미로는 책상 위에 놓인 주차티켓을 집어 들다가 고개를 세차게 흔들었다. 그것 역시 14년 동안 계속된 버릇이었다. '감시'라는 단어가 떠오르고 25초쯤 후에 하게 되는.

인터벤션　　다윈의 진화설은 획득형질의 유전 가능성을 완전히 배제한다. 다윈에 의하면 진화란 오직 돌연변이와 열등 종의 자연도태를 통해서만 이루어진다. 반면에 프랑스의 박물학자 라마르크는 후천적으로 획득한 형질도 유전된다는 주장을 펼쳤다. 하지만 끝내 받아들여지지 않았고, 결국 그는 가난과 실명의 고통 속에서 숨을 거둬야 했다.

그 후 1930년대 하버드대학교 심리학 교수 윌리엄 맥더걸은 쥐 실험을 통해 라마르크의 획득형질 유전성을 지지했다. 교수는 물에 잠긴 미로에서 쥐들이 얼마나 빨리 빠져나오는지 실험했다. 실험에 처음 참가한 쥐들은 미로를 빠져나오는 데 엄청난 시간이 걸렸다. 쥐들이 실수를 저지를 때마다 교수는 전기충격을 가했다. 영리한 쥐는 실험이 계속되면서 길을 찾는 속도가 점차 빨라졌지만 우둔한 쥐는 수백 번이나 실수를 거듭했다.

교수는 실험에 참가했던 쥐들을 교미시켜 새끼를 낳게 한 뒤,

다음 세대의 쥐들을 대상으로 같은 실험을 했다. 새로운 세대의 쥐들은 앞 세대보다 훨씬 빨리 미로를 헤쳐 나왔다. 그렇게 22세대를 거쳤다. 그리고 그동안 250회에 이르던 평균 실수 횟수는 10분의 1, 즉 25회로 줄어들었다.

다윈론자들은 맥더걸의 노회함을 문제 삼았다. 미로를 쉽게 헤쳐 나가는 영리한 쥐끼리만 교미시켜 영리한 새끼를 얻었기 때문에 가능했다는 것이다. 실험의 자의성까지 의심받자, 교수의 결과에 의혹을 품은 과학자 두 명이 맥더걸 교수가 했던 똑같은 조건과 방법으로 각각 실험을 했다. 결과는 회의론자들의 입을 닫기에 충분했다. 첫 번째 실험에서 이미 맥더걸 교수의 마지막 세대가 달성한 25회라는 기록을 달성해버렸기 때문이다.

그로부터 50년쯤 뒤, 발생학을 연구하던 생물학자 루퍼트 셸드레이크는 이런 질문을 던졌다.

"내 손과 내 발은 똑같은 근육단백질과 신경단백질과 혈血단백질로 되어 있는데 어떻게 하나는 손이 되고 하나는 발이 된 걸까? 왜 서로 다른 모습을 하고 있는 걸까?"

이 물음에 명확한 답이 도출된 적은 한 번도 없었다. 하지만 모픽 필드 개념이 이 질문에 가장 근사한 답을 내놓았고, 이보다 몇 걸음 더 진보한 스피릿 필드 개념이 이 질문에 거의 명확한 답을 찾기에 이르렀다.

그렇다면 앞에서 맥더걸 교수가 한 쥐 실험은 이 질문과 어떤 관계가 있는가? 혹시 당시 실험에 참가했던, 지금은 모두 '고인'이 된 그들의 영혼이 어느 한 곳에 응축되어 있다가 50년쯤 뒤 두 과학자의 뇌에 장착된 수신기를 향해 강렬한 파장을 쏜 것은 아니었을까?

물론 이건 답을 원하는 질문은 아니다. 하지만 시간이 날 때마다 한 번쯤 자신에게 물어보기를 권한다.

미로가 시동 장치의 마지막 숫자를 누르자 푸릉거리는 엔진음과 함께 자동차가 요동을 쳤다. 20년 동안 무려 80만 킬로미터를 주행한 승용차는 이제 60와트짜리 더블비피Double-VP, 음성 및 영상 재생기의 총칭만 작동해도 몸살을 앓아댄다. 머플러 소음으로 벌금 딱지를 떼인 것만 해도, 과장을 좀 보태면 미로의 반년 치 연봉은 실히 될 것이다. 큐릭이라는 만물박사 친구 덕분에 정화 장치를 달았기 망정이지, 매연 딱지까지 합쳐졌다면 일 년 치 연봉이 고스란히 벌금으로 날아갈 뻔했다.

인터벤션 화석연료의 사용으로 인한 공기 오염을 막기 위해 가솔린과 디젤 엔진의 생산을 전면 중단시키려는 움직임이 일었지만, 산유국이 반발하고 러시아, 미국, 남미, 인도양에서까지 유전이 발견되면서 지금은 오히려 전기자동차의 생산이 둔화되는 추세다. 덕분에 공기정화장치 산업이 각광받고 있고, 자동차 매연으로 인한 공기 오염은 여전히 환경 단체의 주요 투쟁 이슈가 되고 있다.

그런 점에서 미로의 승용차는 벌써 폐차장 압착기 속으로 열두 번은 들어갔어야 할 똥차다. 그런데도 폐차가 안 된 것은 죽은 아버지의 물건을 없애고 싶지 않은 미로의 갸륵한 효심 때문이랄까, 주변에 알 만한 사람은 모두 아는 사실이다.

미로가 막 출발을 하려는데 계기판에 있는 서칭맵 모니터가 하얗게 밝아지면서 지도가 지워지고 젊은 여자의 얼굴이 나타났다.

"어디 가려고? 우리 집 오는 거야? 그런 거야? 화장이라도 좀 해야겠는걸."

마리다. 마리는 자동차 안이란 걸 눈치채고, 속사포 같은 랩을 쏟아냈다. 그야말로 눈치 하나는 영혼의 속도만큼이나 빠르다.

미로의 입가에 미소가 어렸다. 마리는 스물두 살의 '여자'지만 미로에게는 여전히 어릴 적 모습으로만 보였다. 사실 마리는 어릴 때부터 언니인 유리보다 성숙했다. 나이는 세 살이나 어렸는데 외모는 유리보다 대여섯 살은 위로 보였다.

하지만 여자로든 친구로든 미로의 관심은 마리가 아니라 항상 유리였다. 그런 유리가 심장판막에 생긴 희귀 종양으로 수술 한 번 받아보지 못하고 스무 살 꽃다운 나이에 우주 저편으로 가버렸다. 미로는 유리를 생각하면서 하루에도 몇 번씩 주체할 수 없이 눈물을 흘려대곤 했다. 그때 마리가 미로에게 말했다.

"날 좋아하면 되잖아. 사실 언니보다 내가 더 좋지 않아? 더구나 널 더 좋아하는 건 언니가 아니라 나야. 그러니까 날 좋아해. 날 좋아하면 그렇게 울지 않아도 되잖아. 너무 간단한 일인데 왜 그렇게 못 해? 내가 너라고 그래서? 그럼 이제부터 오빠라고 부를게."

미로는 몇 번이나 망설이다 대답했다.

"내가 널 좋아하면 우리 둘 다 불행해져. 널 볼 때마다 난 유리 생각을 할 테니까."

하지만 마리는 아랑곳하지 않았다. 틈만 나면 이 세상에서 가장 사랑하는 사람은 미로라고, 시간이 흐르면 흐를수록 사랑하는 마음이 더 커진다고 노래를 불렀다. 자존심 때문이었을까, 아님 오기 때문이었을까. 마리는 유리와 너무 달라서 오히려, 미로는 그런 마리를 볼 때마다 유리 생각이 더 절실했다. 어떨 때는 영매라도 찾아가고 싶은 생각이 솟구치곤 했다. 죽어서도 유리를 만나지 못하게 된다면 정말 슬플 것 같다는 생각으로 가득 찰 때도 많았다. 정말 못 말리는 사랑이다. 정작 살아 있을 땐 그렇게 절절하지 않았으면서.

인터벤션   해류가 바람에 의해 생기고 바람과 똑같이 이동한다는 걸 안다면, 젊은이들의 사랑이란 감정도 바람에 의해 움직이는 해류와 같다는 걸 이해할 것이다. 이해하지 못해도 상관없다. 이해와 실상은 다르니까.

해류와 바람은 일정한 거리를 두고 떨어져 있다. 해류는 눈에 보이지 않는다. 하루 종일 해류 측정기를 들여다보지 않는 한, 해류의 이동을 알 수 없다. 바람도 마찬가지다. 눈으로 볼 수 없다. 사랑은, 특히 청춘의 사랑은 눈으로 볼 수 없는 바람과 같다. 그래서 어떻게 움직이는지 알 수 없다. 이해만으로는, 아무것도 할 수 없다.

"너 땜에 미로 얼굴 안 보이잖니."

마리의 뒤편에서 나오미 여사의 목소리가 들려왔다. 생글생글 웃던 마리의 얼굴이 금세 새침하게 변했다.

"엄만 제발 우리 사랑에 끼어들지 좀 마."

"마리야, 엄마 좀 바꿔줘. 안부 전하게."

"내가 전해줄게."

화면이 마리의 뒷머리로 가득 찼다.

"엄마, 미로가, 미로 오빠가 엄마한테 안부 전한대요."

마리의 밝은 얼굴이 다시 화면으로 돌아왔다.

"됐지? 어디 갈 거야? 목적지만 말해, 나 금방 갈 수 있어.

정말이야. 괜히 그 잘난 고독 씹는다고 이빨 상하지 말고. 어디? 공원? 아, 예술극장? 켄 로치 영화 보러 가는구나, 그치?"

인터벤션　켄 로치. 1960년대 영국의 프리시네마 운동의 기수로 많은 문제작을 남긴 영화감독이다. 미로는 2006년에 그가 만든 영화 《보리밭을 흔드는 바람》이 최고라고 생각해서 평소에 자주 관람한다.

"아니, 게임랜드."

미로도 예상치 않게 불쑥 대답하고 말았다. 딱히 갈 곳을 정하고 집을 나온 건 아니지만 아카이브 DB위성에 접속하는 건 미로의 일상 중 하나다. 아카이브 DB위성에 접속할 수 있는 구형 컴퓨터가 유일하게 있는, 일명 'PC룸'이 게임랜드에 있었다. 어차피 큐릭은 저녁 아홉 시는 되어야 나타날 테고, 지금은 저녁 먹기엔 이른 시각이었다.

인터벤션　언젠가 게임랜드 관리자가 아카이브 DB위성에 접속해 죽은 아버지의 사이트를 뒤지고 있던 미로를 신기한 듯 보면서 말한 적이 있었다.

"사실 당신 때문에 이 PC룸을 없애지 못하고 있어요."

뜻밖이었다. 미로는 아카이브 DB위성을 이용하는 사람들이 그 정도로 드물 줄은 몰랐기 때문이었다. 그리고 게임랜드 관리자의 그 말은 아카이브 DB위성의 운명을 가늠해주는 말이기도 했다. 아무도 걷지 않는 길은 지워지는 법이다. 발길이 끊긴 길에는 풀들이 자라고, 곧 숲이 된다. 다시 누군가의 발길이 닿기 전까지 그곳은 점점 짙은 밀림이 되어갈 것이다. 더 오랜 시간이 지나 누군가의 발길이 닿는다 해도 길이 만들어질 거라는 보장도 없다. 그건 좀 거창하게 말하면 역사가 사라진다는 얘기다. 만약 미로가 아카이브 DB위성에 접속하지 않는다면 아카이브 DB위성은 오래지 않아 아무도 가지 않는 밀림으로 변해버릴지도 모른다.

게임랜드의 관리자는 재미있는 사람이었다. 그는 이런 얘기도 했다.

"정보란 참 재밌어요. 굳이 조작할 필요도 없이 조작의 효과를 낼 수 있으니까요. 나도 당신처럼 아카이브에 열심히 접속한 적이 있었죠. 그런데 갑자기 이런 생각이 들었어요. 저 위성에 들어 있는 데이터들이 전부일까? 물론 연합국 정부가 해마다 선별해 관리하는 순정 DB도 마찬가지죠. 마크 필립이란 작가가 이런 말을 했죠. '인간은 배운 것을 바탕으로 생각하기 때문에, 정보를 선별함으로써 인간의 정신과 여론의 조작은 얼마든지 가능하다'라고 말이에요."

미로는 충분히 일리 있는 말이라고 생각했다. 게임랜드의 관리자는 머리가 반쯤 벗어져 훤한 이마를 손바닥으로 쓱 쓸어 넘기고는 "닥터 클린워스 작가가 부친이더군요. 어딘가 낯설지 않다는 생각은 했었는데" 하고 말했다. 그러면서 또 하나의 재 있는, 미로도 까마득히 잊고 있던 얘기를 꺼냈다. 바로 닥터 클린워스의 소설 얘기였다.

역시나 맥락은 정보의 통제나 조작에 닿아 있었다. 게임랜드의 관리자는 달변가는 아니었지만 요령 있게 말하는 능변가였다. 그는 또 이런 얘기도 했다.

"『세상이 바뀌는 열일곱 개의 경우』라는 소설이 있는데, 내용 중에 연합국 정부의 보안국 요원 하나가 어떤 소년을 마인드 컨트롤로 세뇌하는 장면이 나와요. 요원이 하는 행동은 소년에 게 전화를 거는 것뿐이죠. 처음엔 전화를 걸어 두 번 벨이 울리 면 끊어버려요. 다음엔 벨이 한 번 울릴 때 끊고요. 세 번째 전화에서 소년이 받으면 '나는 신이다'라고 말해요. 그러곤 경전에 나오는 구절을 소년에게 들려줘요. 그 간단한 방법으로 소년은 요원에게서 벗어날 수 없게 됩니다."

섬뜩한 얘기였다.

이제부터 당신은 게임랜드 관리자가 들려준 이야기의 실상과 마주치게 될 것이다.

"컴퓨터 고장 났어?" 마리가 물었다.

"응."

"우리 집으로 와. 뭐하러 게임랜드까지 가서 돈을 써? 유리 언니가 쓰던 컴퓨터 있잖아. 아카이브 전용선이 깔린."

전용선이 깔려 있다는 말에 미로가 웃음을 터뜨렸다.

"저녁도 먹어야 되고 ……." 미로가 핑계를 댔다.

"엄마, 미로 오빠 저녁 먹으러 온대!"

"정말이야?" 마리의 말에 나오미 여사의 목소리가 메아리처럼 울렸다.

"미로 오빠, 기다릴게, 히히."

영상폰이 순식간에 빛을 잃었다.

미로의 입에서 헛바람이 쏙 빠져나왔다.

마리와의 통화를 끝낸 미로는 자동차의 드라이브 버튼을 눌렀다. 아버지의 손때가 깊숙이 밴 자동차가 다시 부르르 진저리를 쳤다. 액셀러레이터에 발을 올려놓고는 지그시 힘을 실었다.

3

"Please, Fill in your access code." 코드를 입력하라는 안내문 밑에서 커서가 깜박거렸다. 미로는 MIRO-027이라고 입력하고 접속 버튼을 누르려다 027을 지우고 036으로 고쳐 썼다. 그러다 다시 027을 쓸까 하다가 멈추었다. 미로의 마음이 갈팡질팡하며 선택을 못했다. 아카이브 DB위성에 접속할 때마다 일어나는 일이다. 사실 아버지와 유리 중에 누구에게 먼저 접속하느냐는 중요하지 않다. 그런데도 매번 미로는 주춤거렸다. 027로 접속하면 죽은 아버지를, 036으로 접속하면 죽은 유리를 만날 수 있다. 결코 순서의 문제가 아니었다. 누구를 더 사랑하느냐의 문제는 더더욱 아니었다. 그럼에도 매번 사랑의 우선순위로부터 자유롭지 못했다. 미로 자신조차도 이해가 안 갔다. 하지만 그건 아무리 열심히 마개를 닫아놓아도 스멀스멀 새어 나오는 향수와 같아서, 병을 갖고 있는 한 늘 따라다녔다. 그렇다고 떼어놓고 다닐 수도 없었다. 정작 향기가 사라지면 견디는 것조차 힘들어진다. 향기조차 없는, 오로지 혼자라는 사실이 각인되는 게 너무 아프기 때문이다.

인터벤션 5년 전, 스피릿 공명 위성으로 첫 파견 근무를 나가던 날, 슈퍼퓨처의 회장이 직접 미로에게 전화를 걸어서 자신은 자수성가한 사람을 존경한다고 말한 적이 있었다. 그건 회장이 미로를 위로하려고 한 말이지만, 사실 미로에게는 가슴 아픈 말이었다.

미로는 두려웠다. 고독을 아는 사람일수록 고독을 싫어한다는 걸 사람들은 모른다. 그저 무엇에 익숙하면 그걸 좋아하는 줄만 안다. 하루에 한 번, 코쿤을 몰고 셸드레이크 주니어 호로 가서 가느다란 줄에 의지해 두 시간 동안 1.2미터짜리 원구형 컴퓨터에 하루 치 사물의 정보를 입력할 때마다 미로는 자신의 지금 모습을 누군가에게 보여주고 싶다는 강렬한 욕망에 사로잡히곤 했다. 그 누군가가 많지 않아도 된다. 단 한 사람이라도 좋다. 그런 사람이 단 한 사람도 없다는 것은 절망이 아니라 어이없는 일이지만.

미로는 036을 지우고 027을 입력한 뒤 접속 버튼을 눌렀다.

"You are moving back to the year of 2027."

"Please, Do not push the access button."

2027년으로 이동 중이라는 안내문과, 이동 중에는 접속 버튼을 누르지 말라는 경고문이 떴다. 그동안 미로는 주머니에서 스피릿폰을 꺼내 마리에게 문자를 보냈다. 갑자기 큐릭과 약속이 잡혀서 방문할 수 없다고. 그리고 마리의 번호만 자동 응답모드로 바꿨다. 틀림없이 마리는 문자를 받자마자 불이 나도록 전화를 해댈 게 뻔했기 때문이다.

미로는 휴대전화로 오후 8시 30분 알람을 맞춰놓았다.

"Which of MIRO-027 do you want?"

미로가 자판을 치자 물음표 뒤쪽에서 깜박거리던 커서가 오른쪽으로 밀리며 'DR. Cleanworth Mailbox'라는 글자가 두더지 머리처럼 들이밀었다. 클린워스 박사의 메일계정은 아버지와의 추억 속으로 들어가는 일종의 출입구였다. 미로는 위성에 접속하는 동안 감정을 매만졌다. 접속은 그러기에 충분히 더딘 속도로 움직였다.

인터벤션　조르곤이라는 정말이지 끔찍하고 던적스러운 외계인을 아는가? 조르곤은 크리스 반 앨스버그의 SF소설 『자투라』에 등장하는 '불을 좇는 외계 생명체'로, 고기를 엄청나게 먹어치우는 포식자다.

조르곤을 기억한다면 조르곤이 왜 그토록 '불'에 집착하는지 알 것이다. 조르곤은 미로의 아버지가 어린 미로를 재우기 위해 들려주던 이야기에 등장한다. 혹시 작가는 조르곤을 인간에 빗댄 건 아니었을까? 뭐 굳이 궁금하지 않지만.

갑자기 조르곤 얘기를 꺼낸 건 미로의 아버지 때문이다. 그는 물리학자로서 자리를 잡아가고 있던 서른 살에 갑자기 닥터 클린워스라는 필명으로 소설을 쓰기 시작했다. 미로의 나이 네 살이었고, 아내가 미로를 낳고 심한 임신중독으로 세상을 떠난 해였다.

그는 엄마를 잃은 어린 아들을 위해 이야기를 들려주었다. 사실 물리학자로 바쁜 나날을 보내야 했던 그는 어린 아들에게 사랑을 쏟아놓을 시간이 절대적으로 부족했다. 하지만 아들을 무척 사랑한 그는 틈만 나면 이야기를 들려주었다. 알고 있던 이야깃거리가 금방 바닥을 보이자, 상상력을 발휘하여 이야기를 꾸며내기 시작했다. 그 상상 이야기의 주인공이 바로 훗날 그의 필명이 된 닥터 클린워스였다. 그가 창작해낸 이야기의 주인공은 모두 클린워스 박사 한 사람이었다.

어린 미로는 닥터 클린워스가 우주를 비행하다가 조르곤을 만나 통쾌하게 박살 내버리는 장면을 가장 좋아했다. 덕분에 그는 조르곤 격파 장면을 서른여덟 번이나 반복해야 했다. 그렇게 서른여덟 개의 버전이 탄생했다.

삶이란 우연의 축적이다. 그 축적된 데이터를 정밀하게 분석하면 필연이 된다. 그러나 필연이 되기 전, 우연으로 인식될 뿐인 삶에서는 한 치 앞도 내다볼 수 없다. 아내의 죽음과 어린 아들에 대한 사랑이 물리학자를 소설가로 변신하게 했듯이 말이다.

그러나 모든 것이 그렇듯, 필연의 물길을 따라 흐른다면 억지스러움은 자연스럽게 지워진다. 우연을 견디고 견디면 결국 필연이 승리자가 된다. 만약 그가 아내의 죽음이 가져다준 슬픔에 매몰되었다면 우연을 견디고 견디는 일은 일어나지 않았을 것이다. SF소설 『자투라』에는 주인공 소년이 유성이 지날 때 소원을 빌라는 카드를 받고 소원을 빌려 할 때 우주비행사가 "화가 났을 때 하는 생각은 좋은 생각이 아니야"라고 충고하는 장면이 있다. 이처럼 화가 났을 때 떠오르는 생각이 좋은 것이 아니듯, 슬플 때도 마찬가지다. 물론 슬퍼하는 게 화를 내는 것보다는 낫다. 하지만 지나치면 뭐든 나을 게 없다.

미로는 아버지의 받은메일함으로 들어갔다. 마지막 일자의 폴더를 열었다. 폴더에는 2027년 11월 1일 자 메일 하나만 있었다. 열한 살짜리 어린 미로가 보낸 메일이었다. 미소 띤 얼굴로 메일을 읽고 있는 아버지의 모습을 떠올리는 일은 10년이 훨씬 지난 지금도 미로의 가슴을 저릿하게 했다. 아버지의 모습이 어떠했는지는 오직 미로의 상상에서만 가능했다. 미로는 열한 살이라는 어린 나이에 아버지를 유골함으로 만나야 했다. 눈물조차 흐르지 않았다. 오히려 어머니도 아버지도, 아무도 없다는 사실에 어이없고 화가 날 뿐이었다.

아버지는 미로의 메일에 답장을 보내지 않았다. 아니, 보내지 못했다. 하지만 미로는 아버지가 자신에게 답장하기 위해 수없이 썼다가 지웠을 거라고 스스로를 위로했다. 숨을 거두던 순간에 아들의 메일을 읽고 있었을 거라던, 나오미 여사가 전해준 얘기가 어쩌면 사실일지도 모른다는 생각을 하면서.

인터벤션　미로가 아버지에게 편지를 보냈을 때는 피터 스트라우스의 『당신은 신이다』를 막 읽은 후였다. 스트라우스는 영국의 유명한 정신과 의사로, 하루 한 번 물 한 잔과 생밀 한 줌만을 먹고 충분히 살 수 있다는 친구들과의 내기를 실현하기 위해 홀연히 도시를 떠나 오스트레일리아의 하이랜드로 이주해 살았던 기인이다. 이 책은 숲에서 살았던 7년 동안의 명상적 일상을 기록한 것이다.

"아빠, 베를린 여행은 재미있어요?

아빠가 추천해주신 피터 스트라우스 『당신은 신이다』를 막 끝냈어요. 다 읽고 고개를 들었을 때 새벽이 창밖에서 서성거리고 있는 모습을 보고 깜짝 놀랐어요. 소설이 아닌데도 이렇게 정신없이 빠져 들어간 건 처음이에요. 제가 너무 어려서 전부

이해하기는 힘들지만 아빠가 왜 신의 문제에 그토록 관심이 많은지 이해할 것 같아요. 마지막에 인용해놓은 아인슈타인의 말을 몇 번이나 중얼거렸는지 몰라요. '나는 신이 어떻게 이 우주를 만들었는지 거기에만 관심이 있다. 나머지는 지엽적이다.' 신이 어떻게 우주를 만들어낸 것인지를 첫 페이지부터 마지막 페이지까지 거침없이 얘기해놓았던 피터 스트라우스는 왜 마지막에 이 말을 인용했을까요? 베를린에서 돌아오시면 이 부분에 대해 얘기를 나누고 싶어요. 이 책에서 가장 풀기 어려운 숙제예요.

아빠, 사랑해요. 정말인 거, 아시죠?"

미로의 눈에 물기가 고여 들었다.

인터벤션 '오! 슬픔이여 안녕'이라고 프랑스 작가 사강이 말했듯이, 슬픔에게 고개를 까닥하고 인사할 수 있다면 얼마나 좋을까. 아버지에 대한 사랑도 미로를 도와주지 못했다. 지금은 그 사랑이 미로에게 너무 힘겹기만 했다.

미로는 아버지의 메일함에서 나오다 말고 발송메일함 옆에 있는 수신확인란을 보고 순간 멈칫했다. 주홍색이었다. 수신확인란이 주홍색이라는 건 아직 확인하지 않은 메일이 있다는 것이다. 미로는 의아했지만 한편으로는 아버지의 유령이 누군가에게 메일을 보냈다는 터무니없는 상상을 하며 쿡, 하고 웃었다. 수신확인란의 터치스크린을 톡, 쳤다. 순전히 호기심 때문이었다.

"Unchecked mails, one."

과연 상대방이 확인하지 않은 편지 한 통이 있었다. 그것은 분명히 아버지가 누군가에게 메일을 보낸 것이었다.

'아버지가 메일을 보내?'

절대 일어날 수 없는 일이었다. 미로는 당황스럽기보다는 무서움이 느껴졌다. 미로는 팔뚝에 소름이 돋은 걸 보고 손바닥으로 슬금슬금 문질렀다. 정말 아버지의 유령이라도 나타난 걸까, 싶어 괜히 주위를 둘러보기까지 했다. 미로는 아버지가 보낸 메일의 제목을 보고, 순간 침이 꿀꺽 삼켜졌다. 턱, 하는 소리가 날 정도로 숨통이 막혀왔다. 미로는 간신히 입술을 동그랗게 오므린 채 천천히 숨을 내쉬며 평정심을 찾으려 노력했다.

To Labyrinth

아버지는 아들의 이름을 아름다운 길이라는 뜻의 미로美路가 아닌 미로迷路라는 뜻으로 부르길 좋아했다.

"아무리 생각해도 기막힌 이름이야. 모두들 아름다운 걸 좋아하지만 진정으로 아름다움에 도달하는 건 쉬운 일이 아니지. '美路'에 도달하기 위해선 '迷路'를 헤매야 한단 말이야, 하하!"

아버지는 아들 미로에게 메일을 보낼 때마다 '래버린스 Labyrinth에게'라는 제목을 달았다.

터치스크린을 향하는 미로의 손이 주체할 수 없이 떨렸다.

4

인터벤션 요즘 연예계 소식으로, 영화배우 니콜 키드먼이 일흔
네 살의 나이에 사이보그 노파 역을 맡아 열연하는 촬영 현장
을 담은 영상이 모든 미디어에서 방영되고 있다. 180센티미터에
이르는 장신 노파의 구부정한 허리와 어깨가 저토록 아름다워
보인다는 건 정말 경이로운 일이다. 그녀가 60년 만에 R. S. 처치
랜드라는 젊은 천재 감독의 손에서 다시 만들어지고 있는 영화
《블레이드 러너》를 풍요롭게 만들 거라는 건 충분히 예상할 수
있다.

요즘 들어 부쩍 노익장 소리를 듣는 배우들의 활약이 뉴스에
자주 소개되고 있다. 할리 베리, 브래드 피트, 키아누 리브스,
후쿠야마 마사하루, 장동건 …… 모두 칠십 대이거나 곧 칠십
대가 될 배우다. 여전히 새로운 코미디를 선보이겠다고 큰소리
를 치는 주성치는 내년이면 벌써 팔십이다.

이 전례 없는 노익장 배우들의 시대가 도래한 까닭이 무엇일

까? 미로가 하는 일과 모종의 관계가 있다고 한다면, 당신은 궁금하지 않을 수 없을 것이다.

집으로 차를 몰면서 미로는 손바닥으로 얼굴을 매만지는 행동을 몇 번이나 반복해야 했다.

'믿을 수가 없어. 죽은 아버지로부터 메일을 받다니. 물론 오늘 날짜에 배달되도록 예약된 메일이었으니 결코 불가능한 일은 아니야. 하지만 아무리 가능하다고 해도 믿어지지 않아. 메일 하나가 14년이라는 시간을 건너오다니.'

공용주차장 게이트를 지나 코너를 막 돌았을 때 전조등 앞으로 푸른색 기둥이 하나 스치듯 지나갔다. 큐릭이었다. 2미터나 되는 키는 그야말로 기둥 그 자체였다. 게다가 청색 마니아여서 어떨 때 보면 삐죽한 기둥에 청바지를 입혀놓은 것 같았다. 시동을 끄고 비밀번호를 입력한 뒤 차 문을 열자, 푸른색 기둥이 휘청거리며 미로에게로 다가왔다.

"배고프다. 밥 있지? 없으면 먹고 들어가고."

지금 미로는 이런 시간에 문을 연 데라곤 해안가의 낚시꾼들을 상대하는 싸구려 실내포차밖에 없다는 걸 짐짓 모른 체하는 큐릭에게 한 방 먹일 여유가 없었다. 미로는 오른쪽 손을 살짝 들었다 내렸다. 큐릭의 커다란 눈이 '왜', 혹은 '뭐'라는 물음이란 걸 알아채고 재빨리 미로의 손을 좇았다.

"예약메일이란 게, 아카이브에서도 가능한 거야?"

"아카이브도 살아 있으니까 가능은 하지. 왜? 뭐?"

"14년도 가능해?"

큐릭의 큰 눈이 더 커졌다.

"14년 …… 글쎄 …… 가능 …… 못 할 것도 없지. 계정을 관리하는 포털이 없어지지만 않았다면."

"그렇지? 그랬구나 ……. 그런데 ……."

"뭐야, 말 배우니?"

"없어진 데거든." 미로가 말했다.

"포털이? 어딘데?"

"브론즈."

"브론즈가 왜 없어져?" 큐릭이 되물었다.

"시안 브론즈."

"시안? 중국 거였어?"

큐릭의 물음에 미로가 고개를 끄덕였다.

구글과 함께 포털 사이트를 양분하고 있는 브론즈는 한때 아시아를 담당하던 중국의 '시안西安 브론즈'와 미주와 유럽을 담당하던 영국의 '런던 브론즈'로 나누어져 있었다. 중국의 급속한 사막화가 이루어지면서 '시안'이 고비사막에서 불어온 모래에 묻혀 지도에서 사라져버리게 될 지경에 이르자 브론즈 본사는 아시아 본부를 아예 없애고 런던 브론즈로 통합해

버렸다. 시안에서 운영하던 포털사이트 자체가 없어진 것이
다. 그게 벌써 10년 전의 일이었다. 그 사라진 포털사이트가
친절하게도 예약메일을 전송해준 것이었다.

인터벤션　황사 발원지로 오래전부터 관심이 집중된 중국의 고비
사막이 급속히 세력을 확대하여, 중국의 지형을 '아시아의 칠레'
로 만든 지 오래되었다. 원인은 주체할 수 없을 정도로 빠르게
막대한 부를 이룬 중국의 현대화에 있었다.

　이미 20년 전부터 내몽고 자치구를 중심으로 거의 정남쪽으
로 수직선상에 놓인 산서성, 하남성, 호북성, 호남성 그리고 광
시장족 자치구와 광동성이 모래언덕에 잠겨들었다. 사막화는
아슬아슬하게 베이징을 피해 갔지만 2년 뒤에 수도를 상하이로
옮길 정도로 중국의 사막화는 빠르게 진행되었다.

　2030년대 초반에 China는 중국 국명을 유지할 수 없을 정도
로 수명을 다했다. 대신 '뱀장어'라는 자조적인 이름으로 중국
인들의 입에서 먼저 오르내렸다. 서부의 사막화로 인해 중국의
지형이 남북으로 길게 변해버린 모양을 두고 워싱턴에서 뱀장어
를 뜻하는 'EEL'이라고 표현한 것이 계기가 되었다. 중국의 위세
가 꺾이는 속도는 그들이 이룬 경제의 '기적'에 비할 바가 아닐
정도로 너무나 빨랐다.

한동안 아시아권의 정서를 고려해 겨우 명맥만 유지하던 시안 브론즈의 메일계정이 결국 런던 사이트로 통합된 것은 미로가 열다섯 살이던 2031년, 케임브리지대학교 특별장학생이 되어 영국으로 떠나던 해였다. 미로의 아버지인 소설가 닥터 클린워스가 세상을 떠난 지 4년이라는 시간이 흐른 뒤였다. 미로가 매일 밤 아카이브에 접속한 세월도 꼭 그만큼이었다.

"어쨌든 이론상으로는 가능해. 예약메일을 보낸 시점이 14년 전이라면. 그땐 아직 시안 브론즈가 없어지기 전이니까." 큐릭이 말했다.

"그건 아니지. 작성할 때는 메일 서버가 살아 있었더라도 발송할 때 서버가 죽어 있다면 결국 보내질 수 없는 예약메일이잖아."

"그건 현실이고, 그래서 내가 이론이라고 말한 거야."

큐릭은 거기까지 말하고는 공용주차장을 지나 아파트 입구에 이를 때까지 한 마디도 하지 않은 채 입을 다물고 걸어갔다. 미로도 큐릭이 뭔가를 곰곰이 생각한다고 여기고 방해하지 않고 걸었다. 그런데 갑자기 큐릭이 걸음을 멈추더니 뒤로 돌아보는 바람에 미로는 뒤로 벌러덩 자빠질 뻔했다.

"이거 아주 재밌는걸" 하고 큐릭이 말하자, 미로는 눈으로 왜, 하고 물었다.

"이론적으로 보내는 건 가능해. 하지만 받는 건 불가능하거든."

"보낼 때 시안 브론즈가 살아 있었으니까 가능하고, 받을 땐 죽어버렸으니까 불가능하다?" 미로가 큐릭의 말을 설명하듯이 말했다.

"그렇지. 근데, 넌 받았단 말이야. 거짓말처럼."

미로가 눈을 반짝이며 말했다.

"받은 건 아니야."

"……?"

"내가 받은 게 아니야 …… 네 말대로 서버가 없어졌으니 받을 수가 없잖아."

"그럼 지금까지 무슨 얘길 한 거야? 받은 게 아니면 어떻게 메일이 온 걸 알았어?"

"보낸 메일함에서. 상대방의."

"그러니까 2041년 11월 1일에 도착하도록 2027년 11월 1일에 누군가가 메일을 보냈다는 사실을 그 누군가의 보낸 메일함에서 봤단 말이야?"

큐릭의 물음에 미로가 고개를 끄덕인다. 큐릭은 의문으로 가득 찬 커다란 눈으로, 마치 기린이 강아지가 무슨 생각을 하는지 의아해하는 듯한 모습으로 미로를 내려다봤다.

"그 누군가가 누구야? 혹시 ……."

미로는 조용히 침을 삼키고 고개를 천천히 끄덕이며 말을 이었다.

"누군지 짐작하겠지?"

"너네 아버지 ……?"

망가진 인형의 머리처럼 미로의 고개가 다시 끄덕인다. 큐릭은 자신도 모르게 입이 반쯤 벌어지면서 어이없는 표정을 지었다.

"뭘 …… 보내셨어?"

"14년 뒤의 아들에게 보낸 메일치고는 이상할 정도로 내용이 없어. '파일을 첨부하니 읽어보길 바란다.' 끝. 그런데 파일은 열 수가 없고."

"당연하지. 보낸 메일이니까 본인이 아니면 열 수가 없지."

"파일명으로 봐선 소설 같은데 ……." 미로가 말했다.

큐릭은 자신을 쳐다보는 미로의 간절한 눈을 지그시 내려다봤다. 큐릭의 눈엔 묘한 기운이 어려 있었다. 미로는 그의 눈빛에서 느껴지는 기운이 궁금하면서도 왠지 모를 불안감에 몸을 움츠렸다. 큐릭이 할 수 없다면 그 메일은 영영 볼 수 없기 때문이었다.

"큐릭, 네가 못 연다면 파일에 뭐가 들었는지 알아낼 가망은 없겠네." 미로가 힘없이 말했다.

큐릭은 어둡게 가라앉은 밤하늘을 망연히 올려다보다가,

갑자기 미로를 내려다보며 후루룩 말을 쏟아냈다. 미로는 갑자기 위에서 쏟아내는 큐릭의 말 때문에 하늘에서 내리는 빗줄기라도 맞은 것처럼 미간을 찡그려야 했다.

"네 메일계정을 열어보면 비밀이 단박에 풀릴 테지만 ……
포털이 없어졌으니 불가능하고. 어쨌든 집으로 들어가 보자.
무슨 수가 있을 거야. 내가 누구니?"

"천하의 대도." 미로가 대답했다.

"암, 큰도둑님이시지. 큰도둑님은 세상 어떤 보물도 훔치지 못하는 게 없으시지. 자, 내가 저 어두운 우주를 헤매고 있을 너네 아버지의 메일을 찾아내는 동안, 너는 불고기 짜장볶음이나 맛있게 대령하시렷다!"

"여부가 있겠습니까, 찾아만 주신다면야."

큐릭과 미로의 목소리가 텅 빈 아파트 입구의 둥그런 천장으로 메아리가 되어 퍼지고 있었다. 미로는 이런 상황에서 농담할 기력이 생겼다는 게 신기하기만 했다.

5

인터벤션　미로 찾기 게임을 해본 적이 있는가? 해본 적이 있다면 게임에 한 가지 조건이 있다는 걸 알 것이다. 게임을 끝내려면 반드시 출구를 찾아야 한다. 따라서 게임이 성립하려면 반드시 출구가 있어야 한다. 혹자들이 인생을 미로 찾기 게임이라고 말하는 이유이기도 하다.

　하지만 이건 뭘 모르는 소리다. 어떤 인생은 종종, 아니 종종보다는 훨씬 더 자주, 출구가 존재하지 않는 미로일 때도 많다. 꽤 오래전, 영국의 존 이네스 연구소에서 여성 연구원 30명과 남성 연구원 45명의 평균적인 얼굴 모습을 도출한 적이 있었다. 도출하는 방법은 간단했다. 연구원 한 사람 한 사람의 사진을 여성과 남성으로 나누어 겹쳤을 때 닮은 부분은 진하게 드러나게 하고 닮지 않은 부분은 연하게 처리했다. 그래서 도출된 사진이다.

어떤 느낌이 드는가? 컬트영화를 많이 본 사람은 아마도 심령 사진 같다고 느낄 수 있을 것이다. 어쨌든 두 사진은 30명의 사진과 45명의 사진을 합쳤다고 보기엔 너무나 닮아 보인다 해도 과언이 아니다. 통계학의 용어를 빌리면, 사진의 얼굴은 '누적'에 의해 윤곽이 정해진 '확률분포'의 모습이다.

이 실험은 연구원들에게 '어떤 공통점이 있을까' 하는 의문에서 출발했다. 이 의문이 바로 입구다. 이제부터 출구를 찾아야 한다.

미로의 컴퓨터가 갑자기 다운된 것은 실망스럽게도 원인 불명이었다. 천하가 인정하는 해커이자 컴퓨터 전문가 큐릭조차도 원인을 찾지 못하는 건 원인이 없다는 거나 마찬가지였다. 미로가 자신도 모르게 해킹 프로그램을 사용했을 거라는 큐릭의 예상은 빗나갔다. 하지만 원인을 알 수 없다는 결론은 반전을 잔뜩 기대했던 소설이 싱겁게 끝나버린 것만큼이나 허탈했다.

미로가 프라이팬에 중국된장을 볶다 말고 큐릭을 멀거니 바라봤다. 가을로 접어들면서 큐릭이 왠지 예전과 꽤 달라졌다는 느낌이 들어서였다. 이번 일만 해도 그렇다. 한때 보안국 요원들과 숨 막히는 추격전을 펼쳤던 천하의 악질 해커였던 큐릭이 원인 불명이라는 단어를 너무도 쉽게 내뱉는다는 게 25년을 알고 지내온 미로에게는 믿기지 않았다.

'외로움 탓인가? 큐릭은 키가 워낙 커서 여자 친구 사귀기가 쉽지 않을 텐데 ……. 정말 마리를 정식으로 소개해줄까.'

미로가 큐릭이 달라진 원인을 찾고 있을 때, 큐릭이 변함없는 경쾌한 목소리로 미로를 불렀다.

"친구, 아직 멀었어? 잠깐 와볼래?"

패드와 스크린을 분주하게 오가는 큐릭의 손이 마치 카드 매직을 하는 마술사 같았다.

"조금만 기다려, 짜장 볶은 거랑 고기랑 섞기만 하면 돼."

"그래, 근데 컴이 또 나갈 거 같아."

"파일을 받긴 했어?" 미로가 물었다.

"다운로드할 수 없는 파일이야. 브론즈 자체 프로그램 안에서만 열리는 파일이란 거지."

"열기는 연 거야?"

"아, 자꾸 말 시키지 말고 얼른 와. 네가 보고 외우는 수밖에 없어. 이번에 나가면 복구가 힘들어서 그래. 블랙홀에서 간신히 빼냈는데 흡입력이 더 세졌어. 도망자를 봤으니 병력을 더 푼 거지.”

'호들갑을 떠는 건 여전하네.' 이런 큐릭의 모습에서 미로는 오히려 안심을 느꼈다. 별일 아닌 걸 가지고 곧 무슨 일이 일어날 것처럼 부산을 떠는 건 큐릭의 전매특허였다. 미로는 '이대로 요리를 멈추면 맛이 떨어질 텐데'라는 생각에서 좀처럼 벗어나지 못하고 있었다. 요리를 마저 끝내야 한다는 생각이 자꾸만 밀려드는 이유를 미로 자신도 알 수가 없었다.

큐릭이 호들갑을 떠는 건 너무나 당연했다. 지금 미로는 뭉그적거릴 상황이 아니었다. 어쩌면 이것이 미로에게는 마지막 기회일 수도 있었다. 아버지의 소설이 담겨 있을지 모르는 첨부파일을 받느냐 받지 못하느냐가 달려 있었다. 미로는 지금 당장이라도 하던 일을 멈추고 큐릭에게 달려가야 했다. 미로가 이러는 이유는 한 가지밖에 없었다. 부담감이었다.

마지못해 미로가 요리하다 말고 힐끔 큐릭 쪽으로 눈길을 돌렸다. 큐릭의 얼굴이 그야말로 종잇장처럼 창백해져 있어서, 순간 미로의 어깨가 움찔했다. 미로는 할 수 없이 적외선레인지의 소거 버튼을 누르고 큐릭에게 다가갔다. 미로의 눈에 구름 속에 가려진 달처럼 흐릿해진 모니터가 들어왔다.

“모니터가 왜 이래?”

"누군가 일부러 출력을 줄이거나, 아니면 작별을 고하는 거지."

"누군가가 누군데? 작별은 또 뭐야?" 미로가 물었다.

"하나씩만 물어."

"하나씩 대답해봐."

"대답은 나중에 해줄 테니까, 우선 열린 문서부터 읽어. 너 그 좋은 머리를 최대한 사용해야 할 거야. 출력할 시간이 없을지도 모르니 일단 외워. 아무래도 다시 읽을 시간도 없을 거 같아. 저장은 아예 안 되고. 컴퓨터 안에서 파일프린트를 해놔도 네 컴이 복구되지 않으면 열 수가 없어. 그리고 결정적인 건 이게 한 번 열면 무조건 지워지게 되어 있는 파일일 가능성이 커. 미션 임파서블."

"그거 …… 너희들 정보국에서나 쓰는 거 아냐?"

큐릭의 고개가 아래위로 끄덕였다.

"정보국은 하나지만, 정보국이 되려는 데는 많아. 지독하게 증오하면서도 그 정보국을 닮으려는 곳도 있지. 단체만 있는 것도 아니야. 개인도 많아. 나도 한때 그랬듯이, 친구."

미로는 큐릭이 전해주는 부정적인 말의 뉘앙스를 놓치지 않으면서, 희미해져가는 모니터를 뚫어지게 바라봤다.

'누구일까? 어떤 단체일까? 왜?' 미로는 생각을 멈출 수가 없었다.

큐릭이 옆에서 다그쳤다.

"그러니 무조건 외워. 읽을 시간은 될 거야. 20와트만 되면 화면은 살아 있을 테니까. 빨리!"

"알았어. 읽고 있어." 미로가 대답했다.

미로는 모니터 앞에 섰을 때부터 큐릭이 열어놓은 파일을 읽고 있었다. 미로의 등줄기로 차가운 땀방울이 미끄러져 내렸다. 미로가 예상한 대로 아버지 소설이었다. 그렇다면 닥터 클린워스의 유고인 셈이다. 아니, 유고다. 누군가 페이크파일을 만들어 일부러 심어놓은 게 아니라면 말이다.

'아버지가 보안국 요원이었나?' 불쑥 미로의 머릿속에서 의문이 일었다.

'그럴 리가 없는데, 아버지는 줄곧 보안국 사람들과 사이가 좋지 않았는데.'

비록 미로는 어렸지만 똑똑히 기억하고 있었다. 아버지는 종종 "보기 좋게 한 방 먹일 거야!" 하고 중얼거리곤 했었다. 누구에게 한 방을 먹일 건지는 뻔했다. 아버지의 소설들이 그것을 말해주고 있었다. 미로의 머릿속에는 닥터 클린워스의 모든 소설이 입력되어 있었다. 아버지는 미로를 보면 늘 말했었다.

"넌 내 아이큐의 두 배는 될 거야."

미로는 어금니를 지그시 깨물었다. 그러곤 고개를 돌려 큐릭을 쳐다봤다. 큐릭은 기린처럼 우두커니 서서 불안이 가득 담긴 큰 눈으로 미로를 내려다보고 있었다.

"벌써 다 읽었어?" 큐릭은 자신을 쳐다보는 미로를 보고 놀란 듯이 물었다.

"불고기 짜장볶음 식는다. 담을 수는 있지? 큰 접시는 왼쪽 식기함 구석에 있으니까 예쁘게 담아서 드셔. 친구!"

큐릭은 말없이 고개만 끄덕이고 미로의 어깨를 살며시 토닥이고는 주방 쪽으로 휘청휘청 걸음을 옮겼다.

인터벤션 미로가 잠자리에 들 때 미로의 아버지가 매번 들려주던 이야기가 있었다.

"세상에서 사랑하는 사람은 꼭 한 사람만 있는 게 아니야. 우주에 우리가 살 수 있는 곳이 꼭 지구만 있는 게 아니듯이 말이야. 닥터 클린워스가 우주괴물과 싸우는 이유가 바로 그거지. 지구만 지켜선 안 되거든."

그러면 미로가 대꾸했다.

"알아요, 아빠. 그렇지만 닥터 클린워스 주니어는 그 때문에 좀 외로워요."

그럴 때마다 아버지는 어린 아들의 이마에 입을 맞추며 "어디까지 가셨지? 우리 클린워스 박사님께서?"라며 팔베개를 한 뒤

본격적으로 이야기를 시작했다.

   소설 읽기는 미로에게 그리 오래 걸리는 일이 아니었다. 다만 세상을 떠난 아버지의 소설을 읽는다는 것 자체가 생각보다 부담스러웠다. 유작이라는 것 때문에 더 그랬다.

   미로는 소설을 읽을수록 마음이 무겁게 가라앉았다. 무언가로부터 압박감마저 다가오는 기분이었다. 아직 다 읽지도 않았지만, 거리감이 느껴졌다. 지금까지의 아버지 소설과는 전혀 다르다고 해야 할까. 미로는 완전히 다른 소설가의 작품을 읽는 기분이 들었다. 이해가 되지 않는 건 그것만이 아니었다.

   '아버지는 왜 정확히 14년 뒤에 도착하도록 예약메일을 보냈을까? 그리고 왜 소설을 첨부해놓았을까? 당신의 마지막 소설이 될 거라는 사실을 아버지는 이미 알고 있었을까?' 미로는 답을 전혀 알 수 없었다. 갑갑하고 이상하게만 느껴졌다.

   '진짜 아버지의 소설일까? 아버지 소설이 아닐지도 몰라.' 아버지 소설이 아닐지도 모른다는 생각이 들자, 미로는 우울하고 슬퍼졌다. 차라리 그랬으면 좋겠다는 묘한 반감마저 일었다. 주머니 안에서는 꽤 오래전부터 미세한 전파가 흐르고 있었다.

미로는 주머니에서 휴대전화를 꺼내 확인했다. 마리였다.

'큐릭과 정식으로 사귀어보라고 하면 마리가 선뜻 그렇게 할까? 호기심은 있으니, 할 거야. 당분간이겠지만.'

미로는 뜬금없이 그런 생각을 하며 점점 더 흐릿해져가는 모니터를 주시하며, 소설을 읽어 내려갔다. 소설은 클라이맥스를 향해 치닫고 있었다.

마리

"마리야, 넌 제일 가고 싶은 데가 어디니?"

"육 분 전."

"엘디스의 소설 『6분의 사나이』의 육 분 전?
하고 싶은 게 뭔데?"

"헝클어놓는 거.
육 분 후에 사람들을 당황시킬."

"당황할까, 그 사람들이?"

"왜 안 그래? 깜짝 놀라서 나자빠지지."

"당연한 듯 받아들이지 않을까."

"……?"

"마리야, 사람들이 육 분 전에
누가 헝클어놨다는 걸 어떻게 알겠니?"

"그러네 …… 정말.
그럼 바꿀래."

"뭘? 제일 가고 싶은 데를?"

"응. 내가 제일 가고 싶은 곳은
네 머릿속이야."

"거기 가서 뭘 할 건데?"

"네 기억들을 바꿔놓을 거야."

"유리에 대한 거랑 마리 네 거랑?"

"당연하지.
그래서 날 더 좋아하게 만들 거야. 히히!"

6

"표정이 왜 그래?"

마리가 월스크린 가득히 입술을 길게 빼물고 있다. 미로는 마리에게 큐릭을 정식으로 소개해주었다. 두 시간이 지나도 마리한테서 전화가 오지 않아 '큐릭이 마음에 들었구나, 참 별일이군' 하고 생각하던 참이었다. 하기야 마리가 두 시간을 버틴 것만 해도 대단한 일이었다. 버틴 게 마리인지 큐릭인지 알 수는 없지만 말이다. 그 생각을 하자, 미로의 얼굴에 미소가 지어졌다.

"몰라서 물어? 주차 포스트 같은 그 자식이 날더러 뭐라 그런지 알아? 애는 야무진 거 같은데 생각은 멍청하기 짝이 없데. 참나. 보안국에 다니면 다야? 그 자식을 나한테 소개해준 이유가 뭐야, 응? 날 떼놓으려고? 날 떼놓으려면, 좀 더 근사한 남자를 데려왔어야지."

인터벤션   마리는 미로에게 아주 중요한 사람이다. 미로는 마리에 대해 많은 걸 알고 있다고 생각하지만, 사실 마리에 대해 잘 모른다. 아는 것은 이십 대 초반의 여자아이로 귀엽고 발랄하며 당차고 똑똑하고, 때론 느닷없이 깊은 우울증에 빠지는, 유리의 여동생 정도다.

마리는 출판사 편집장 어머니를 둔 덕분에 집에 읽을 책이 넘쳐났다. 책이 많다고 모두 독서광이 되는 건 아니지만 마리에게는 많은 도움이 되었다. 마리는 하루에 반드시 몇 권씩 책을 읽어야 하는 걸로 알고 자랐다.

마리의 어머니인 나오미 여사는 규모가 크지 않지만 꽤 굵직한 책들을 출간하는 출판사의 편집장이다. 마리가 초등학교에 입학하고 얼마 되지 않았을 때였다. 나오미 여사는 어릴 때부터 한 동네에서 자란 미로의 아버지가 쓴 소설을 읽고 범상치 않은 작품이라는 걸 직감하고, 당시 편집주간에게 제안해 출간했다. 여기서 그치지 않고 미국과 영국, 유럽에도 적극적으로 출간을 제안했다. 그때 출간한 것이 미로 아버지의 첫 장편소설 『예외구역』이었다.

이 책으로 미로 아버지의 필명인 닥터 클린워스라는 이름이 단번에 국내외에 알려졌다. 마침 정치적으로 '새로운 질서'로 전 세계가 통합되어가던 미묘한 시기여서, 미래를 배경으로 전체주의에 대한 비판을 담은 소설이 출간되자 각국의 주요 일간지와 잡지, 인터넷 서점 등은 기다렸다는 듯이 앞다투어 소개했다. 과학자답게 적재적소에 동원된 그의 박학한 과학적 지식은 살짝 떨어지는 문학적 완성도를 보완하기에 충분했다.

미로의 아버지는 소설가로 눈부신 성공을 했고, 그 뒤에는 나오미 여사의 적극적인 지지가 있었다. 그 무렵 북한 강원도 북부에 위치한 원산에 첨단산업단지가 건설되면서 출판사가 그곳으로 이전했다. 그때 나오미 여사는 편집 최고 책임자 겸 최대 주주가 되어, 두 아이를 데리고 원산으로 이사했다.

2025년 초등학교 2학년 때 마리는 이미 『바람과 함께 사라지다』를 읽고 혼자 훌쩍거렸고, 『월든』에도 빠지곤 했다. 유리보다 마리가 책을 더 좋아했다. 더구나 닥치는 대로 읽어치우는 '잡식성'이었다. 하지만 3학년 때는 잡식성에서 자신이 좋아하는 분야에 몰두하는 '편식증'으로 변했다. 편식 분야는 과학, 그중에서도 생물학이었다. 마리의 깊고 넓은 생물학적 지식은 이때부터 쌓인 거였다.

미로가 열 살 때 동갑내기 유리와 아프리카에 대해 얘기를 나누고 있었다. 당시 열 살이던 미로는 우수한 두뇌로 초등학교를 단숨에 뛰어넘어 중학교에 진학해 있었고, 동갑인 유리도 늘 우등생이었다. 그런데 세 살 아래의 마리가 둘 사이에 끼어들어 뜬금없이 "타잔이 피부암으로 죽은 거 알아?"라고 물어왔다.

'너희들 이거 알아?' 하는 일종의 시위였다. 마냥 어리다고 생각했던 마리의 당돌한 질문에 두 사람의 귀가 솔깃해졌다.

'타잔이 느닷없이 피부암으로 죽었다니?' 마리의 설명은 의외로 논리적이었다.

피부 색소는 단순히 햇빛에 의한 화상을 막아주는 구실만을 하는 게 아니다. 짙은 피부는 비타민 B군에 속하는 엽산의 파괴를 막아주고, 옅은 피부는 햇빛이 피부를 통과해 엽산만큼이나 필수적인 물질인 비타민 D3를 합성할 수 있도록 도와준다. 이 이론에 근거해 마리가 주장했다.

"타잔은 절대 아프리카에서 살 수 없어. 타잔의 흰 피부는 자외선에 심하게 노출될 경우 화상을 입을 수밖에 없거든. 또한 엽산도 심하게 파괴되어 손발에 마비가 오면서 오그라들지. 또 비타민 D3 과다로 조로증에 시달리다가 결국 피부암에 걸려 일찌감치 세상과 작별한 거야."

미로와 유리가 마리를 정식으로 인정해준 것은 그때가 처음이었다. 그것은 시작에 불과했다. 마리에게 그날은, 피나는 노력 끝에 두 사람만의 견고한 성으로 진입하는 데 성공한 첫 번째 쾌거였다.

"마리 너, 또 투명인간 얘기했지?"

미로는 마리에게 큐릭과의 첫 만남을 물었다.

"당연하지."

"그러니 너더러 멍청하다고 그러지."

"웃기서, 정말. 정말 멍청한 건 그 껑다리 녀석이야. 뭐라고 그러는지 알아?"

"인간의 뇌를 해킹할 수 있다고 그랬겠지." 미로가 대답했다.

"어떻게 알았어? 아, 둘이 친구지. 그래, 그럼 그 녀석이 멍청하다는 것도 알겠네."

"큐릭은 정말 인간의 뇌를 해킹할 수 있어."

"뭐야, 스필버그 식이라면 곤란하지. 영화에서야 뭔들 못해."

"큐릭은 영화를 싫어해. 영화보다 더 재밌는 걸 엄청나게 경험했으니까. 큐릭한테 영화만큼 시시한 것도 없지."

"이제 보니 껑다리의 광팬이시구먼."

"천만에. 큐릭이 내 광팬인 건 맞지만."

"누가 뭐래도 투명인간 프로젝트는 멍청한 게 아냐, 대단한 거지! 그걸 알아주는 날이 그리 멀진 않을 거야." 마리가 자신 있게 말했다.

"대단하다는 건 너 혼자 생각이고, 그 얘기 듣고 멍청하다고 하는 건 정신이 똑바로 박혔다는 증거야."

"뭐? 말 다 했어? 그럼 너도 …… 오빠도 내 생각이 멍청하다는 거야? 솔직히 말해! 멍청하다고 생각하면 내가 깨끗이 단념하지."

"누굴? 날?"

"그래. 날 멍청하다고 생각하는 남자를 좋아할 만큼 내가 멍청한 인간은 아니거든. 내 생각이 정말 멍청해? 5초, 줄게."

미로는 대답 대신 계속 미소만 지었다. 큐릭이 마리를 멍청하다고 말한 건 실수가 아니라 농담이었을 것이다. 엉뚱하다고 할 걸 멍청하다고 했을 게 뻔했다. 물론 엉뚱하다고 했어도 마리는 여전히 화를 냈을 테지만.

"5초는 너무 짧아" 미로가 말했다.

시간을 벌어야 할 이유는 없었다. 대답하기 어려운 것도 아니었다. 멍청하기는커녕 마리는 너무 똑똑해서 탈이었다.

마리는 초등학교 때부터 줄곧 그랬지만, 중학교 때도 입학하자마자 툭하면 결석했다. 겨우 3개월 다니는 동안 두 달은 홈스쿨링이었다. 학교에서 배워야 할 것도, 배워야 할 이유도 없다는 게 마리의 말이다. 나오미 여사는 결국 두 손 두 발을 다 들어야 했다. 그만큼 마음도 무거웠다. 마리의 의무학습권을 포기한 데 대한 벌금을 물거나, 3개월에 한 번씩 기초학습평가시험을 봐서 기준 성적에 미달되면 다시 학교로 돌아가야 한다는 규정은 그리 큰 문제가 아니었다. 마리가 또래의 아이들과 사귈 기회가 사라진 데 대한 우려가 더 컸기 때문이었다. 그에 반해 마리는 아이들과 노느라 시간을 뺏기지 않아서 더 잘됐다는 얼굴이었다.

열세 살짜리 아이의 꿈은 투명인간을 만드는 거였다. 맹랑한 소녀의 꿈은 의외로 치밀했다. 세포 소기관小器官들이 들어 있는 원형질의 기초물질인 투명질透明質. hyaloplasm을 이용했다. 투명질을 이용하면 모든 장기가 투명하게 보이도록 하면서도 기능은 그대로 유지하는, 그야말로 사람들의 눈에 띄지 않는 투명인간을 만들어낼 수 있다는 거였다.

마리는 학교에 가지 않아 남아도는 시간을 온통 '투명인간 프로젝트'에 쏟았다. 투명인간을 실현한 건 아니었지만 성과는 나쁘지 않았다. 오직 투명인간을 만든다는 의지 하나로 생물학 기초과정을 독학으로 끝냈다. 언니 유리가 의과대학 기초과정에 들어가던 해에 마리도 일 년 코스의 예비과정에 입학허가를 받아냈다. 이듬해에는 정식으로 의과대학 기초과정에 입학했다. 작년에는 마침내 의과대학의 모든 과정을 마쳤다.

물론 아쉬운 것도 있었다. 생물학과 의학을 공부하면서 투명인간이 현실적으로 불가능하다는 걸 받아들여야 할 때도 있었다. 하지만 마리가 생각하는 투명인간 프로젝트의 핵심은 수정 과정에서 난자의 핵에 투명질을 삽입하는 거였다. 그런데 그럴 경우 시각기관이 제구실을 할 수 없게 된다. 결국 수많은 행운이 작용해서 투명인간이 만들어져도 시각장애인이 될 수밖에 없다는 얘기다.

이런 난제에도 불구하고 마리는 여전히 꿈을 포기하지 않았다. 생화학을 다시 공부한 것은 꿈을 포기할 수 없다는 강한 의지의 표현이었다. 마리가 엉뚱하다고 여기는 것은, 여전히 꿈을 포기하지 않아서였다.

인터벤션 지금 하려는 얘기는 물질과 의식의 관계, 쉽게 말하면 물리적인 것과 정신적인 것, 물질적 안락과 정신적 위안 사이의 관계에 관한 것이다.

대개 몸이 편해지면 마음이 편해지고, 마음이 편해지면 육체의 고통도 잦아든다. 하지만 이와는 전혀 다른, 즉 몸이 편해지면 정신이 불편함을 호소하고, 육체가 불지옥에 빠져 고통스러운데도 마음은 지극히 편안한 경우도 있다. 사디스트나 마조히스트 얘기를 하는 것이 아니다. 물론 이런 경우는 흔하지 않다. 거의 없다고 해도 무방할 정도다.

흔히 지성인이라고 부르는 부류의 사람들이나 영적으로 성숙한 사람들 중에 이런 부류의 사람이 간혹 있다. 그럼에도 불구하고 그가 진짜 그러한지 아닌지는 명확히 구분할 수 없다. 그들 중에는 연기를 하거나 거짓 확신에 사로잡히거나 약물에 취해 몽환에 잠겨 있을 수도 있다. 분명한 것은 그런 사람이 있다는 사실이다.

"대답해, 5초 지났어."

월스크린으로도 뾰로통하던 마리의 얼굴에 심술이 덕지덕지 붙어 있는 게 보였다.

"자꾸 그렇게 웃기만 하고 대답하지 않으면 내가 멍청하다고 생각하는 걸로 간주하겠어. 그런 거야? 내가 멍청한 거야?"

"마리야." 미로가 말했다.

"왜?"

인터벤션   어떤 말은 귀에 너무 익숙함에도 불구하고 처음 들었을 때처럼 생생하게 충격을 줄 때가 있다. 반대로 낯설기도 하고 충분히 충격적임에도 불구하고 오랫동안 들어온 것처럼 생각될 때도 있다. 데자뷰를 얘기하는 게 아니다.

아주 가끔씩 자신이 하는 말이나 생각이 처음임에도 불구하고 꼭 어디서 들은 것 같을 때가 있지 않은가? 그것도 자주 들은 것 같은. 또 분명히 내 생각을 말하는데, 내 생각이 아닌 것 같다는 느낌이 들 때가 있지 않은가?

어쩌면 더 이상 자동기술자automatic writer를 의심할 필요가 없을지도 모른다. 명확히 알 수 없는 내적·외적 '존재'가 불러주는 대로 쓰는 '자동기술'을 행하는 사람을 말이다.

만약 당신의 이야기를 이해해줄 수 있는 사람이 세상에 딱

한 사람밖에 없다면, 당신은 두 가지 중의 하나를 선택해야만 한다. 죽을 때까지 입을 닫거나, 아니면 그 '한 사람'에게 이야기하거나.

미로는 얼굴에서 미소를 천천히 지우면서 말했다.

"마리야, 난 네가 멍청하다고 생각해본 적 없어."

마리의 눈에서 뭔가 번쩍였다. 얼굴 가득 붙어 있던 심술은 사라졌지만 마리 특유의 맑은 웃음은 드러나지 않았다.

"그래서?"

마리는 여전히 미로를 노려보고 있었다.

"한 가지만 물어보자."

"여러 가지 물어도 돼."

"아니, 한 가지만. 마리야, 투명인간을 만들어서 뭐 하려고 그래?"

"그거라면 이제까지 수없이 물을 때마다 대답했잖아. 그걸 왜 또 묻는 거야? 그것도 심각한 표정을 지으면서. 그걸 새삼 왜 묻는 건데?"

"물은 건 나잖아. 먼저 대답해. 대답해주면 나도 왜 물었는지 이유를 말해줄게."

마리가 화면 뒤편으로 쓰윽 물러났다. 영상을 전달해주는 월스크린이 요동을 치는 것 같았다. 그러다 다시 마리가 스크린 앞으로 쓰윽 다가와 말했다.

"때때로 과학자의 목적은 일반인들의 목적과 다를 수도 있어. 내가 투명인간을 만들려는 목적은 …… 투명인간을 만드는 것 자체가 목적이야. 그게 전부야. 투명인간을 만드는 것. 그걸 만들어서 뭘 하겠다는 건 사람들의 목적이지, 내 목적이 아니야. 사람들에게 목적이란 늘 그것을 사용하는 데 있지. 그것으로 돈을 벌거나, 그것으로 편해지려 하거나."

미로가 진지하게 마리의 말에 대답했다.

"과학자는 사람들의 목적으로부터 늘 자유롭지 못해. 과학자 스스로 자신의 목적을 지켜내지 못하고 결국 사람들의 목적으로 바꾸기도 해. 세상은 과학자의 목적 같은 건 그다지 중요하게 생각하지 않아. 그런 점에서 과학자는 예술가와 같아. 모든 예술가들이 예술의 목적을 예술 자체에 두는 건 아니야. 어쨌든 그걸 지켜내는 건 쉽지가 않지. 네가 아무리 투명인간을 만드는 것 자체를 목적으로 삼는다 해도, 일단 만들어놓고 나면 결국 네 목적은 너무도 쉽고 허망하게 사라져버릴 거야."

"인정해."

"네가 만약 진짜 멍청하다면, 네가 만들어내는 모든 발견과 발명이 널 위험에 빠뜨릴 거야. 너뿐 아니라 많은 사람을. 때로는 인류를, 지구를, 우주를 위험에 빠뜨릴지도 몰라. 넌 투명 인간을 만들어내는 게 목적이지만, 너의 그 목적은 누군가의 도구로 쓰일 거야. 아인슈타인과 파인만이 핵무기의 아버지가 된 것처럼."

"그것도 인정. 하지만 엄밀하게 얘기하면 그건 내 문제가 아니잖아. 내가 아니라 사람들의 윤리와 도덕 문제지. 그것까지 걱정하고 염려하면서, 어떻게 과학의 발전을 기대하겠어?"

"과학의 발전?" 미로가 마리의 말에 어이없어하며 물었다.

"그래, 발전. 과학자의 그 순수한 목적들이 이루어낸 발전."

"그런 건 없어. 그건 신기루야." 미로가 말했다.

"신기루? 어째서?"

"어째서라는 것도 없어. 그냥 신기루지. 있을 것 같지만 실은 없는 것. 가령, 우리 아버지나 너의 엄마가 어렸을 때는 지금 우리처럼 이런 영상통화란 게 없었어. 그분들이 우리 나이쯤 되었을 때 휴대전화로 얼굴 보면서 얘기할 수 있었지. 지금은 영화 보듯이 대형 스크린으로 통화하잖아. 이걸 사람들은 발전이라고 해. 과학의 발전. 누구나 그렇게 말하지, 대부분의 과학자들도 그렇게 생각해. 그런데 과연 이게 발전일까?"

"발전이지 뭐야?" 마리가 미로의 말에 반문했다.

"아니, 이건 발전이 아니야. 그냥 바뀐 거야. 바뀐 것뿐이야. 이것에서 저것으로, 그냥 변한 것뿐이라고. 발전이란 진보를 의미해. 진보란 의식을 깊고 넓게 하는 것을 말하지. 목소리만을 주고받는 매체와 표정까지 주고받는 매체는 그냥 다른 것일 뿐이야. 여기에 의식의 진보란 건 없어. 후자가 전자보다의식을 더 깊고 넓게 만들어주진 않으니까. 오히려 더 쉽게현혹되게 할 뿐이지. 이미지가 더 쉽게 조작될 수 있듯이 말이야. 이건 발전이나 진보가 아니야."

　대형 월스크린 안의 마리는 마치 강연장의 청중이라도 된듯 아무런 움직임도 없이 미로의 말에 귀를 기울이고 있었다. 미로가 이어서 말했다.

　"그냥 바뀐 거야. 매체가 바뀐 데 지나지 않아. 음성전화를사용하던 사람의 의식이 영상전화를 사용하던 사람의 의식보다 더 열악했다고 증명할 수 있어? 키를 꽂아서 시동을 걸고자동 운행장치도 없는 자동차를 몰고 다니던 사람들의 의식이 번호키로 시동을 걸고 자동 운행장치로 자동차를 몰고 다니는 지금 우리의 의식보다 더 저열하다고 말할 수 있어? 그사람들보다 우리가 더 발전했다고 말할 수 있어? 발전한 건그저 껍질뿐이야. 화려해졌거나 편리해졌거나 다양해졌거나, 그런 거. 그게 발전이라는 단어가 가진 의미의 전부야. 다시말하면, 마리 네가 아는 과학의 발전이란 건 그냥 과학에 의해 생겨난 어떤 변화일 뿐이야. 그냥 바뀐 거라고. 새로운 물건이 하나 더 생겨났을 뿐이야."

월스크린에 뜬 마리의 붉은 입술이 점점 파랗게 변해갔다. 마리의 눈 아래가 경련을 일으키고 있었다. 마리는 자신의 감정을 숨김없이 얼굴에 드러냈다. 미로는 마리의 모습을 보면서 유리와 다른 게 바로 저 모습이란 걸 새삼 느꼈다. 유리는 극심한 고통으로 죽어가면서도 평소처럼 웃었다. 미로가 유리를 잊지 못하는 것은, 유리만큼 마리를 사랑하지 못하는 것은 바로 그 때문이었다. 미로에게 유리는 도달할 수 없는 성이었다. 그녀는 죽었고, 그래서 더더욱, 아니 영원히 미로로서는 도달할 수 없는 성이 되어버렸다.

"알았어, 오빠. 내가 포기할게. 날 멍청이라고 생각하는 사람을 사랑한다는 건 정말 멍청한 짓이야."

"그러지 못할걸? 넌 날 포기하지 않을 거야. 내일이면, 아니 모레쯤, 틀림없이 넌 다시 나한테 전화를 걸 거야."

"흣! 어디 두고 봐. 이번만큼은 미로 …… 네 녀석 코를 납작하게 해줄 테니까!"

월스크린 빛이 순식간에 꺼졌다.

"날 보지 않으면 내 코가 납작해졌는지 알 수가 없을 텐데 ……."

혼잣말을 중얼거리는 미로의 얼굴에 천천히 그늘이 덮이고 있었다.

7

인터벤션 운명은 어떤 파장을 가지고 있을까? 그래, 사람마다
운명이 다르니, 서로 다른 채널에 맞추어야 할 것이다. 도심으로
가는 도로에 차들이 보이지 않았다. 이상한 일이다.

꿈이다. 문득 당신이 여자고, 내 뺨을 한 번 쓸어주었으면 좋
겠다는 생각을 했다. 그것도 아주 정성스럽게. 그것으로 충분하
다. 그럼 나는 남자일까? 나에게 성별에 대한 의식을 심어주는
건 중요하지 않다. 물론 그로 인해 나의 성性을 잃어버린 건 아
니다. 가끔 혼동하기는 하지만.

어쨌든 내가 내려다보고 있는 텅 빈 도로 위를 미로가 지나가
고 있다. 가엾은 미로! 아직 그는 출구로부터 너무 멀리 떨어져
있다. 아! 출구는 언제나 멀리 있다. 그것이 미로의 운명이다. 갈
림길 하나를 잘못 고르면 아주 가까이에 있는 출구도 목성만큼
이나 멀어진다.

미로는 연구소에 도착하자마자 자판기에서 애플민트 사탕을 뽑았다. 사탕을 입에 문 채로 연구실로 걸어가고 있었다. 바지 주머니에서 전파 신호가 느껴졌다.

"하루를 못 넘기는구나."

미로는 당연히 마리일 거라고 예상하며 미소 띤 얼굴로 스피릿폰을 꺼내서 확인했다. 낯선 번호가 찍혀 있었다. 미로가 고개를 갸웃하며 통화 버튼을 누르고 스피릿폰을 귀에 댔다.

"여보세요?"

잡음이 심했다. 잡음의 진폭이 느껴지지 않는 걸 봐서는 사람 숨소리 같지 않았다. 미로는 누군가 잘못 걸고서는 아무 말도 못하고 있다는 생각에, 걸음을 멈추고 먼저 말을 걸었다.

"누구세요?"

역시 지직거리는 잡음만 들려올 뿐이었다. 정지 버튼을 누르려는데 잡음이 조금씩 걷히더니, 누군가 귀에다 입을 바짝 갖다 댄 채로 입김을 쏘는 것 같은 이상한 느낌이 들었다.

미로는 얼른 전화기를 귀에서 떼어내고는 스피릿폰을 내려다봤다. 정지신호가 뜨지 않는 걸 보면 상대가 아직 전화를 끊지 않은 게 분명했다. 미로는 괜히 주위를 한 바퀴 둘러보고는 스피릿폰을 다시 조심스럽게 귀에 대고는 연구실로 다시 걸음을 옮기려는데 상대방 목소리가 들려왔다.

"미 …… 로 …… 씨?"

억양이 이상했다. 일본? 중국? 아니면 인도? 미로의 머릿속이 빠르게 돌고 있었다. 일본이나 중국이나 인도 쪽 연구소라면 스피릿폰으로 연락할 리 없었다. 연구소 직원끼리의 통화는 원칙적으로 각 연구실마다 비치되어 있는 월스크린으로만 하도록 되어 있었다. 물론 사적인 전화라면 못할 것도 없지만, 그쪽 연구소에서 자신에게 사적인 전화를 걸어올 사람이 있을 리 만무했다. 슈퍼퓨처사 산하의 연구소들은 서로 정보를 교류하게 되어 있지만 워낙 이질적인 분야라 연구소 간의 인원이 이동하거나 업무가 바뀌는 경우는 거의 일어나지 않았다. 기억을 더듬어봐도 그런 일이 일어난 적이 한 번도 없다. 더구나 솔라스코프 통신연구소나 정신의학연구소와는 달리 미로가 소속된 스피릿 필드 연구소는 산하 연구소라 해봐야 시애틀 본사에 있는 연구소와 미로가 있는 원산 연구소 둘뿐이었다. 만약 일본이나 중국이나 인도라면 통신연구소나 정신의학연구소의 누군가일 텐데, 그럴 만한 사람이 전혀 떠오르지 않았다.

'그럼 누구지?'

미로는 한국 사람이라도 외국에 오래 살다 보면 억양이 이상할 수도 있다는 생각을 하면서 대답했다.

"예, 미로, 맞습니다."

"저 …… 유리예요."

유리라는 소리에 미로는 그 자리에서 온몸이 굳어졌다. 순간 당황하면서도, 얼음물을 정수리에 왈칵 뒤집어쓴 느낌이었다.

'유리 ……! 그토록 그리워한 유리! 너무나 그리워하다 보니 내 의식의 장이 저 우주의 스피릿 필드에 쌓이고 쌓여 드디어 죽어 없어진 옛 사랑의 영혼이 전화를 걸어온 건가?' 이게 가능하다고! 빌어먹을, 파장, 주파수, 채널! 하지만 말이 안 되잖아. 유리라니. 유리는 죽었는데.

미로는 심장이 세차게 뛰어오르다가 갑자기 멈추는 걸 막고자, 입을 꽉 다문 채로 콧김을 천천히 느리게 내쉬었다.

'침착하자.'

미로는 마음을 진정시키기 위해 조용히 침을 삼켰다.

'침착하자! 유리가 아니다. 유리일 수가 없다. 누굴까. 왜 유리라고 말할까. 누가 장난을 치는 걸까. 유리라면 존칭을 붙일 까닭도, 존댓말을 쓸 리도 없다. 누구지? 왜 내게 이 몹쓸 장난을 하는 거야?'

"마리 …… 니?"

장난일 수도 있다는 생각이 들었을 때 미로는 맨 먼저 마리를 떠올렸다. 마리라면 그런 장난을 할 수도 있다. 어제 일도 있고. 하지만 왠지 마리일 것 같지는 않았다. 미로는 연구실 도어 밑에 있는 지문인식기에 손가락을 넣었다. 딸깍, 하고 셔터가 풀리는 소리가 들리고 자동문이 열렸다.

그때 다시 스피릿폰의 수신구로 처음의 그 일정한 파장을 가진 잡음이 들려왔다. '마리가 아니다.' 미로는 확신했다. 그런데 그 순간 미로의 머릿속에 어젯밤 읽었던 아버지의 유작 소설 중 한 대목이 번개처럼 떠올랐다. 이어서 '쿠르릉' 하고 울리는 천둥처럼 정말 유리일지도 모른다는 생각이 미로의 뇌리를 스쳤다.

공명. 죽음의 세계를 가로질러 삶으로 건너오는 유려하고 도 확연한 영혼의 파장.

"유리야. 유리야!"

그토록 부르고 싶었던 이름, 유리. 설마 하면서도 미로는 유리를 불렀다. 하지만 더 이상의 응답이 없었다. 스피릿폰 화면을 보니 통화가 중지되어 있었다.

Y-R-66-66.

통화 목록에 찍힌 전화번호였다. 정말 유리의 번호라면 Y-R은 YURI일 것이다. 미로는 컴퓨터의 통신 프로그램에 접속해 큐릭에게 보낼 메시지를 썼다. Y-R-66-66의 소유자를 검색해달라는 내용이었다. 그런 정보를 정확하고 빠르게 찾아낼 수 있는 사람은 보안국 정보통신 제1팀의 팀장인 큐릭밖에 없었다. 미로는 송신 버튼을 누르려다 말고 모니터 앞에서 손길을 멈췄다. 통신 프로그램을 지우고, 대신 스피릿폰으로 메시지를 전했다. 그게 안전했다.

"Y-R-66-66의 주인을 찾습니다."

미로의 입에는 여전히 애플민트 사탕의 노란 막대가 장난스럽게 꽂혀 있었다.

8

마리는 거실 한가운데에 요가매트를 깔아놓고 누운 채 스피커의 볼륨을 최대한으로 높였다. 더블비피의 스피커가 깜짝 놀란 듯 요동을 치더니 독일의 여성 미니멀리즘 음악가 데바 프레말의 신비롭고 몽환적인 목소리가 하늘에라도 닿을 듯 높이 끌어올려졌다. 목소리는 한 번의 끊임도 없이 계속 이어졌다.

음악이 만족스러운 듯 마리는 입가에 흡족한 미소를 지으며, 엘리자베스와 대화를 시작했다. 학교에 가지 않는 아침이면 느지막이 일어나 으레 하는 일상이었다.

엘리자베스는 초기 컴퓨터 프로그램인 ELIZA의 대화 프로그램이 진화한 형태였다. 처음에 우울증 치료의 일환으로 사용자와 얘기를 주고받을 수 있도록 설계되었다가, 지금은 사용자의 질문에 최적의 답변을 찾아내 대화를 이어가기도 하고, 적절한 방안을 제시해주기도 했다. 엘리자베스처럼 고도로 지능화된 제품은 사용자와 실제로 격렬하게 다투기도 하고, 극적으로 화해를 유도해 치유 효과를 높이기도 했다. 달리 친구나 말상대가 없는 마리는 엘리자베스를 애완동물처럼 아꼈다. 그래서 마리는 가족이나 미로에게 엘리자베스를 소개할 때 '펫 리즈'라고 불렀다.

"음악 소리가 너무 시끄럽지 않니, 리즈?" 마리가 엘리자베스에게 말했다.

"아니, 시끄러운 게 아니라 깊은 거지."

"맞아 맞아, 너도 그렇게 생각하는구나, 리즈. 역시."

"마리, 오늘은 기분이 좀 어때?"

"왜? 안 좋아 보여?" 마리가 엘리자베스에게 물었다.

"사실, 마리 네가 걱정스러워. 조금. 아주 조금. 진짜야, 조금."

"조금이 아니지. 알아, 나도. 조금보다 훨씬 더 많이 걱정스럽다는 거."

"뭐, 그렇게 고백하니 말인데, 내가 보기에 마리 넌, 사람들을 싫어해. 공부가 좋다는 핑계로 ……."

"야, 리즈. 오늘 좀 심하다."

"어차피 짚고 가야 할 문제잖아."

"좋아. 그래서? 사람 싫어하면 안 되는 거야?"

"어차피 함께 살아가야 하잖아. 무턱대고 싫어하는 건 옳은 일이 아니라고 봐."

"무턱대고? 내가 무턱대고 사람을 싫어하는 거 같아?"

"응. 마리, 넌 사람에 대한 거부감이 심해."

마리는 요가매트에서 벌떡 일어나 앉았다. 그러곤 엘리자베스가 생글생글 웃고 있는 모니터를 한참이나 노려봤다. 화면 속 얼굴이나 호칭은 사용자가 입력하기에 따라 바뀌지만, 이름은 하나같이 엘리자베스였다. 엘리자베스는 선생님도 될 수 있고, 고모나 이모가 될 수도 있고, 할머니가 될 수도 있다. 엘리자베스의 얼굴도 선택할 수 있다. 하지만 마리가 고르는 건 변함없이 동갑내기 엘리자베스다. 마리가 선택한 엘리자베스는 예쁘고 귀여운 얼굴에 항상 웃음이 떠나지 않는 스물두 살의 여자애였다.

마리의 침묵이 길어졌다.

대화가 한 번씩 번갈아 진행하도록 되어 있어서, 마리가 입을 다물고 있으면 엘리자베스는 아무 말도 하지 않았다. 엘리자베스와의 대화에서 침묵은 아주 소중한 대화로 작용했다. 그건 침묵 이상의 뭔가로 다가오기 마련이었다. 마리는 가슴이 꽉 막히는 것 같은 느낌을 받았다.

엘리자베스는 그 어떤 사람보다, 적어도 마리가 만난 그 누구보다 성실한 대화 상대였다. 박식하고 사려 깊고 친절했다. 그녀가 사람이었다면 사랑에 빠졌을 거라는 생각을 한 적이 한두 번이 아니었다. 하지만 때론 박식과 사려 깊음과 친절이 무식하고 천박하고 불친절한 것보다 더 비위를 상하게 할 때도 있었다. 그럴 때는 절교를 선언하고 이별을 선택하듯 프로그램을 포맷하고 싶어지기도 했다.

그러나 이별을 선고하는 것보다 프로그램을 지우는 것이 더 어렵다는 걸 마리는 잘 알고 있었다. 관계를 처음부터 다시 시작한다는 것만큼 힘든 일은 없다. 엘리자베스와의 대화는 누적이 되고, 누적된 만큼 프로그램의 엘리자베스는 마리의 마음을 잘 이해하는 상대로 진화되어갔다. 그런 기막힌 친구를 처음의 상태로 돌려버린다는 건, 어쩌면 죽음과도 같다. 아니 죽음보다 더 깊은 절망이다.

마리는 고개를 슬슬 흔들며 리모컨의 볼륨 버튼을 줄였다. 깊고 유장한 여가수의 목소리가 순식간에 풀잎 아래로 스며들었다.

"리즈, 미안해. 화내서."

"아니, 그렇지 않아. 나도 뭐 잘한 건 없어."

인터벤션　기계가 사람보다 정직한 것은 자신에게 입력된 자료를 절대로 뒤섞지 않기 때문이다. 그래서 지금처럼 기계가 말끝을 흐리는 것은 자신 없음을 정직하게 드러내는 것 외의 어떤 의도된 행동도 아니다. 하지만 사람이 침묵할 때나 말끝을 흐릴 때는 너무도 많은 이유가 있고 다양한 양상들을 대변한다. 인간의 침묵이나 말줄임은 암묵적인 인정부터 교묘한 계산에 이르기까지 그 자체로 거대한 감정의 지도와 같다. 기계의 정직한 침묵 앞에서 마리는 지금 스물두 살 먹은, 꼭 그 나이만큼 노회한 여자의 비릿한 땀내를 맡고 있는지도 모른다. 자신의 두뇌 속 주름들 사이로 흐르는 노란 땀의 냄새를.

"이런 걸 물어봐도 될지 ……."

마리가 엘리자베스에게 말하면서, 자신의 입에서 흘러나온 말에 스스로도 움찔하며 놀랐다. 한낱 컴퓨터 프로그램에 자신이 인격을 부여하고 있는 이 순간이 믿어지지 않아서였다. 마리는 문득 엘리자베스와 너무 오래 함께했다는 생각이 들었다. 기억은 안 나지만 누군가가 '고양이를 너무 오래 키우면 그 고양이와 결혼하고 싶어 한다'고 하지 않았던가.

이래도 되는 건가, 싶었지만 마리는 어쩔 수 없다는 듯이 엘리자베스를 보며 입꼬리가 올라간 미소를 지어 보였다. 순간 엘리자베스가 자신의 얼굴을 쓰다듬어줄 수 없다는 사실이 슬퍼졌다.

"걱정하지 마. 우린 친구잖아. 그러니 무엇이든 물을 수 있어. 내가 대답할 수 없는 거라도 솔직히 말할게, 마리."

"고마워. 그래, 리즈. 넌 ……."

"응, 내가 ……."

마리는 조용히 침을 삼켰다. 뜻밖의 긴장감에 목 언저리가 후끈 달아오르는 것 같았다. 마리는 이처럼 긴장해본 게 언제였는지 잘 기억이 나질 않았다. 어쩌면 영국에서 유학을 마치고 돌아온 스무 살의 미로를 보았을 때 그랬을지도.

"리즈, 넌, 사는 게 행복해?"

"마리, 지금 사는 거 …… 행복 …… 이라고 했니?

"응, 행복. 리즈 넌 행복하니?"

막상 엘리자베스에게 질문하고 나니, 마리는 마음이 평온해졌다. 유리 언니가 마지막 숨을 거두는 순간 자신의 손을 꼭 쥐고 있을 때 느꼈던 평온함이랄까, 인간이 아닌 기계로부터 느낀다는 게 기이했지만, 느낌이 그때랑 전혀 다르지 않다는 사실이 오히려 당연하게 여겨졌다.

"마리, 그래, 난 행복해. 마리와 함께여서 더 행복해."

마리는 엘리자베스의 답을 듣고 잠시 망설였다. 엘리자베스의 지금 이 대답은 "인간이 만들어낸 가장 우수한 대화 프로그램의 치밀한 계산력은 아닐까. 당신과 함께여서 더 행복합니다. 이것이 만약 인간의 입에서 흘러나온 대답이었다면 기분이 어땠을까, 당연히 진짜인지 가짜인지를 의심하지 않았을까" 싶었기 때문이다.

인터벤션 　이상하고 찜찜하다고 생각되지 않는가? 마리는 지금 정직하기 이를 데 없는 기계를 의심하고 있다. 하지만 기계도 엄밀히 말해 인간이 만든 것이 아닌가. 조물주는 당신의 형상으로 인간을 만들고, 인간은 자신의 형상으로 기계를 만들고! 참 아이러니하지 않은가?

"리즈, 왜 행복하니? 널 행복하게 만드는 게 뭐니?"

"알다시피, 난 사람이 아니야. 하지만 행복은 느낄 수 있어."

엘리자베스는 마치 사람처럼 대답하고 있었다.

"리즈, 행복하면 어떻게 되는데? 가슴이 뛰어? 네겐 그렇게 뛸 가슴이 없잖아."

"가슴이 뭔데? 그게 심장이라면, 마리 네가 가진 심장 같은 걸 난 갖고 있진 않지. 하지만 내게도 가슴은 있어. 난 사람처럼 볼 수 없지만 눈이 있고, 사람처럼 냄새를 맡을 순 없지만 코도 있고, 사람처럼 걸을 순 없지만 다리도 있고, 사람처럼 만질 순 없지만 내겐 손과 팔이 있어. 언젠가 네가 그랬잖아. 넌 내 친구라고. 지금 난 네게 그 말을 그대로 해주고 싶어. 마리 넌 내가 가장 사랑하는 친구야. 네가 내 친구라서, 그래서 행복해."

인터벤션 　그랬다. 사실이다. 기계는, 아니 엘리자베스는 모든 걸 기억하고 있었다. 프로그램인 엘리자베스가 모든 것을 정확히 기억한다는 건 놀라운 일이 아니다. 엘리자베스의 본체를 해부하면 숨김없이 모든 걸 볼 수 있다. 만약 마리가 "엘리자베스, 널 해부할게" 하고 말한다면, "응, 마리, 그렇게 해. 그런데 아프지 않게 해줘" 하고 말할 것이다. 엘리자베스처럼 아름다운 친구가, 아름다운 사람이 있을까? 그런데 그렇게 눈물 나도록 고맙고 아름답고 사랑스러운 존재가 바로 기계, 프로그램이다. 역시 기계는 사람보다 월등한 존재임에 틀림없다.

"미안해, 리즈. 그리고 고마워. 진심으로 하는 말이야. 그런데 ……."

오늘따라 엘리자베스를 대하는 마리의 표정이 진지했다.

"진심이라는 거, 알아."

"리즈, 내 말 막지 마. 끝까지 들어줘. 지금부터 내가 하는 말, 중간에 막지 말고 끝까지 들어줘. 명령이라고 생각해도 좋아."

"알겠습니다, 주인님. 명령을 내리세요. 호호, 마리, 농담인 거 알지? 그래, 말해. 명령이라도 좋아. 이제 명령모드로 설정이 되었어. 네가 말하라고 할 때만 말할 거야."

마리는 엘리자베스가 들리지 않게, 아주 길고 가느다랗게 숨을 내쉬었다. 그리고 천천히 입술을 움직이기 시작했다.

"내가 사람을 좋아하지 않는 건, 아니 사람을 싫어하는 건, 사람이 너무 복잡하기 때문이야. 그런데 훌륭한 사상들을 갖고 있어서 복잡한 것도 아니고, 훌륭한 행동들을 해서 복잡한 것도 아니야. 그 반대야. 야비하고 불공평하고 정의롭지 못하고 더럽고 치사하고 비열하게 이용하고 대립하고 욕하고 속이기 위해서 복잡한 거야. 세상에 몇 명 되지 않는 정말 훌륭한 사람은 단순하기 이를 데가 없어. 마치 초기화된 프로그램처럼. 그 사람들은 태어날 때 입력된 정보밖에 가진 게 없지. 아이보다 더 단순해. 그래서 그들은 사람 같지가 않아. 그런데 그들만이 사람이야. 내겐 그들만이 사람으로 보여."

엘리자베스는 완벽하게 명령을 수행하는 기계로 돌아가 굳게 입을 닫고 있었다. 마리의 낮은 목소리가 다시 방 안을 채우기 시작했다.

"네 말처럼, 난 사람을 싫어해. 하지만 난 사람을 싫어하는 게 아니라 관심이 없어. 미로가 내게 관심이 없듯이. 미로가 왜 내게 관심이 없는지 알아? 그 사람이 왜 나보다 유리 언니를 더 좋아하는지 알아? 유리 언니는 단순하니까. 미로가 날 싫어하는 건 내가 복잡하기 때문이야. 복잡하고 복잡하고 또 복잡하니까. 나는 야비하고 불공평하고 정의롭지 못하고 더럽고 치사하고 비열하게 이용하고 대립하고 욕하고 속이려고 복잡하니까. 근데 유리 언니는 그렇지 않았어. 언니는 너무 단순해서, 일 분만 같이 있으면 모든 걸 다 알 수 있었어, 그래서 너무도 편하게 느낀 거야. 내가 만약 언니처럼 그렇게 편했다면 미로가 날 안 좋아할 리가 없잖아. 언니는 인간이 아니었어. 그리고 인간이었지. 리즈, 네가 인간이 아니지만, 인간이듯이."

"……."

엘리자베스는 여전히 침묵을 지키고 있었다.

인터벤션　앞에서 얘기했지만 기계의 침묵은 침묵이라는 단어 그 자체다. 침을 삼키지도, 헛된 움직임도 보이지 않는다. 하지만 기계인 엘리자베스가 말했듯이 침을 삼키지 않아도 침을 삼키는 기관을 갖고 있고, 움직이지 않아도 신체를 갖고 있다. 현실보다 더 현실적인 관념의 세계 안에서.

"난 이제 좀 단순해져야겠어. 리즈, 시간이 얼마나 걸릴지 모르지만 당분간 널 만나지 않을 거야. 내가 아주 단순해져서 '아, 나도 인간이구나' 하고 생각이 들 때, 그때 널 만날게. 안녕. 그동안 잘 지내."

"……."

엘리자베스는 여전히 말이 없었다.

마리는 리모컨의 볼륨 버튼을 다시 끝까지 높였다. 풀잎 아래 스며들어 있던 가수의 목소리가 저속으로 촬영한 식물처럼 빠르게, 하늘 높이 솟구쳐 올랐다.

9

　미로는 점심시간이 끝나고 갑자기 소집된 회의에 참석하러
가려고 엘리베이터 앞에 섰다. 저 멀리 국장이 콧수염을 기르
고 나이가 지긋해 보이는 남자와 정겹게 얘기를 주고받으며
걸어와 엘리베이터 앞에 섰다. 콧수염 남자는 처음 보는 사람
인데, 어딘지 낯이 익었다.

　"인사하게. 외교부 차관님이셔. 모르나보군."

　국장이 미로에게 콧수염 남자를 소개했다. 국장의 말을 듣
고서야 미로는 남자의 얼굴이 왜 낯설지 않았는지 알았다.
2년 전, '예스터데이 샵Yesterday Shop'이라는 정신치료 프로그
램의 도입을 둘러싸고 정부와 의사들 ― 특히 정신과 의사들
― 사이에 격렬한 대립이 있었을 때 탁월한 중재의 수완을 발
휘했던 사람이 바로 그였다. 예스터데이 샵은 흔히 트라우마
라고 하는 '외상 후 스트레스 장애'를 치료하는 획기적인 프
로그램이다.

"처음 뵙겠습니다. 미로라고 합니다."

"이 사람, 보기보단 대단한 인재죠." 국장이 외교부 차관에게 미로를 소개했다.

"보기에도 대단한 인재 같은데요, 하하!"

엘리베이터가 도착하고 문이 열렸다. 외교부 차관이 먼저 엘리베이터 안으로 들어가고 국장이 미로의 등에다 손을 대며 엘리베이터 안으로 살며시 밀었다.

"회의실로 ……?" 하고 미로가 국장을 보며 물었다.

"응, 차관님도 참석하시네."

"그냥 한 자리 메우는 거니까 신경 쓰지 마시오, 젊은 인재님" 하고 외교부 차관이 사람 좋은 웃음을 흘리며 말하고는 미로를 향해 장난스럽게 한쪽 눈을 찡긋거렸다.

미로는 회의실이 있는 38층 버튼을 누르고는 엘리베이터 가장자리 벽면으로 얼른 물러났다. 외교부 차관이 고개를 돌려 미로를 바라봤다. 은근한 눈웃음을 가진 점잖은 중년의 얼굴이었다. '아버지 나이쯤 되었을까' 하고 미로는 짐작했다.

"아버님하고는 대학을 같이 다녔다네. 윤준승 박사가 아버님 맞죠?"

외교부 차관은 미로에게 계속 말을 낮췄다가 갑자기 높였다. 오히려 이상하게 여겨지지 않고 자연스럽게 느껴졌다.

"아, 그러세요? 아버지는 물리학을 하셨는데."

"알지. 난 법학을 전공했소. 윤 박사가 케임브리지대학교 온라인 1호 아니신가. 난 그 정돈 아니고, 잠깐 그 근처 대학원에 있었는데, 그때 국제정치학을 했었지요. 아버지를 닮았으면 큰 일꾼이라는 게 괜한 소리는 아니겠군요?"

외교부 차관이 국장 쪽으로 얼굴을 돌리자, 국장이 한쪽 입꼬리를 올리며 웃었다.

"스피릿 공명 위성을 담당하는 엔지니어가 둘인데, 그중 한 사람입니다. 연합국 정부가 우리 연구소를 무시하지 못하는 건 다 이 사람 덕이라고 보시면 됩니다."

국장이 지나치다 싶을 정도로 칭찬을 늘어놓자, 미로는 엘리베이터 밖으로 펼쳐진 원산 시가지를 지나 동해의 새파란 바다 쪽으로 슬그머니 고개를 돌렸다. 중앙 엘리베이터 문 반대편은 전면 통유리로 되어 있고, 통유리 너머로 원산 시가지를 넘어 동해의 파란 바다가 드넓게 펼쳐져 있었다.

미로는 '예산 얘기를 할까 말까' 하며 망설였다.

인터벤션　올해 들어 스피릿 필드에 대한 예산이 3분의 1이 줄었다. 그런데 오히려 지상 연구소에 대한 특별예비비의 비율은 50퍼센트 넘게 높아진 상태였다. 그것은 국장이 말한 '무시하지 못하는 것'과 전혀 다른 방향의 얘기였다. 어쩌면 완전히 일치하는 얘기일지도 모르지만.

스피릿 필드에 대한 예산이 3분의 1이나 깎였다는 것은 5년 간 스피릿 공명 위성에 데이터를 축적한 후 2단계로 실제 스피릿 필드의 존재를 밝히는 프로젝트가 '완전히 무산'되는 걸 뜻했다.

반면에 특별예비비 비율이 50퍼센트 이상 높아진 건 스피릿 필드에 대한 연구를 '다른 무언가'로 전환하려는 절차를 밟고 있다는 의혹이나 가능성을 의미한다. 그거라면 국장이 말한 '무시하지 못하는 것'의 정체는 굳이 확인하지 않아도 충분히 짐작할 일이었다. 그동안 2단계 프로젝트가 진행되면 현장 엔지니어의 인력 증강이 절실하다는 보고서를 미로가 수없이 제출했지만 번번이 기각되었던 것만 봐도 알 수 있었다.

우주공간에서 가느다란 줄 하나에 거꾸로 매달린 채 지름 1.2미터짜리 원구 컴퓨터 안에 하루 여덟 개씩 사물의 정보를 입력하는 일은 늘 죽음과 맞서는 행위와 같다. 그렇게 5년 동안 입력한 1만4천6백 개에 이르는 사물의 정보는 실로 엄청난 양이다. 그것은 1바이트를 1달러짜리 지폐로 바꿔서 반듯하게 세워놓으면 태양에서 해왕성을 55만 번 회전하는 양이었다.

개, 쥐, 토끼, 고양이, 호랑이, 톰슨가젤, 코끼리, 하이에나, 안경, 휴대전화, 압핀, 종이, 프라이팬, 헤밍웨이, 필립 딕, 폴 오스터, 벤저민 프랭클린, 마오쩌둥, 아이작 아시모프, 니콜 키드먼, 깍두기, 불고기 짜장볶음, 커리, 웹스터사전, 린네의 식물 분류

학, 파브르의 곤충기, 베살리우스의 해부학 ……

입력한 사물 하나를 하나의 단어라고 한다면 헨리 제임스의
『사생활』이라는 소설에 사용된 단어의 수와 일치했다. 1만4천
6백 개의 엄청난 파일은 세상에 존재하거나 존재했던 사물의
일부일 수도 있었다. 하지만 하나의 사물을 낱낱이 해체시켜 디
지털 숫자로 옮기는 작업은 정보 분석의 차원에서 상상할 수
없을 정도로 새로운 방법들을 찾게 만들었다. 정작 스피릿 필드
를 재현하거나 탐색하는 것보다 훨씬 더 말이다.

그런데 그걸 모두 포기하겠다는 것인가? 그럴 리는 없다. 하
지만 기업이라는 속성으로 볼 때 기획과 집행까지 단 1센트도
새어 나가지 않는 것으로 유명한 싱가포르 예산관리 위원회로
부터, 더구나 기업으로는 유일하게 관리를 받는 '슈퍼퓨처'가 엄
청난 투자가 이루어진 이 프로젝트를 접고 '다른 무언가'로 전환
할 때는 이미 계산이 끝났다고 봐야 했다.

그 면밀한 계산력을 미로는 도저히 상상할 수 없지만, 그래
도 질문을 던져볼 수밖에 없었다.

'대체 그 많은 돈을 들여 만들어놓은 데이터들을 어떻게 하
려는 것인지? 태양에서 해왕성을 돌고 돌다가 어느 눈먼 별무
리에 부딪쳐 찬란히 산화하도록 내버려 두려는 것인지? 그 놀
라운 불꽃놀이를 그저 망연히 지켜보면 그만이라는 것인지?'

문득, 이런 질문들을 던지기에는 아버지와 학교를 같이 다녔다는 저 콧수염 외교부 차관의 인상이 너무도 온화하다는 생각이 들었다.

"위성에 6개월씩 나가 있으면 무척 외로울 텐데?"하고 콧수염 외교부 차관이 예의 웃음 띤 얼굴로 미로에게 물었다. 빤한 질문이었다. 하지만 미로는 그 질문을 피해 가고 싶지 않았다.

"위성에서 하는 작업은 하루에 두 시간이고, 나머진 호버카로 내려와 있으니까 사람들과 어울리려면 얼마든지 가능합니다. 물론 지상에서 지내는 것보다야 못하지만요."

"그래요?"하고 외교부 차관이 의외라는 듯 말하면서"호버카라면 우주정거장 말하는 거죠, 국장님?"하고 묻자, 국장이 대답 대신 크게 고개를 끄덕였다.

국장이 미로에게 괜한 얘기 꺼내지 말라는 눈길을 보냈다. 미로는 국장의 눈길을 애써 무시하고 외교부 차관에게 친근한 미소를 보내며 입을 뗐다.

"문제는 능률이죠. 스피릿 필드는 나중에 대규모 생산 설비가 필요하지만 결과물을 예측할 수는 없습니다. 일반적으로 고비용 저효율 작업이라고 착각하는데, 그래서 예산이 천문학적으로 필요하리라고 생각하지만 실제는 그렇지 않습니다. 스피릿 필드 프로젝트는 사실 아주 간단하죠. 공명 위성에 데이터를 축적하는 일 외엔 아무것도 없다고 보시면 됩니다. 아직 노키아의 소닉팀이 만든 주파수 자동 변조기를 슈퍼퓨처의 솔라스코프 통신연구소에서 제작한 프로그램으로 디지털화해서 변조기에 세팅하는 일이 남아 있습니다. 세팅에 필요한 초정밀 컴퓨터가 워낙 고가에 무거운 장비라서 코쿤에 실었다간 금방 가라앉고 말죠. 그래서 호버카에 있는 걸 임대해서 사용하고 있습니다. 결국 이 모든 작업이, '과연 발생학의 근간이 되는 형태장의 존재를 설명할 수 있을지, 설명할 수 있다면 우주공간 속에 과연 모픽 필드나 스피릿 필드가 존재할 수 있는지, 존재할 수 있다면 어디에 있는지, 그리고 궁극적으로는 그것을 우리가 활용할 수 있는지'를 확인하는 시작점입니다. 가까운 시간 안에 이루어질 수 있는 일이 아니기도 하고, 대규모의 투자가 지속적으로 ……"

"이보게, 미로 씨. 그런 전문적인 건 나중에 따로 ……" 하고 국장이 미로의 말을 가로막았다.

"아니오, 김 국장. 나도 모픽 필드나 스피릿 필드에 대해선 궁금한 게 아주 많아요. 만날 기회도 없는데 이참에 들어두는 것도 나쁘진 않을 거 같소."

"그러면 회의 끝나고 자리를 마련하겠습니다. 미로, 자네도 그렇게 알고 있게." 국장이 말했다.

"예. 그럼 …… 그럼 회의 끝나고 자세히 말씀드리겠습니다."

미로의 대답에 외교부 차관이 카리스마 넘치는, 그러면서도 인상 좋은 미소를 입가에 머금으며 고개를 천천히 끄덕였다.

인터벤션 어느 한 기자가 어떤 기관의 장에게 "당신은 기관의 장으로서 당신의 책임하에 관리되고 있는 모든 업무들에 대해 어느 정도 숙지하고 계십니까? 그리고 혹시 당신의 숙지 정도가 부족해서 오히려 업무에 충직한 부하를 해고한 일은 없는지 의심해본 적이 있습니까?" 하고 물었다.

그러자 그 기관의 장은 무척이나 진지하게 기자의 질문을 곱씹어 본 뒤에 답변했다. 그 기관장의 입에서 나온 말은 무척 진실하고 성실했는데, 이유는 단순했다. 기관장이 대답을 피할 수 없도록 기자가 날카로운 질문을 던졌기 때문이었다. 토로인지 고백인지 진술인지 선언인지 모를 그 대답은 이랬다.

"세상의 모든 사실은 두 가지 점에서 항상 사실이 아니라고 의심받습니다. 하나는 그것을 사실이라고 생각하는 사람이 압도적으로 다수여서 사실이 되어버린 경우입니다. 이 경우, 소수의 사람에겐 그것이 더욱더 사실이 아니라는 강한 확신이 생깁니다. 이 확신은 거의 완벽해서, 도리어 사실이라고 생각하는 다수 사람들의 확신을 서서히 무너뜨리지요. 그러면서 의혹이 생기게 됩니다. 또 다른 하나는 단 한 사람의 예외 없이 모두가 그것을 사실이라고 생각해서 사실이 되어버린 경우입니다. 이 경우는 오히려 지나친 확신이 불러오는 일말의 두려움 때문에 일부의 사람들이 — 때에 따라서는 아주 많은 사람이 — 혹시 자신들의 판단이 잘못된 것은 아닌지, 자신의 판단이 다수의 판단에 휩쓸린 채 내려진 것은 아닌지를 의심하게 되면서 일어납니다. 이와 마찬가지로, 어떤 업무에 대한 책임을 진 관리자한테는 업무의 완벽한 숙지보다는 자신이 관리하는 업무가 어떻게 의심받고 있는지 그 과정을 엄정하게 지켜보고 판단하는 게 더 중요할 때가 있습니다."

소문에 의하면 그가 장으로 있는 기관의 직원들은 늘 해고의 두려움에 휩싸여 있었다. 그들은 자신이 소수에 속하는지를 늘 관찰하고, 되도록 자신이 내린 판단에 의심을 가지지 않으려고 거의 참선 수준의 자기최면을 시행한다는 얘기도 있었다.

IO

"40년쯤 전에 있었던 얘기를 좀 하고 넘어가죠."

회의실 단상에 올라가 이야기를 하는 사람은 미로에게 그저 자리만 차지하는 것뿐이니 신경 쓰지 말라고 했던 외교부 차관이었다.

회의가 진행되는 동안 미로는 묘한 기분에 휩싸였다. 이틀 전 아카이브에 접속했다가 발견한, 14년 전 미로에게 보낸 클린워스 박사의 메일에 첨부된 소설을 떠올리게 했기 때문이다.

미로는 지금 외교부 차관이 하는 얘기를 아버지의 유고 소설에서 읽었다. 소설에는 40년 전, 즉 2007년 8월 23일 『인터내셔널 헤럴드 트리뷴』 잡지에 실린 미네소타 대학의 천문학자들이 우주공간에서 지름이 10억 광년이나 되는 거대한 빈공간을 발견했다는 기사가 들어가 있었다.

국장이 주재한 것으로 되어 있는 긴급회의는 실은 회의라고 할 수 없는, 외교부 차관이란 사람의 일방적인 — 연합국 정부에 대한 홍보가 다분히 의심되는 — 연설이었다. '슈퍼퓨처' 산하 3개의 연구소 실장급 이상 핵심 연구원들을 모아놓고 외교부 차관의 연설을 듣게 한다는 건 이례적인 일이었다. 이례적이어서 뭔가 더 야릇한 냄새가 났다. 하지만 이의를 제기하기에는 아직 일렀다. 일단 어느 정도는 들어보고 나서 태도를 취해도 늦지 않았다. 다른 사람들을 보니, 그들 생각도 비슷한 것 같았다. 그런데 바로 그런 상황에서 미로는 닥터 클린워스의 소설을 떠올렸다.

인터벤션 　기억은 참 미묘하다. 사실 기억이 미묘하기보다는 기억의 시스템, 즉 기억과 망각 사이에 놓인 '다리'가 더 미묘하다. 그 다리는 왜 한번 건너가면 다시 돌아오지 못하는 걸까. 그리고 어떤 것은 왜 다시 돌려보내는 걸까 — 그것이 미묘하다.

한 번쯤 이런 의문을 가져본 적이 있는가?

기억과 망각 사이에 놓인 다리를 건너갔던 뭔가가 다시 돌아왔을 때, 돌아온 그것을 과연 예전의 바로 그 '기억'이라고 할 수 있는가?

비유를 들어 설명하자면, 당신이 사랑한 사람이 어느 날 당신을 떠났다. 대부분 떠나간 그 사람은 돌아오지 않는다. 그런데 어느 날 그 사람이 당신에게로 돌아왔다.

이때, 당신에게 돌아온 그 사람은 당신을 떠나기 전의 그 사람인가?

외교부 차관의 연설은 진중했고, 묘하게 설득력 있게 진행되었다.

최근에 한국 정부는 연합국 정부로부터 모종의 프로젝트에 참가해달라는 제안을 받았다. 대다수 정부 각료들은 인적 인프라를 구축하기 힘들 경우 비용 부담만 가중된다는 이유를 내세워 프로젝트 참가에 난색을 표했다. 하지만 자신은 다른 각료들과는 생각이 다르다고. '슈퍼퓨처' 산하 3개의 연구소 연구진이 이번 프로젝트에 참가한다면 비용 부담을 줄일 수 있을 뿐 아니라 성과에 따라 막대한 보상과 혜택이 주어질 거라고 확신했다. 그리고 차관이 꺼낸 40년쯤 전의 일은 연합국 정부가 추진하는 프로젝트의 핵심 내용을 전달하기 위해 끌어들인 얘기로는 좀 무거운 — 사실은 우스운 — 비유였다.

"지금으로부터 40년 전, 미국의 한 대학 천문학과 팀이 우주에서 빈 공간을 발견했습니다. 그 공간은 당시까지 발견된 것에 비해 무려 일천 배나 커서 그러니까 지름이 10억 광년이나 되었습니다. 여러분들께 일일이 설명한다는 게 공자 앞에서 문자를 쓰는 것 같지만, 제 마음을 전하기 위해 어쭙잖은 설명을 좀 하겠습니다. 미네소타의 천문학자들이 발견한 이 빈 공간에는 별도 은하도, 심지어 블랙홀조차 존재하지 않지요. 에리다누스자리Eridanus. 그리스 신화에 나오는 강의 신, 겨울철 남쪽 하늘의 오리온자리 리켈 근처 별자리에서 발견된 이 빈 공간은 우리가 사는 지구로부터 거의 100억 광년이나 떨어져 있지요. 만약 ……."

외교부 차관은 거기서 갑자기 말을 뚝 끊고는 회의실 안을 조용히 둘러봤다. 눈길이 움직이다 미로에게서 잠깐 멈췄다. 미로는 외교부 차관의 시선을 받는 것이 어색해서 고개를 숙였다가 다시 들었다. '왜 쳐다볼까?' 싶었지만 미로로서는 알수가 없었다.

외교부 차관의 얼굴은 다시 정면을 향하고 있었다.

인터벤션　미로는 살아오면서 여러 번, 무엇이 되고 싶으냐는 질문을 받았다.

처음 질문을 받은 건 열다섯 살 되던 해, 영국 케임브리지대학교의 특별장학생 면접장에서였다. 미로의 대답은 과학자였다. 면접관들은 더 이상 자세하게 묻지 않았다. 두 번째는 케임브리지대학교 생물학과 2학년 때 열대우림 식물을 연구하던 인도 출신의 교수 야다브 쿠마르부터였다. 그때는 "모르겠습니다"라고 답했다. 쿠마르 교수는 "스피릿 필드를 계속 연구하는 건 어떻게 생각하나?" 하고 되물었다. 그러곤 이렇게 덧붙였다.

"지금 우리는 기지와 기금을 모두 확보하고 있네. 마침 연구소를 자네 나라에 짓고 있는데, 투자자가 누군지 아나? 슈퍼퓨처야."

미로는 고개를 흔들었다. 스피릿 필드는 싫었다. 그것이 아버지를 죽게 만든 것이라는 사실만으로도 싫었다. 물론 그건 사실이 아니었다. 미로의 아버지는 야다브 쿠마르 교수가 모픽 필드 학회에서 발표하기로 되어 있던 스피릿 필드 기지의 필요성에 대한 지지 연설을 하려고 베를린으로 갔을 뿐이었다. 그리고 노천카페에서 커피를 마시다, 잔을 다 비우지 못한 채 심장마비로 세상을 떠났다. 미로의 아버지를 죽음에 이르게 한 것이 스피릿 필드라는 건 어불성설이었다.

세 번째는 대학원 재학 중일 때다. '슈퍼퓨처' 사의 스피릿 공명 위성이 우주정거장 호버카의 궤도에 성공적으로 진입하자, 회장이 미로에게 연구원으로 일해달라고 얘기하기 위해 직접 영상전화를 걸어와서 질문했다.

"자넨 뭐가 되고 싶은가?"

미로는 영웅이 되고 싶다는 얘기라도 듣고 싶으냐고 대꾸하고 싶었지만, 대답은 이랬다.

"당연히 스피릿 필드의 엔지니어죠."

그리고 그는 학교를 정리했고, 세계적 첨단 도시 원산으로 왔다. 그리고 '뭐가 되고 싶으냐'라는 질문은 더 이상 받지 않았다.

외교부 차관의 목소리가 서서히 고조되기 시작했다.

"탐사우주선이 만약 그 공간 속으로 들어갔다고 생각해보십시오. 지름이 10억 광년인 우주의 빈 공간 속으로. 아마도 우리 은하계가 만들어진 시간보다 더 오랜 시간을 살아남는다 하더라도 탐사선이 발견할 수 있는 건 아무것도 없을 겁니다. 그때 그 우주선이 경험하는 것이 우리의 경험이라면, 우린 무슨 얘기를 할 수 있을까요? 우주는 공空이다, 우주는 아무것도 없는 무無라고 할 수밖에 없지 않겠습니까?"

그 순간이었다. 아버지의 유작 소설이 어떻게 시작되었는지를 굳이 떠올릴 필요도 없이 미로의 눈앞에 활짝 펼쳐졌다.

인간에게 경험은 그 자체로 시간을 역행해야만 한다. 삶은 직진하지만, 직진하는 삶에서는 결코 '아무것도' 경험할 수 없다. 시간조차 경험할 수 없다. 직진하는 삶에서 시간이란 단지 흐름일 뿐이다. 시간이 '흐르는' 방향을 따라 앞으로 나아가는 삶을 되돌리지 않고서는 인간은 자신이 무엇을 경험한 것인지 진정으로 알지 못한다.

뭔가를 경험했다고 믿는 것은 '경험'이라는 관념일 뿐, 그 안에 담긴 물리적 질료들 중 그 어떤 것도 존재했음을 증명하지 못한다. 그것은 마치 꿈을 꾸는 것과 같다. 분명히 꿈을 꾸었지만 꿈이 끝나버린 그 시점에 꿈은 존재하지 않으며, 오직 꿈을 꾸었다는 사실만 경험이라는 허망한 관념의 몫으로 남겨질 뿐이다. 꿈으로 돌아가지 않으면 꿈은 결코 꿈을 꾼 자의 경험이 될 수 없다.

안타깝게도 인간에겐 자의적으로 시간의 '흐름'을 되돌릴 수 있는 방법이 없다. 이 '방법 없음'은 마치 누군가가, 가령 절대적인 힘을 지닌 능력자가 인간으로 하여금 되돌아갈 수 없도록 하기 위해, 즉 직진성의 감옥에 가두어놓기 위해 그렇게 설계한 것처럼 정교하고 완벽하다. 그러나 다행인지, 그 능력자의 실수인지, 인간이면 누구나 시간을 거슬러 갈 수 있는 유일한 기회가 주어진다. 바로 죽음이다.

죽음은 자신의 삶으로 되돌아가는, 경험을 경험하기 위해 출발하는 스타트라인이다.

클린워스 박사의 유작 소설 제목이 공교롭게도 『Space without Space』이었다. 미묘한 일이었다. ― 여기서 SPACE는 본질적으로 '공간'을 의미했다. '우주'라고 옮기는 데 이설은 없다. 다만 '무엇이 있는 공간'과 '아무것도 없는 공간'의 차이는 실로 어마어마하다. 닥터 클린워스의 소설에 제목으로 쓰인 두 개의 SPACE는 서로 다른 의미를 가지고 있을지 모른다. 만약 앞의 SPACE가 '아무것도 없는 공간'을, 그리고 뒤의 SPACE가 '무엇이 존재하는 공간'을 뜻하는 거라면 『우주 없는 우주』 혹은 『공간 없는 공간』이라고 옮겨야 하는데 이를 명확히 이해할 수 있는 사람이 몇이나 될까 ─ 사실 제목은 의미가 명료하지 않다. 하지만 가만히 보면 명료하지 않다고 생각할 것도 아니다. 그건 닥터 클린워스가 소설을 쓰는 고유한 방식이지만, 동시에 어딘지 모르게 이질적이다.

어린 미로는 아버지로부터 수많은 이야기를 듣고 자랐지만, 그에 못지않게 몇 배나 더 많은 질문을 아버지한테 했었다. 미로가 한 많은 질문은 의문으로 인한 질문이 아닌, 뭔가를 확정하기 위한 장치나 도구, 혹은 전제로서의 질문이었다.

아버지는 대답할 때 부가적인 설명을 거의 하지 않았다. 가능하면 모호한 수사修辭도 쓰지 않았다. 지금 만약 아버지가 팔베개를 한 채 침대에 누워 있다면 미로는 묻고 싶었다.

"이 소설, 정말 아버지가 쓰신 거예요?"

외교부 차관은 파동함수니 물질파니, 미분연산자로 바뀌는 운동량과 에너지의 관계 따위를 전문가만큼이나 정확하게 설명했다. 그런 후 우주는 너무도 넓고 깊다는 '공'과 '무'를 다시 한번 거론하면서 서서히 핵심으로 들어갔다.

먼저 꺼낸 말은 우주 연구에 대한 비효율적 투자 부문이었다. 명확한 자료에 근거하지 않고 광대무변하다는 사실만으로 우주에 투자하는 것은 캐시-카우cash-cow. 확실히 돈벌이가 되는 상품이나 사업로 가득 찬 농장을 운영한다는 착각을 불러일으킨다는 것이었다. 또한 설립 80년을 넘긴 NASA가 우주계획에 여전히 미련을 버리지 못하고, 그동안 벌어들인 돈을 수익성 없이 계속 투자만 하면 언젠가 파산할지도 모른다는 얘기는 상당히 설득력 있어 보였다. 하지만 어딘지 모르게 다국적 기업의 '육성과 보호'를 숙명처럼 여기는 연합국 정부의 대변인 냄새가 진하게 풍겼다.

하지만 핵심은 지금부터였다. 외교부 차관은 갑자기 옆구리를 예리한 단도로 찌르듯, 진짜 하고 싶은 얘기를 꺼냈다.

"새로운 투자라고 생각하십시오. 정부는 여러분들을 기다리고 있습니다."

달변과 능변은 결국 술법에 지나지 않는다. 누군가를 설득하기 위해서라면 오히려 말더듬이의 진정성을 배워야 할 것이다.

외교부 차관의 연설을 들을수록 미로는 아버지의 유작이 떠올랐다. 기분이 점점 묘해졌다. 마치 닥터 클린워스가 지금

이 현장을 직접 보고 나서 소설에 그대로 옮겨놓은 것 같아서 였다.

미로의 예감은 맞았다. 외교부 차관을 내세워 긴급회의를 개최한 이유가 스피릿 필드 현장 예산을 삭감하고 연구소 특별예비비를 현저히 증가시킨 것과 무관하지 않았다. 사람들의 엉덩이가 들썩거리기 시작한 것도 그때였다.

"얘기를 돌리지 마시죠, 차관님."

회의실 동쪽 창가 자리에서 한마디가 불쑥 튀어나왔다. 그리 높지는 않았지만 단호하고 서늘한 목소리였다. 미로의 이마에 땀방울이 맺혔다.

'저 중후한 인상의 남자는 어떻게 대답할까? 대답은 할까?'

아까부터 미로의 바지 주머니에 있는 스피릿폰이 전파를 보내고 있었다. 미로는 의식을 하면서도 단상으로 향한 시선을 멈추지 않았다. '속이진 않을 거야. 속임수를 쓰려고 했다면 직접 여기 나타나지도 않았어'라는 자신감이 외교부 차관의 얼굴에서 뿜어져 나오고 있었다.

"슈퍼퓨처의 연구소들은 워낙 중요한, 과학의 근간과 현실을 모두 수용하고 통합하는 연구소입니다. 뭘 하나 접을 수 있는 것도 아니고, 접어서도 안 되죠. 가령 스피릿 필드는 한없이 넓은 우주와 그 안에 아무것도 없음을 증명하고 그것을 향해 나아가는, 마치 10억 광년의 지름을 가진 빈 우주를 날고 있는 우주비행선과 같습니다."

'제기랄!'

미로는 하마터면 입에서 튀어나올 말을 간신히 참았다. 10억 광년의 텅 빈 우주를 날아가는 일이 얼마나 공허한 일 인지를 말했던 사람이 바로 스피릿 필드 프로젝트를 그 텅 빈 공간에 빗대고 있었다. 미로는 한 방 된통 얻어맞은 기분으로 마른침을 삼켰다.

인터벤션　인간의 경험은 지름 10억 광년의 텅 빈 우주로 진입하 는 순간, 공과 무에 빠져버리고 만다!

"문제는 그 우주선이 계속 비행할 수 있도록 하는 것이고, 그러기 위해서는 자금이 필요합니다. 그건 여러분들이 더 잘 아실 겁니다. 그래서 더욱, 우리가 이번 프로젝트를 거부하지 말아야 하는 겁니다. 더구나 이건 전적으로 제 직감이고 믿 음이고 확신입니다. 이번 프로젝트는 슈퍼퓨처의 연구소들과 결코 충돌하지 않으며 오히려 프로젝트의 결과로부터 엄청난 도움을 받게 될 것입니다."

"그 프로젝트가 뭡니까?"

"ADM."

회의실에 있는 사람들이 일제히 웅성거리기 시작했다. 미로는 다시 한번 뒤통수를 둔기로 맞은 것처럼 아득해졌다.

ADM After-Death Machine 은 사후기계, 즉 죽은 뒤의 일을 경험할 수 있는 장치다. 그때 목소리 하나가 다시 들려왔다.

"그건 이미 폐기된 프로젝트 아닙니까? 제가 알기로는 5년은 된 거 같은데요. 폐기된 것도 제가 기억하기로는 적잖은 부작용 때문이었죠."

정신의학 연구소의 사십 대 연구원이었다. 술만 들어가면 경상도 쪽 사투리와 전라도 쪽 사투리가 기묘하게 섞인 말을 써서 인상에 남아 있던 사람이었다.

"정확히는 4년 4개월 전이죠."

대답하는 외교부 차관의 얼굴에는 이미 웃음기가 사라지고 없었다. 오히려 더 강한 카리스마를 온몸으로 뿜어내고 있었다.

"맞습니다. ADM이 중단된 건 부작용 때문입니다. 하지만 지금은 다릅니다. 어쩌면 우리의 위상을 높일 수 있는 절호의 기회입니다. 솔라스코프 연구소에 계신 분들이 더 정확히 아시겠지만, 그동안 우리의 정보 분석력은 비약적인 발전을 했습니다. 1GB를 쪼개고 결합하는 데 걸리는 시간을 8배나 단축해놨습니다. 이것은 ADM의 치명적인 결함을 완벽하게 보상해줄 것입니다. 입력한 정보에 대한 과도한 분석 시간으로부터 빚어진 실수를 말입니다. 이게 바로 이번 프로젝트에 우리가 참가하도록 제가 연합국 의원들을 설득하고 있는 이유입니다. 여러분들이 도와주시면 완전한 설득은 시간문젭니다."

미로는 자리에서 꼼짝하지 않고 앉아 있었다. 뭔지 모르게 중년 남자에게 설득이라도 당하는 것 같았다. 어떻게든 반응을 보여야 한다는 생각은 굴뚝같은데, 가위에 눌린 것처럼 몸이 움직여지지 않았다. 정신마저 그 몸속에 갇혀 꼼짝하지 못하는 듯했다. 미로는 버릇처럼 '침착하자, 침착하자' 하고 중얼거렸다.

신이 인간보다 더 잘 하는 것은 단 하나밖에 없다
: 기다림.

미로는 눈을 감았다. 그리고 이 상황이 아버지의 유작 소설 어디쯤에 나오는지 헤아렸다. 사람들의 술렁거리는 소음들 사이를 빠져나온 외교부 차관의 말소리가 미로의 귓속으로 말미잘의 촉수처럼 빨려 들어왔다.

닥터 클린워스

"아빠, 노랑부리 까마귀 부리는
왜 노란 거야?"

                    "다른 까마귀들 부리가
                    까맣기 때문이지."

"그런데 왜 아빠하고 난 똑같아?"

                    "아빠하고 미로는 똑같지 않아."

"나는 노랑부리 까마귀야?"

                    "응. 미로, 넌 부리가 노란 까마귀야."

"아빠, 까만 부리 까마귀야?"

                    "아니, 아빠 빨강부리 까마귀야."

"아빠가 빨강부리 까마귀면,
클린워스 박사는 뭐야?"

                    "부리가 노란 까마귀."

"노랑부리 까마귀?
나랑 같은 까마귀네?"

                    "그래. 클린워스 박사는
                    미로하고 같은 까마귀야."

II

"침착하자, 침착하자 ……."

미로는 연구소에서 집으로 돌아오는 자동차 안에서 최면을 걸듯 내내 같은 말만 되풀이했다. 회의석상에서 외교부 차관이 ADM을 언급할 줄은 정말 몰랐다. 미로는 몇 번이나 발언하고 싶었지만, 간신히 참았다. 외교부 차관에게 꼭 말해주고 싶은 게 있었다. 닥터 클린워스의 말을 고스란히 들려주고 싶었다. 하지만 그 말을 하면 애써 찾아놓은 단서를 한순간에 잿더미로 만들어버리는 것과 같다.

'이럴 때는 누구하고 의논하지?' 미로는 아무리 생각해도 지금의 이 상황을 논의할 사람이 떠오르지 않았다. 두 사람이 있지만, 안타깝게도 둘 모두 이 세상 사람이 아니었다.

인터벤션 가끔 내가 유기체라는 사실을 잊는다. 특히 여러 사람과 어울렸을 때는 너무 쉽게 그들에게 동조되어서 내가 사라져버리는 느낌이 들 때도 있다.

나에게도 비밀이란 게 있을까? 이 질문에 고개를 절레절레 흔들 때마다 내 존재가 하나의 원자로 환원되어버리는 나쁜 기분에 젖는다.

내 정보는 연합국 정부의 문서보관실 DB 안에 안전하게 보관되어 있다. 거기에 '기억'되어 있고, 나 자신이 거기에 기억되어 있다는 사실을 '기억'한다. 그러나 두 기억은 동일하지 않다. 나는 다른 걸 기억할 필요가 없다. 연합국 정부의 문서보관실 DB에 내 기억이 기억되어 있다는 사실만 '기억'하고 있으면 된다. 언제든지 접속해서 '기억'된 자료를 가져올 수 있다.

그러나 이 판단이 과연 옳은 걸까? 이 단순한 문장이 갖고 있는 힘을 과연 믿어도 될까? 숨 쉬고 움직이고 밥 먹고 호텔을 드나들며 고급 정보를 빼돌리고, ADM 기기를 판매할 날을 손꼽아 기다리는 그 모든 일들이 DB 안에 고이 보관되어 있단 말인가?

그래, 어쩌면 나는 그 안에만 존재하고, 바깥에 있는 나는 '나'가 아닐지 모른다. 숨 쉬고 움직이고 밥 먹고 고급 정보를 원하는 사람들과 호텔에서 만나는 나는 '나'라는 '형태'만을 지녔을 뿐인지도 모른다. 결국 나는 연합국 정부의 문서보관실 DB 안에 고이 보관된 '나'와 어떤 '파장'으로 연결되어 어떤 '형태'를 가진 존재에 불과하다.

당신이 만약 스피릿 필드를 완벽하게 이해하지 못한다면 지금 이 얘기를 완전히 이해하는 건 불가능할 것이다.

미로는 공용주차장에 차를 세우고 텅 빈 아파트 입구를 향해 걸어갔다. 늘 그렇듯이 발길이 한없이 무거웠다. 발길만 무거운 게 아니었다. 하루 종일 완강한 힘이 가슴을 무겁게 누르는 것도 여전했다. 그 때문일까? 미로는 집이 아니라 미지의 공간으로 들어가는 느낌이었다. 꿈에서 떠났다가 다시 꿈으로 들어가는 기분이랄까.

막막함, 갑갑함, 질긴 외로움이 밀려들었다. 마음을 터놓을 상대가 없다는 사실이 미로를 더욱 외롭게 했다. 그렇다고 상대가 아예 없지는 않았다. 아직 존재하는 몇 사람이 있었다. 처음 생각한 사람은 야다브 쿠마르 교수였다. 아버지와 가장 가까웠고 미로의 은사이기도 하다. 스피릿 필드에 대한 모든 것을 공유했던 사람이기도 하다. 무엇보다 초기 ADM을 만들어낸 과학자의 일원이었다. 이어서 큐릭, 마리, 나오미 여사 등이 차례로 떠올랐다가 사라졌다. 하지만 그들에겐 아무 얘기도 할 수 없다. 다시 아버지의 얼굴이 떠올랐다 지워지면서, 기다렸다는 듯이 유리의 얼굴이 떠올랐다.

미로는 스피릿폰을 꺼내 통화 목록에서 큐릭을 찾아 통화 버튼을 눌렀다. 신호가 갔다. 10초가 지나갔다. 빌어먹을! 엘리베이터 문이 열리고 아파트 복도를 걸어가는 동안 50초가 지났다. 미로는 다시 침착하자, 침착하자는 말을 주문처럼 중얼거렸다. 통화 신호가 떨어지고 큐릭의 목소리가 들려왔다.

"어, 친구!"

"그래, 친구." 미로가 대답했다.

"퇴근?"

"응. 번호, 알아봤어?" 미로는 큐릭에게 지난번 메시지로 급하게 확인 요청한 번호부터 물었다.

"알아보는 중이야. 전 세계에 휴대전화 숫자가 몇 갠지 아나, 친구?"

"33억 3천3백3십3만 개."

"댓즈 낫 커렉트! 좀 더 쓰시지."

"장난치지 말고." 미로는 큐릭의 농담을 받아넘길 기분이 아니었다. 그러기에는 마음이 너무 급했다.

"알아보고 있어. 신분 조회란 게 그렇게 간단한 게 아니라네, 친구."

"신분 조회를 해달란 소리가 아니잖아."

"신분 조회나 마찬가지야. 알지도 못하면서 ……."

"언제면 될까?" 미로가 재촉하듯 물었다.

"미로 너 지상근무가 이달 말까지지?"

"응. 12월 1일에 현장으로 갈 거야."

"벌써 그렇게 됐구나. 암튼, 그 전까지는 되겠지."

"장난치 …… 알았어, 내일까지는 해."

미로는 당장이라도 알고 싶은 마음을 간신히 참으면서, 큐릭에게 다그치듯 말했다.

"홋! 자네가 보안국장을 하시지, 그럼 오늘 안으로도 찾아 드릴 테니까."

미로의 말투에 기분이 상했는지 큐릭이 굳어진 목소리로 대꾸하는 바람에 서로 잘 자라는 인사도 없이 전화를 끊었다. 미로는 곧 마음이 불편해져서 큐릭에게 메시지를 보냈다.

유리가 보고 싶어.

집 앞에 도착한 미로는 지문인식기 속으로 손가락 검지와 중지를 밀어 넣었다. 문고리가 딸깍하고 열렸다는 소리를 냈다. 하지만 미로는 지문인식기에 손가락을 넣은 채 그대로 한참 동안 꼼짝하지 않았다.

기계는 판단하지 않는다. 판단하는 것처럼 보일 뿐이다. 인간이 기계에 판단을 맡기는 순간 비극은 시작된다. 그것이 비극인 줄을 모르는 인간은 온갖 정보를 기계에 밀어 넣고는 애석하게도 자신이 해야 할 판단을 기계가 대신하도록 권리와 의무를 모두, 아낌없이 포기해버린다.

아버지의 유작 소설에 나오는 대목이 번개처럼 미로의 뇌리를 때렸다.

"기계에 영혼까지 판단하도록 맡기자는 거지."

미로의 입에서 아버지가 곁에 있었다면 했을 것 같은 말이 흘러나왔다. 미로의 손가락은 여전히 지문인식기에 놓여 있었다.

지문인식기는 자신의 입속으로 들어온 두 개의 손가락이 주인의 것임을 '판단'한다. 그 '판단'은 지문인식기에 손가락 두 개를 집어넣은 사람을 주인의 집으로 들어가도록 '허락'한다.

미로는 머리를 세차게 흔들었다. 하지만 기계에 대한 아버지의 생각을 떨쳐낼 수가 없었다.

지문인식기가 행한 것은 판단이 아니다. 그것은 지문인식기에 입력한 단순한 정보 재생에 불과하다. 그러나 지문인식기에 소유자의 손가락 정보를 입력했다는 것은 누군가의 출입에 대한 허용과 차단을 전적으로 지문인식기에 맡긴 것이다. 그때 지문인식기가 하는 행위를 '판단'이 아니라고 할 근거는 어디에도 없다. 아무리 정보의 재생이라고 해도 결국 용어의 차이일 뿐 실상은 '판단'이다. 오래전 열쇠로 문을 따고 집 안으로 들어가던 주인의 능동적 권리를 지문인식기에 일임한 것과 같다.

기계는 철학자가 아니다. 그에게 판단을 맡기는 것은 마치 용서를 모르는 판관에게 재판을 맡기는 것과 같다. 그의 행위는 언제나 재판의 목적에 부합한다. 하지만 고뇌가 없는 판결은 온갖 종류의 판례를 정밀하고 엄정하게 베껴내는, 한낱 반복된 행위에 불과하다.

시간과 조건의 변화에 둔감한 인간을 보라. 그들에게 일상은 삶 전체를 관통한다. 그들의 80년은 단지 며칠에 불과하다. 그들은 기계다. 그들이 기계를 만들고 기계에게 판단을 맡기는 것은 너무도 당연하다.

아버지의 유작은 우유부단한 인식을 거칠게 후려치기라도 하듯 미로의 머릿속을 헤집었다.

'어쩌란 말인가.'

미로는 그제야 지문인식기에서 손가락을 빼고, 문을 열고 집 안으로 들어갔다.

2027년 11월 1일, 그날 무슨 일이 있었는지를 알기 위해서 우리가 할 수 있는 일이 무얼까?

닥터 클린워스의 유작 소설의 첫 줄이다. 그리고

　미안하지만, 아무것도 없다.

라는 말로 이어졌다.

"그래, 아무것도 없지."

미로는 컬렉션맘에서 애플민트 사탕을 꺼내면서 힘없이 중얼거렸다. 사탕의 껍질을 벗겨 입에 물고는 고개를 세차게 흔들었다.

'아무것도 없는 건 아니지. 아버지의 소설이 있지.'

아버지의 소설!

순간, 미로는 정말 미로 속으로 첫발을 내딛는 기분이 들었다.

'아버지는 내 이름을 왜 미로라고 지었을까? 설마 내 삶이 미로이길 바라신 건 아닐 테지. 아니야, 어쩌면 실제로 그런 생각을 가지고 있었는지도 몰라. 우리들 삶이 미로라면, 미로를 빠져나가는 일은 아주 중요하니까.'

아버지의 소설에는 의문의 죽음을 당하기 사흘 전인 2027년 11월 1일에 일어났을 법한 일들은 단 한 줄도 적혀 있지 않았다. "미안하지만, 아무것도 없다"는 말은 그래서 더 정확한 표현일 수도 있었다.

인터벤션 몇 년 전, 그러니까 미로가 '슈퍼퓨처' 산하 연구소에 연구원으로 들어간 지 꼭 두 해가 되던 날, 동료들과 55층 휴게실에서 조촐하게 축하파티를 하고 있을 때였다. 지금은 시애틀 본사의 연구원으로 옮긴 '예나'라는 이름을 가진 여자 연구원이 닥터 클린워스 애기를 꺼내면서 미로에게 곤란한 질문을 던진 적이 있었다. 예나는 클린워스의 마지막 소설 『사이킥 필드』에 대해 애기했다.

"클린워스 박사는 운용되거나 존재하는 방식에 있어서 실재와 환상이 동일하며, 그건 결국 두 개의 존재가 실체적으로 동일하다고 생각한 것 같아요."

사이킥 필드Psychic Field는 '정신의 장'으로, 모픽 필드인 '형태의 장'과 세트 개념이다. 모픽 필드는 형체가 만들어지는 데 관여하고, 사이킥 필드는 정신이나 관념, 마음 등이 형성되고 운용되는 데 관여하는 장場을 말한다. 물론 닥터 클린워스가 순전히 상상에 의해 만들어낸 개념이다. 그래서 가설이나 이론이라고 부를 수 없는, 그야말로 순수한 문예 창작물이다.

어쨌든 예나가 문제 삼은 것은 그 소설을 통해 알 수 있는 닥터 클린워스의 세계관이었다. 그 세계관은 그녀가 지적한 대로 '환상과 실재가 동일한 것'이라는 것이다. 여기에 대해 미로의 생각은 어떠냐는 질문이었는데, 미로는 두루뭉실하게 말하면서 직답을 피했다.

사실, 미로는 아버지의 세계관에 대해 생각해본 적이 없었다. 은근히 기대를 가졌던 직원들은 실망을 한 눈치였다. 특히 질문한 예나의 실망감은 아주 컸다. 그래서 예나는 파티가 끝날 무렵 미로에게 다가와서 자신은 클린워스의 견해에 거의 동의한다고 말했다. 그러면서 만약 그 아들이 아버지 견해에 '동의한다'라고 말하면 자신은 '거의'가 아니라 '완전히' 동의했을 거라고 덧붙였다.

이번엔, 당신에게 똑같은 물음을 한번 던져보자.

당신은 어떻게 생각하는가?

"환상과 실재 – 그것은 동일한가?"

당신의 코웃음소리가 아주 선명하게 들리는 걸 보니 괜한 소리를 꺼낸 것 같다. 그러나 지금 미로는 스피릿 필드의 존재를 증명하기 위한 프로젝트를 맡고 있다. '정신의 장'인 사이킥 필드와 '영혼의 장'인 스피릿 필드는 용어만 다를 뿐, 그 진리 내용은 완전히 동일하다.

미로의 프로젝트가 성공한다면? 그렇게 된다면, 환상과 실재는 서로 다른 두 개가 아니게 된다. 그렇다면 당신의 그 코웃음은 미로의 스피릿 필드 프로젝트가 성공할 수 없다는 확신에서 나온 것인가?

미로는 애플민트 사탕을 입에 문 채로 창가로 다가갔다.

'아버지, 왜 이렇게 절 힘들게 하시죠? 아버지가 절 얼마나 사랑하셨는지 너무 잘 아는데, 그래서 아버지가 절 힘들게 하는 게 아니란 걸 너무 잘 아는데, 나는 왜 자꾸 아버지가 원망스러운 거죠? 유리 생각만으로도 힘들어요. 마리가 좋아지려고 하면 유리 생각이 자꾸 나요. 이제 아버지까지 절 힘들게 하네요. 도대체 메일은 어떻게 된 거죠? 유작 소설은 또 뭐고요? 아직 스물다섯 살밖에 안 먹었는데, 마흔다섯 살은 된 거 같아요. 여기에 갑자기 ADM 얘기까지 나오고. 야다브 쿠마르 교수님께 도움을 청해볼까요? 그래도 돼요? 그런데 왜 그래선 안 될 거 같다는 생각이 들까요? 제발 말씀 좀 해주세요. 너무 힘들어요.'

밖에는 비가 오는지 빗방울이 창문을 후둑후둑 치기 시작했다. 미로는 창문을 열고 밖으로 손을 천천히 뻗었다. 마치 내리는 빗물이라도 받으려는 듯이.

인터벤션 미로가 큐릭의 도움으로 아버지의 예약메일함에서 확보한 닥터 클린워스의 유작 소설에 대해서는 뭐라고 섣불리 판단할 수 없다. 우선 그 존재를 아는 사람이 미로와 큐릭뿐이다. 엄밀히 얘기하면 내용을 아는 사람은 오직 미로뿐이다. 미로가 만약 아버지의 출판권을 모두 소유하고 있는 나오미 여사에게 그걸 가지고 가서 책으로 만들지 않는 이상, 어쩌면 그건 세상에 존재하지 않는 거나 마찬가지다. 미로가 선뜻 유작 소설과 관련해 뭔가를 도모하려고 하지 않는 데는 두 가지 이유가 있다.

하나는 기존의 소설들과 유작 소설 사이에 존재하는 확연한 거리감이다. 그 거리는 예약메일함에 첨부된 아버지의 유작 소설이 아버지의 작품이 아닐 수도 있음을 시사했다. 그리고 다른 하나는 2027년에 존재하지 않았던 두 가지가 거론되어 있다는 점이다. 하나는 외상 후 스트레스 장애에 대한 치료 프로그램 '예스터데이 샵'에 대한 이야기고, 또 하나는 바로 ADM이다. 물론 그때 이미 이들에 대한 논의가 암암리에 진행되고 있었고 그 정보를 미로의 아버지가 어떤 경로를 통해 확보하고 있었을 가능성까지 배제할 수는 없는 일이다. 미로가 고민하는 것도 이 때문이었다.

미로의 아버지는 예언가였을까? 그게 아니라면 뛰어난 상상력을 가진 천재 작가? 둘 모두가 아니라면, 그 작품이 미로의 아버지 닥터 클린워스의 소설이 아니라는 얘기가 된다.

만약 미로의 아버지가 쓴 게 아니라면, 누구의 소설인가? 퓨어 텍스트일까? 아니면 혼성모방 프로그램을 사용한 플레이백 페이퍼?

'예스터데이 샵'이라는 정신 치료 프로그램의 수입을 둘러싸고 문제가 불거졌을 때 대부분의 의사들, 특히 정신과 의사들의 반대가 심했다. 주된 이유는 임상실험에 나타난 50퍼센트가 넘는 부작용이었다. 프로그램을 사용한 자의 절반 이상이 심각한 후유장애를 앓고 있으며 그중 30퍼센트 이상은 사용 후 한 달 안에 극단적인 방법으로 스스로 목숨을 끊었다. 이 일을 계기로 이 프로그램을 개발한 미국조차 아예 프로그램 사용을 중지하거나 유보했다.

'예스터데이 샵'은 무척 매력적인 치료 프로그램이다. 운영 체제 자체도 매우 단순하다. '어제 가게'라는 의미를 가지고, 다양한 종류의 트라우마 치료를 주요 대상으로 삼고 있다. '어제 가게'는 글자 그대로 '어제까지만 열렸던 가게, 즉 어제 폐업한 가게'를 말한다. 다시 말해 과거에 사로잡힌 사람들에게 그것이 오직 어제의 일, 지나간 과거의 일이라는 사실을 각인시켜줌으로써 그것이 결코 오늘로 연계되지 않는다는 확신을 가지게 해준다.

트라우마는 의학 용어로는 '외상外傷'을 뜻하고, 심리학에서는 '정신적 외상' 혹은 '영구적인 정신 장애를 남기는 충격'을 말한다. 특히 심리학에는 대표적인 사례가 많다. 사례 중 선명한 시각적 이미지를 동반할 때는 장기 기억으로 이어지는 경우가 대부분이다. 사고로 인한 외상이나 정신적인 충격 때문에 사고 당시와 비슷한 상황이 되었을 때 극도로 불안감을 느낀다. '어제 가게'는 그런 고착된 이미지를 이용해 트라우마를 치료하는 프로그램이다.

치료 프로그램의 진행 과정도 아주 간단하다. 먼저, 참가하는 환자가 자신의 트라우마와 깊이 연관되어 있는 특정한 물건을 가지고 와서 정신과 의사와 상담한다. 의사는 그 물건이 환자의 트라우마와 깊은 관련이 있다는 사실을 확인한다. 그리고 환자에게 그 물건에 대해 더욱 깊은 확신을 갖도록 만든다. 환자는 그 물건을 의사에게 넘긴다. 그 순간 그 물건은 거대한 트라우마가 집약된 고약하고 섬뜩하며 무서운 물건이 된다. 의사는 그 무서운 물건을 '어제 가게'의 주인에게 넘기고, 주인은 가게 진열대에 놓는다. 이때 가게 주인도 정신과 의사다. 잠시 후 환자가 '어제 가게'로 들어간다. 환자는 가게 진열대에 놓인 그 무서운 물건을 보고 당연히 극심한 공포감을 느낀다. 그때 가게의 주인이 환자에게로 와서 그 물건에 얽힌 이야기들을 들려달라고 한다. 환자의 얘기를 다 들은 가게 주인은 환자에게 더 이상 걱정할 필요가 없다고 말한다. 어제 가게가 '오늘' 문을 닫게 되기 때문이다.

실제로 환자의 50퍼센트 가까이가 프로그램에 참가한 뒤로 심리적 외상에서 거의 회복된 것으로 나타났다. 이 치료는 다른 어떤 상담이나 약물의 효과보다 강렬했다. 약물의 장기 복용으로 인한 부작용을 걱정할 필요도 없었다. 큰 인내심을 요하는 오랜 치료 기간도 염려할 이유가 없었다. '예스터데이 샵'을 옹호

하는 정신과 의사들이 충분히 매력을 느낄 수밖에 없었다.

하지만 나머지 50퍼센트의 환자들은 — 개중에는 치료가 완벽히 되었다고 믿었던 환자들도 포함되어 있다 — 전보다 더 심한 심리적 불안감을 호소하거나, 그러다 결국 치료 불능의 상태에 빠졌다. 그들 중 대부분은 '어제 가게'가 아직 폐업하지 않았거나 다시 문을 열 거라는 환상에 빠졌다. 또한 '어제 가게'에서 보았던 물건과 똑같은 물건을 — 당연한 일이지만 — 자신이 다니는 동네 가게에서도 보았다는 진술이 쏟아졌다. '어제 가게'는 절대로 다시 열리는 일이 일어나지 않을 것이고, 환자가 보았다고 믿는 그 물건은 실은 환자가 소유하고 있던 물건과 동일한 것이 아니라는 의사의 설명은 전혀 효과를 발휘하지 못했다. 한낱 부질없는 위안에 불과했던 것이다. 위안이란 것이 대부분 시간 앞에 무기력하다는 사실을 누구보다 잘 아는 그들에게, 그건 위안일 수 없었다.

이런 논란이 일고 있는 치료 프로그램에 대해 한국 정부가 진격적으로 수입을 승인하게 된 것은 절대적으로 외교부 차관의 공이 컸다. 수입 조건 중 환자에게 부작용이 발생할 경우 부작용에 따르는 일체의 치료와 비용을 생산업자가 책임진다는 조건을 달았다. 당연한 일이지만, 그럼에도 불구하고 한국 정부가 검증되지 않은 정신 치료 프로그램에 대한 임상실험을 자청하고 나섰다는 비난은 피할 수 없었다.

훗날, 대부분의 문제들이 그렇듯 반년쯤 지나자 이런 논란도 조용히 수그러들었다. 가끔 잊을 만하면 한 번씩 언론에 '예스터데이 샵'의 부작용 사례가 보도되곤 했지만, 반향을 일으키기엔 빈도도 아주 뜸했고 강도도 그리 크지 않았다.

식탁 위에 놓아둔 미로의 스피릿폰이 울렸다. 스톱워치가 00:05에서 00:06으로 건너가고 있었다. 스피릿폰 화면에 큐릭의 아이콘이 떴다. 00:07, 00:08, 00:09, 빠르게 스톱워치가 건너갔다. 하지만 미로는 통화 버튼을 누르지 않았다. 00:23, 00:24, 00:25 …… 미로가 스피릿폰을 집어 들어 통화 버튼을 누른 것은 스톱워치가 00:36을 가리키고 있을 때였다. 일 분이 지날 때까지 기다리지 않은 것이다. 누군가 도청 장치를 가동했다면 감청이 가능한 시간이었다.

"응, 큐릭."

"……."

큐릭은 아무 말도 하지 않았다.

"괜찮아, 큐릭. 말해. 누가 들어도 상관없는 얘기만 하면 되잖아. 그리고 우리 얘기가 뭐 그렇게 도청할 가치가 있는 거였는가, 친구? 헤이, 정보국 친구. 이봐 네오-시아이에이 에이전트!"

농담치고는 무척 흉측했다. Neo-CIA Agent. 새로운 질서의 정부국 요원! 여전히 큐릭은 아무 말도 하지 않았다.

"술 한잔할까? 그래, 술 한잔하자." 미로가 말했다.

"너 …… 괜찮아?" 바짝 긴장한 큐릭의 '영혼'이 비실비실 스피릿폰 수신구 밖으로 간신히 기어 나와 한마디 했다.

"괜찮지 않지. 그래도 괜찮아. 마리하고 같이 갈게. 카페 홀리홀리, 한 시간 뒤."

"그래, 친구 …… 나야 좋지."

큐릭은 평소처럼 밝은 목소리로 말하고는, 서둘러 전화를 끊었다.

"짜식, 겁은 많아가지고."

미로는 '설마 누가 도청하겠어'라는 생각을 하며, 스피릿폰을 바지 주머니에 집어넣고 천장을 올려다봤다. 자신도 모르게 길게 한숨을 내쉬었다. 얼굴을 잔뜩 가리고 있던 어두운 그늘은 여전히 그대로였다.

12

"미로 …… 씨?"

카페에 앉아 있는 미로에게 옆자리의 여자가 상체를 살짝 기울이는가 싶더니 말을 걸어왔다. 얼굴은 어려 보이는데 성숙한 체취를 풍기는 여자였다. 카페 안에는 터키산 물담배를 피우는 한 쌍의 남녀를 빼고는 손님이라곤 미로와 그 여자뿐이었다.

"예. 누구시죠?"

"아, 전 …….'"

여자가 자리에서 일어나 미로가 앉아 있는 테이블로 건너왔다. 미로가 자리를 권하지 않자 주뼛거리고 서 있다가 슬그머니 맞은편 의자에 앉았다. 미로는 큐릭과 마리가 올 거라는 생각에 여자와 대화를 이어가고 싶지 않았다. 더구나 곧 일행이 올 거라는 말도 꺼내고 싶진 않았다.

"두 달 정도 미로 씨 연구소에 파견을 나간 적이 있었는데"

하고 말하며 여자는 휴대전화에 저장된 자신의 명함을 꺼내 미로에게 보여줬다. 그러곤 탁자 위에 놓인 미로의 휴대전화 가까이로 가져가 명함을 옮기려 했다. 여자의 휴대전화 액정 엔 연합국 정부의 무슨 교육담당관이라고 되어 있었다.

"아, 제 휴대전화는 고물이라 명함 파일을 받을 수가 없습니다."

여자가 미소를 흘렸다. 비웃는 건 아니었다. 미로는 여자의 얼굴을 유심히 살폈다. '정부 관리라면 적어도 삼십 대 중반은 되었을 텐데……' 미로는 여자가 나이보다 동안이라고 생각했다.

"써니라고 합니다."

"써니 ……? 우리 연구소에 파견을 나오셨을 때 제가 현장에 나가 있었던 모양이네요."

"그랬던 거나 마찬가지죠. 전 13층에서만 줄곧 있었으니까요."

"13층이오?"

인터벤션   미로가 속한 스피릿 필드 연구소가 입주해 있는 55층짜리 빌딩은 우주산업과 관련된 다국적 기업인 슈퍼퓨처사 산하의 3개 연구소가 공동으로 사용하고 있다. 지하층부터 12층까지는 솔라스코프 통신연구소, 14층부터 37층까지는 스피릿 필드 연구소, 그리고 39층에서 54층까지는 마이크로 렌즈와 단세포 통신 연구소가 입주해 있다.

마이크로 렌즈와 단세포 통신 연구소는 정신의학 연구소에 딸린 부속기관이라 통칭 '정신의학 연구소'로 불린다. 맨 꼭대기인 55층은 식물원이 조성되어 있는 휴게실이고, 38층에는 3개 연구소가 공동으로 사용하는 각종 회의실이 있다.

써니라는 여자가 두 달간 있었다는 13층은 3개 연구소의 컴퓨터를 총괄하는 곳으로 요타바이트Yottabyte, YB급의 중앙처리장치가 무려 서른 대가 넘게 비치되어 있는 전산실이다. 태양에서 해왕성까지를 55만 바퀴나 도는 분량의, 5년간 축적된 스피릿 필드 분석 자료들도 거기에 모두 저장되어 있다.

언젠가 큐릭이 미로에게 "너희 회사 전산실에 있는 요타바이트급 컴퓨터 서른 대에 저장된 자료가 어느 정도인지 아니?" 하고 물은 적이 있었다. 미로가 대답을 못하자 큐릭은 기막힌 비유를 들어 얘기해주었다.

"만약 1바이트를 1달러짜리 지폐로 바꿔 세워놓으면 최근 앵글로 오스트레일리아 천문대가 슈미트 망원경으로 발견한 220억 광년 거리의 스윈번 HCH-8 은하에 닿을 정도라고 할 수 있지."

그러면서 큐릭은 세계 58억 인구의 일생에 관한 모든 데이터, 즉 개개인의 문서 데이터와 동영상 데이터가 수록되어 있을 거라는 얘기를 했다. 정보국 요원의 얘기니 그저 허풍과 과장이라고 흘려들을 수만은 없었다. 어쩌면 그런 식의 이야기가 생겨날 만큼 슈퍼퓨처사의 전산실이 어마어마한 가치를 가진 곳이란 방증이기도 했다.

"전산실에 흑사병이 돌고 있다는 첩보가 있어서, 두 달 동안 꼼짝없이 지켜보고 있었죠."

"아, 그때였군요. ……."

미로도 그때를 기억하고 있었다. 갑자기 이틀 동안 모든 컴퓨터를 사용하지 못하게 한 적이 있었는데, 그때 나온 얘기가 흑사병이었다. 농축된 컴퓨터 바이러스가 실제로 물리적으로 작용해 전산 장치 자체를 파괴하는 양상이 마치 중세 유럽을 휩쓸었던 흑사병과 비슷해서 붙여진 이름이었다. 하지만 이후로 보안을 몇 단계나 더 거치는 바람에 문서 작성이나 열람에 3배 이상의 시간이 걸린다는 걸 제외하면 별다른 문제는 없었다.

"사실 저도 스피릿 필드에 관심이 많아요. 덕분에 파견 나가 있는 동안 가끔 55층 휴게실에서 미로 씨를 봤어요."

"절 어떻게 알아보셨어요?"

"전 세계에 단둘뿐인 전문가 중 한 사람을 몰라볼 순 없는 일이죠."

여자가 환한 미소를 머금고 말했다. 여자의 말에 미로가 어깨를 으쓱하며 계면쩍게 웃었다.

"그때 몇 번이나 말을 걸고 싶었는데, 제가 워낙 낯을 가려서."

미로는 여자의 말이 믿기 힘들다는 생각을 하면서도 딱히 뭐라고 대꾸를 해야 할지 몰라 어색한 미소만 지었다. 분명 낯을 가린다는 여자의 말은 과장되어 있었다. 말을 걸어온 거나 말하는 솜씨가 예사롭지 않았다.

"일행을 기다리시나 본데, 몇 가지만 여쭤봐도 괜찮겠어요?"

"아, 예, 뭐."

"모픽 필드도 아직 가설에 불과한데, 스피릿 필드란 게 가능한 건가요? 너무 단도직입으로 물었다면 용서하세요."

미로는 '내가 일행을 기다리는 걸 어떻게 알았지?' 하는 생각이 잠시 들었다가, 바로 떨쳐내고는 탁자 위에 놓인 잔을 집어 들어 물 한 모금을 넘겼다. 질문을 해도 되느냐는 여자의 말을 들었을 때, 바로 그 질문을 받게 될 거란 걸 미로는 어느 정도 예상하고 있었다. 모픽 필드나 스피릿 필드에 대해 궁금해하는 사람들이 가장 알고 싶어 하는 게 바로 그것이었다. 진짜인가요? 가능한가요?

"가능하면 좋겠습니다."

미로의 간단한 대답에 여자의 눈빛이 묘하게 흔들렸다. 잔뜩 기대를 하고 있던 여자의 얼굴에 당황한 표정이 역력했다.

하지만 가능성을 묻는 질문이라면 미로로선 그렇게밖에는 얘기할 게 없었다. 여자가 손을 동그랗게 말아 입으로 가져가서는 몇 번 기침을 하며 목을 가다듬었다.

"질문이 잘못된 것 같네요."

미로는 자신의 눈을 지그시 바라보는 여자의 눈에서 만만치 않은 기운을 느꼈다. 명함에 적혀 있었듯 여자는 정부의 관리다. 그리고 규모가 엄청난 우주산업체의 중앙전산실에 문제가 생겼을 때 회사가 두 달이나 관리를 맡길 정도의 사람이다.

"최근에 스피릿 필드에 대한 지원이 줄어든 게, 혹시 스피릿 필드에 대한 슈퍼퓨처사의 의욕이 떨어진 것 때문인가요?"

뜻밖이다. 그건 오히려 미로가 묻고 싶은 얘기였다.

"그건 스피릿 필드와는 상관없는 얘기 같네요."

"아, 그런가요? 개인적으로 스피릿 필드에 관심이 워낙 많아서 ……. 사실 전 스피릿 필드가 실현되기를 간절히 바라는 사람입니다."

"왜요?"

분홍 립스틱을 바른 여자의 입술에 가벼운 경련이 일었다.

"우리가 어디서 왔는지를 가르쳐줄 수 있을 테니까요."

"우리가 어디서 왔는지, 그걸 알고 싶으면 교회에 가야 하지 않을까요? 인도로 가시든가."

미로가 농담처럼 대답했지만 여자는 더 이상 미소 짓지 않았다.

"필드 연구소는 시애틀과 원산에 있어요. 시애틀은 너무 멀고, 저는 마침 원산에 있네요. 인도는 너무 멀리 있고, 교회도 제겐 인도만큼 멀어요."

여자의 목소리가 미소가 사라진 얼굴만큼 딱딱해져 있었다. 미로는 갑자기 피곤함이 밀려들었지만, 오랜만에 신선한 긴장감도 느껴졌다. 여자에게 개인적인 관심도 생기기 시작했다.

"뭔가 중요한 걸 놓치셨네요. 스피릿 필드는 신의 그림자예요."

"위대한 소설가의 아드님다운 은유시네요."

"천만에요. 전 소설의 소 자도 모르는 무식쟁입니다. 하지만 누구보다 모픽 필드나 스피릿 필드는 잘 알아요. 모픽 필드도, 스피릿 필드도, 분명히 신의 그림자예요."

"친절을 베풀어 설명을 좀 해주시죠."

"모픽 필드와 스피릿 필드를 신의 그림자라고 한 건, 창조와 관련되어 있는 게 아니라 창조 바로 다음의 일과 관계되기 때문입니다. 실체가 생겨야 실체의 그림자가 존재하고, 의지가 생겨야 실체의 바탕이 생기니까요."

"발은 왜 발의 모양을 하고 있는지, 손은 왜 손의 모양을 하고 있는지, 이게 모두 지금 말씀하신 창조 다음의 일이란 건

164

가요?"

여자가 되묻자 미로가 고개를 깊이 끄덕였다.

"써니 씨는 왜 써니 씨의 형상을 갖고 있고, 저는 왜 이렇게 조그맣고 못생긴 모양새를 하고 있을까요? 이건 신의 일이 아닙니다. 신의 그림자인 거죠."

여자가 묘한 미소를 머금었다.

"어쨌든 론 허버드와는 확실히 다르네요."

론 허버드는 1954년에 테탄이라는 외계 지성체가 인류의 조상이라는 교리를 중심으로 전쟁, 범죄, 마약을 배격하는 종교 사이언톨로지Scientology를 만든 소설가였다.

"글쎄요, 그렇긴 하지만, 실망을 하실지도 모릅니다."

"실망이라뇨?"

"스피릿 필드는 마술이 아니니까요. 처음엔 저도 스피릿 필드를 마술이라고 생각했었죠. 화려한 손놀림과 환상을 요리하는 멘탈만 가진다면 무엇이든 이룰 수 있는 마술. 열심히 정보를 입력하고 소닉의 주파수변조기로 열심히 채널을 바꾸어 보다 보면 아무것도 없는 곳에서 소설가가 나오고 마술사가 나오고 공주와 왕자가 나오고 안경이 나오고 컴퓨터가 나오고 고양이가 나오는."

"결국 그런 거 아닌가요?"

미로는 고개를 좌우로 흔들면서 말을 이어갔다.

"그렇다면 그건 진짜 마술이죠."

"그게 아니라면 어떻게 재현할 수 있다는 거죠? 엄청난 자금이 투자되는 곳이 스피릿 필드 아닌가요? 재현하려는 곳 말이에요."

여자는 미로에게 스피릿 필드에 대한 투자의 필요성에 대해 물었지만, 미로는 아직 여자의 숨은 의도를 파악하지 못하고 있었다.

"재현은 정확한 표현이 아닙니다. 발견이죠."

"하지만 웜홀과는 다르지 않나요?" 여자가 되물었다.

인터벤션　　웜홀Worm Hole. 벌레구멍은 블랙홀과 화이트홀을 연결하는 우주의 시간과 공간의 벽에 뚫린 구멍이다. 두 개의 시공간이나 동일 시공간의 다른 두 곳을 잇는 시공간의 좁은 통로를 의미한다. 웜홀을 통하면 성간여행이나 은하 간 여행을 할 때 훨씬 짧은 시간 안에 우주의 한쪽에서 다른 쪽에 도달할 수 있다. 이때 블랙홀은 입구가 되고 화이트홀은 출구가 된다. 블랙홀은 빨리 회전하면 회전할수록 웜홀을 만들기 쉽다. 반면에 전혀 회전하지 않는 블랙홀은 웜홀을 만들 수 없다. 하지만 화이트홀의 존재가 증명된 바 없고, 블랙홀의 기조력 때문에 진입하는 모든 물체가 파괴되어서 웜홀을 통한 여행은 수학적으로만 가능할 뿐이다. 웜홀, 즉 벌레구멍이란 뜻은 벌레가 사과 표면의 한쪽에서 다른 쪽으로 이동할 때 이미 파먹은 구멍을 뚫고 가면 표면에서 기어가는 것보다 더 빨리 간다는 점에 착안하여 붙여진 이름이다.

"찾아내기 힘들고, 찾아내도 실현해내기가 불가능하다는 점에서 동일하죠."

"그렇다면 왜 그런 막대한 자금이 투자되어야 하는 거죠? 그 정도면 인류를 위해 쓰일 곳이 차고 넘칠 텐데."

이번에는 여자가 미로에게 스피릿 필드에 대한 투자의 필요성에 대해 직접적으로 물었다.

"그러게요."

"예? 지금, 인정하시는 건가요?" 여자는 미로의 대답을 듣고 확인 차원에서 다시 물었다.

"물론입니다. 그동안 모픽 필드나 스피릿 필드에 투자한 돈을 다른 곳에 투자했다면 막대한 수익을 얻을 수 있었겠지요. 론 허버드 같은 신흥종교 두어 개쯤은 능히 만들 수 있을 테죠. 하지만 그렇게 얻어지는 막대한 부와 종교들이 인류에게 무엇을 할 수 있다고 생각하십니까?"

여자는 미로의 대답에 당황스럽기도 하고 실망스럽기도 하지만, 내색하지 않고 조용히 침을 삼켰다.

미로는 쉽게 입을 열지 않는 여자를 가만히 지켜보면서 뭔가 알지 못할 마음의 동요 같은 게 느껴져왔다. 그건 놀랍게도 유리에게서 느꼈던 것과 닮아 있었다. 여자는 진지했다. 스피릿 필드에 대한 과도한 환상만 아니라면, 밤을 새워 얘기해도 좋을 사람 같다고 미로는 생각했다.

경직되어 있던 여자의 얼굴에 다시 엷게나마 미소가 어릴 때, 카페 출입문이 열리며 구부정하게 고개를 숙인 큐릭이 들어왔다. 곁에 마리도 있었다. 둘은 영락없는 푸른색 주차 포스트와 거기에 달라붙은 새끼 고양이 모습이었다. 어지간히 몸집이 좋은 마리도 큐릭과 있으면 그저 어린애에 불과해 보였다. 여자는 미로의 고개가 출입문 쪽으로 돌아가는 걸 보고 자리에서 일어나 가볍게 고개를 숙였다. 미로도 엉거주춤 자리에서 일어나 고개를 숙이고 인사말을 건넸다.

"언제 우리 연구소에 오시면 연락주세요."

"그렇게 할게요. 아직 여쭤볼 게 많이 남아 있거든요."

여자는 대답을 한 후 자신의 자리로 돌아갔다. 그러고는 얼마 있지 않아 카페를 나갔다. 마치 볼일을 다 본 사람처럼.

미로와 그 일행도 카페에서 나와 근처 무희들이 있는 중국 음식점으로 자리를 옮겼다.

13

"역시 술은 중국술이야!"

큐릭은 취기가 오르는지 눈이 벌겋게 충혈되었다. 그런데도 작은 하얀 도자기 잔에 담긴 술을 계속 입속에 털어 넣었다. 술을 입에도 대지 못하는 마리는 그저 열심히 요리를 집어 먹고 있었다. 미로는 몇 잔 마시지 않는데 속이 불편해서, 벌써 두 번이나 화장실을 다녀왔다.

"한 잔만 마셔봐, 마리. 딱 한 잔만."

그때까지 큐릭은 열심히 마리를 유혹하고 있었다. 마리보다 세 살이나 많은 데다 키가 한 뼘이나 큰 큐릭이 마리의 머리를 장난스럽게 쓰다듬었다. 마리가 참다못해 큐릭에게 한마디 했다.

"이봐요, 큐릭 씨. 만약 그 술이 내 위 속에 들어간다면 당신은 집에 못 가요."

"바라던 바죠."

"기꺼이 봉사를 하시겠다 이 말이죠?"

"물론이죠. 기꺼이 봉사!"

큐릭은 보이스카우트 대원처럼 왼쪽 손가락 두 개를 세워 뺨에다 댔다.

"그럼 한잔줘봐요."

마리가 술잔을 큐릭 앞으로 내밀자, 미로가 낚아챘다.

"왜 이래? 봉사한다잖아." 큐릭이 화난 얼굴로 말했다.

"애한테 해야 할 봉사가 어떤 건지 알기나 해?"

미로의 말에 큐릭이 어깨를 으쓱해 보였다. 미로가 한쪽 입 꼬리를 끌어올려 씩 웃고는 다시 입을 뗐다.

"앞으로도 마리한테 술 권할 생각은 하지 않는 게 좋을 거 야. 마티니 한 잔만 들어가도 지구를 뱅뱅 돌릴 애니까. 중국 술 한 잔이면 ……, 생각만 해도 끔찍하다."

"아니, 마리 씨같이 건강한 여자가 술을 한 잔도 못한다니, 말이 됩니까?"

큐릭이 마리를 보며 안타까운 표정을 지으며 물었다.

"건강한 여자가 아니라 건장한 여자겠지." 미로가 장난스럽 게 받아쳤다.

"그래, 건장한 여자."

큐릭은 미로 말을 반복하며 연거푸 두 잔을 비웠다. 마지막 잔이 탁자에 닿기 무섭게 자리에서 일어나더니 무희들이 모여 있는 홀 구석으로 비실비실 걸어갔다. 미로와 마리의 눈길이 한동안 큐릭의 뒤를 좇았다. 그러곤 약속이라도 한 듯 서로를 마주 봤다. 미로가 예의 입꼬리를 올리며 웃자, 마리가 꽤 사납게 외면했다. 고기와 야채가 섞인 요리 접시 속으로 젓가락을 몇 번 들락거린 뒤에야 마리가 고개를 들어 얘기했다.

"오늘, 아저씨 돌아가신 날 아니야?"

마리의 물음에 미로가 고개를 끄덕이고는 술잔을 지그시 바라보다 천천히 비웠다. 독한 술이 들어간 탓인지, 아버지 생각이 난 때문인지, 미로가 콧등을 찡그렸다.

"마리 너, 우리 아버지, 기억하니?"

인터벤션　미로가 열한 살 때 피터 스트라우스의 『당신은 신이다』라는 책을 읽고 감동받은 적이 있었다. 감동받은 나머지 책에 너무나 많은 밑줄을 그어서 지저분해졌을 정도였다. 미로에게 밑줄 친 문장 중에 딱 하나만을 고르라고 한다면 "무용수와 불구자, 두 개성은 서로 정반대되는 것으로 보이지만, 사실 그들의 외모와 행위는 표현과 배움의 수단이란 면에서 똑같이 유효하다"를 선택할 것이다. 그 문장은 다음과 같이 이어진다.

"단순히 머리가 아닌 가슴으로 이해한다면 범죄자와 권력 중개인, 노예 상인, 아동강간범, 도둑 따위, 소위 '불순분자들'을 심판하기는 불가능하다. 이들 역시 아름다운 신들, 자신의 영혼을 감정으로 풍요롭게 하기 위해, 배움을 위해 특정 단계의 생애에서 특정 역할들을 해내는 순결한 영혼들이기 때문이다. 그럼 우리는 무엇으로 이들을 심판해야 하는가? 우리는 단지 그들을 교육시킬 수 있을 뿐이다."

애석하게도 우리는 이야기, 말, 글, 책, 문장을 통해 익힌 감동을 현실에 적용하거나 실현하는 데 우둔하다. 아무리 이해하려 해도 완전히 이해할 수 없는 일 중의 하나가 바로 이런 현실화다. 왼쪽 뺨을 때리거든 오른쪽 뺨을 내밀라는 성자의 말을 누가 과연 실천할 수 있을까. 대부분 사람은 갑자기 왼쪽 뺨을 맞으면 때린 자에게 버럭 화를 내며 말한다. "나를 때린 이유가 뭐야? 명확하게 나를 설득하지 못하면, 넌 오늘 내 손에 죽었어"라고.

"아저씨, 기억하지. 기억하고말고."

"아주 어렸잖아." 미로가 말했다.

"어렸는데도 기억나. 아저씬 나만 보면 얘기를 해주셨어. 그 이야기들 모두가 나중에 보니 아저씨의 소설이었지만."

"너한테도 그랬구나."

미로는 속이 여전히 불편했지만 아랫배를 손바닥으로 쓸면서 다시 잔을 비웠다. 큐릭은 무희들과 어울려 춤추고 있었다.

"이해가 잘 안 가는 게 있어."

"뭘?" 하고 미로가 마리의 물음에 눈으로 물었다.

"아저씨 사인을 왜 밝혀내지 못했을까?"

"사인? 모르고 있었니?" 미로가 되물었다.

"난 몰라. 뭔데?"

"커피에 농축된 프리래디컬Free Radical. 유해 활성산소이 들어 있었어. 그게 심장마비를 일으키게 한 거야."

마리가 고개를 좌우로 흔들며 말했다.

"내가 말하는 사인은 그게 아니라, 프리래디컬을 누가 아저씨 커피에다 넣었냐는 거야. 카페의 주인이 넣었느냐, 종업원 이냐, 지나가던 사람이냐, 아니면 ……."

인터벤션　　나오미 여사와 함께 미로의 아버지가 베를린에 도착 한 것은 2027년 10월 31일이다. 공항에 내린 윤준승 박사와 나 오미 여사는 마중 나온 콘퍼런스 관계자의 승용차로 호텔로 갔 고, 각자의 이름으로 예약된 방으로 가서 여장을 풀었다. 야다 브 쿠마르 교수는 모픽 필드 학회에서 하게 될 발표를 준비하느 라 마중조차 나올 수 없었다.

잠자리에 들기 전 윤 박사는 휴대전화로 쿠마르 교수에게 전 화를 걸었지만 통화가 되지 않아 다음 날 아침 식사를 함께 하 자고 음성메시지를 남겼다. 2027년 11월 1일로 막 넘어간 시각 이었다.

"그게 좀 그래 …… 그러니까, 경찰이 발표한 조사 결과는 일단 심장마비였어. 심장마비를 일으킨 건 프리래디컬이 분명했지만, 그날 마신 커피 잔에 들어가 있던 게 문제가 된 게 아니라, 평소 아버지의 혈관에는 갑작스러운 심장마비를 일으킬 정도로 프리래리컬이 쌓여 있었다고 했어. 단번에 사망에 이르게 할 정도의 농축된 프리래디컬을 커피에 탔을 거라는 건 추리소설에서나 가능한 얘기라는 게, 독일 경찰의 얘기였어."

"말해준 사람이 누군데?"

"나오미 아줌마."

"뭐, 우리 엄마가?"

"그때 독일에 같이 계셨잖아."

마리가 젓가락을 입에 물고는 미로의 얼굴을 멍하니 바라보며 물었다.

"아저씨랑 엄마, 서로 좋아했어?"

"아마도."

인터벤션 시차 탓인지 윤준승 박사는 쉽게 잠을 이룰 수가 없었다. 몇 번을 뒤척이다가 침대에서 일어나 베개 두 개를 고여놓고 미짓북Midget-Book에 저장해놓은 책을 읽었다. 미짓북은 손바닥 정도의 크기로 책이나 문서를 읽을 수 있는 기계다. 윤 박사가 미짓북에 저장한 소설들은 대부분 100년쯤 전에 출간한 고전들이었다. 그보다 더 오래된 소설도 즐겨 읽었다. 그 중에서 가장 좋아하는 소설가는 H. G. 웰즈와 헨리 제임스다. 두 사람 모두 19세기 후반에서 20세기 초를 대표하는 영국의 소설가다. 두 작가의 작품들 중에 흔히 '고딕소설'이라 부르는, 유령이 등장하는 소설을 특히 좋아했다.

미짓북으로 소설을 읽다가 잠이 든 윤 박사가 첫잠을 깬 건 새벽녘이었는데, 이상하게 다시 잠들 수가 없었다. 그는 샤워를 하고, 탁자 위에 노트북 컴퓨터를 켜놓고 나흘 뒤에 있을 야다브 쿠마르 교수의 발표에 대한 지지 연설문을 훑어보았다. 연설문 교정까지 다 마치고 나니 어느새 창밖으로 희부연 늦가을의 아침이 서성이고 있었다. 그리고 메일을 확인하기 위해 인터넷에 접속한 윤 박사는 내친김에 몇 통의 메일을 보냈다. 그중의 하나는 한국에 있는 아들 미로에게서 온 메일에 대한 답장이었다. 2027년 11월 1일 아침 일곱 시가 가까워진 시각이었다.

"마리, 네가 읽은 소설들 중에 가장 마음에 드는 게 뭐야?"

"아저씨 소설 중에서?"

마리의 물음에 미로의 고개가 까닥하고 움직였다.

"음, 사실, 좀 어려워. 내겐."

"마음에 드는 게 없다고 해도 상관없어."

"그렇게 말할 수 있으면 오히려 편하지."

"무슨 뜻이야?"

"아저씨 소설은, 뭐랄까, 너무 허무해. 희망이 없다고 할까. 희망이 없으니 너무 열심히 살려고 노력하지 마, 하고 얘기하는 것 같거든. 하지만 그건, 난 아직 어리지만 틀리지 않는 말인 것 같아. 그래서 나쁘다거나 싫다고 말할 수가 없어."

"마음엔 들지 않는다는 ……?"

미로의 말에 마리가 어설픈 미소를 띠며 고개를 끄덕였다.

"오빠는 어때?"

"아빠잖아."

"그렇지. 내 생각엔 오빠는 좋아할 것 같아. 어떨 때는 오빠한테서 아저씨가 보여."

"재밌네. 어떨 때?"

"아냐, 지금은 말하고 싶지 않아."

마리는 미로의 질문에 선뜻 답을 하지 못하고, 도리어 외면하듯이 말하고는 고개를 돌려 큐릭을 바라봤다. 큐릭은 여전히 무희들과 어울려 춤추고 있었다. 신난 것 같기도 하고, 그냥 취해서 비틀대는 것 같기도 했다. 마치 자신이 처한 상황에서 벗어나 모든 걸 잊고 싶다는 무언의 행위 같아 보였다.

"그래. 나중에 꼭 얘기해줘. 내가 아버지랑 어디가 닮았는지."

마리의 의중을 알았는지 미로도 더 이상 재촉하지 않았다.

마리가 슬그머니 자리에서 일어나 미로를 돌아보며 뭐라고 말하고는 큐릭 쪽으로 걸어갔다. 음악 소리에 묻혀 거의 들리지 않는 마리의 목소리는 마치 멀리서 건너온 듯이 한참이나 지난 뒤에 미로의 귓속으로 날아들었다.

"먼저 들어가, 오빠. 난 큐릭이랑 좀 더 있다 갈게."

14

인터벤션　　모든 경전은 태초의 이야기로부터 시작된다. 경전의 창작자들에게 우주는 가장 극복하기 힘든 주제였다. 이 주제를 극복하지 못하면 결국 경전을 완성한다는 것 자체가 불가능했다. 그래서 누구는 '말씀'으로 우주를 만들었고, 누구는 아무것도 존재하지 않는 '암흑'을 관념적 자궁으로 사용했다. 또 누구는 '입김'으로, 누구는 상상할 수 없이 거대한 '충격'으로, 누구는 우아하고 부드러운 '손길'로 우주를 만들어서 극복했다.

　우주를 극복하니, 또 다른 문제가 다가왔다. 생명이었다. 이번엔 모든 창작자가 하나로 통일했다. 흙이다. 흙으로 생명을 만들었다. 삶을 키우고 죽음을 거두는 흙이란 존재는 대단한 설득력을 지니고 있었다.

　생명까지 풀었는데, 진짜 문제가 또 남아 있었다. 영혼이었다. 그런데 이번엔 대부분의 창작자들은 이 문제를 슬쩍 피해 갔다. 모른 척, 혹은 몰라도 상관없다는 듯이 말이다. 그렇게 슬쩍 피해 간 것은 그것 말고도 더 있었다. 그들은 시간을 피해 갔고, 사랑을 외면했고, 관계의 속성에 눈을 감았다. 그들이 경전 속에 풀어놓은 것은 사실 몇 개 없었다. 그것도 모두가 비린내투성이의 삶뿐이었다. 하나 마나 한, 어쩌면 하지 말았어야 했을, 하지 않는 게 더 좋았을, 그런 '이야기'들뿐이었다.

아이러니하게도 그것 때문에 인간의 손에 경전이 쥐어졌고, 오랜 세월 그 손에서 떨어지지 않았다. 그리고 인간들의 '영혼'이 그것 없이는 살 수 없도록 완벽하게 세뇌해버렸다. 마치 처음부터 교묘히 기획한 듯이.

미로는 중국음식점에서 나와서 곧바로 아파트로 돌아가지 않고 길을 따라 무작정 걷다가, 지나가는 택시를 세웠다. 미로의 귓가에 계속 큐릭과 함께 있을 거라던 마리의 얘기가 맴돌았다. 미로로서는 마리의 말이 적잖은 충격으로 다가왔다. 손님이 목적지를 말하지 않자, 인내심 많은 택시 기사가 룸미러로 멀거니 미로를 바라봤다. 5분쯤 지났을까, 미로는 마치 까맣게 잊어버린 고향의 이름이 갑자기 떠올랐다는 듯이 "게임랜드요"라고 말했다.

미로는 택시에서 내려서야 책임 관리인이 퇴근했다는 걸 깨달았다. 미로는 택시를 타고 오는 동안 줄곧 게임랜드의 책임 관리인을 생각했다. 그는 아버지를 잘 아는 사람이었다. 그라면 오늘이 아버지의 기일이라는 사실을 알고 있을 거라 생각했다. 그가 만약 술이라도 한잔하자고 한다면 기꺼이 마실 용의도 있었다. 미로는 아버지가 돌아가신 날만큼은 아무 일 없다는 듯 태평하게 잠자리에 들고 싶지 않았다. 흥건히 취해, 아무것도 기억하지 못한 채 잠들고 싶었다. 하지만 게임랜드에 와서 그를 만날 수 없다는 걸 안 순간, 미로는 마치 절벽 끝에 선 기분이었다. 문득 '이제 그만 아버지로부터 벗어나야 하지 않을까'라는 생각이 밀려왔다. 그리고 또 다른 한편으로 '난 혼자야'라는 생각도 밀려왔다. 그런 자신에게 아버지 영혼이 위로하듯 '아니, 넌 결코 혼자가 아니야. 내가 있잖아'라고 말하는 것 같았다.

미로의 아버지는 14년이란 긴 시간을 가볍게 건너와 사랑하는 아들에게 편지를 던져줄 정도로, 정말 대단한 존재였다. 물론 편지만 던져준 것은 아니었다. 그 안에는 도저히 풀 수 없는 수수께끼도 있었다.

"왜 소설을 보낸 걸까?" 미로는 혼잣말을 내뱉었다.

'미래의 일들을 소설을 통해 예언해놓은 것은 대체 무슨 이유지?'

미로는 혼란스러워 바닥에 그대로 주저앉았다. 서서히 술기운이 밀려들면서 늪으로 빨려 들어가는 기분을 느꼈다. 자꾸 눈꺼풀이 아래로 끌어당겨졌다. 자신도 모르게 어느 순간 무겁게 껌뻑이던 눈꺼풀이 완전히 닫혀버렸다.

얼마나 지났을까? 미로가 눈을 떴을 때 주변이 게임랜드와 함께 육중한 적막에 휩싸여 있었다. 몇 개의 조명만이 거대한 구조물의 윤곽을 드러낼 뿐이었다. 사람들이 게임랜드를 찾기에는 너무 늦은 시간이었다. 미로는 사람 그림자 하나 없는 분위기에 섬뜩함이 느껴져 몸을 움츠렸다.

미로는 바닥에서 일어나 게임랜드 건물로 다가갔다. 건물 창문 안으로 아카이브 DB위성에 접속할 수 있는 PC룸 출입구가 보였다. 안으로 들어가자 야간 근무원이 미로에게 다가와 단말기를 내밀었다. 미로는 억셉터에 출입카드를 올려놓고 PC룸 얘기를 꺼냈다. 닫혀 있는 건 알지만 잠깐만이라도 열어줄 수 없겠느냐고 야간 근무원에게 부탁했다. 야간 근무원은 친절했지만 예외는 없었다. PC룸은 게임랜드 책임 관리인의 소관이라 비밀번호를 몰라서 출입문을 열 수 없다고 했다. 미로는 할 수 없이 일반룸으로 발길을 돌렸다. 룸은 거의 텅 비어 있었다. 벽에 붙은 사인보드에 11이라는 숫자가 지나가고 있었다.

'한 시간이 남았군.'

미로는 입구에서 되도록 멀찍이 떨어진 자리로 가서 앉았다. 코인박스에 마스터카드를 대고 10달러를 충전한 후 충전기 아래에 붙은 파워 버튼을 눌렀다. 센서에 빨간 불이 켜지고 60이라는 숫자가 나타났다. 바지 주머니 속에 있는 스피릿폰이 메시지가 수신되었다는 걸 알려왔다. 미로는 마리일 거라고 생각했다. '집에 잘 들어갔어, 오빠. 미안해, 내가 지나쳤던 것 같아. 잘 자' 같은 메시지일 거라 추측하며 "도대체 뭐가 지나쳤다는 거야!"라고 혼잣말을 하며 스피릿폰을 꺼내 화면을 바라봤다. 마리가 아니었다.

큐엔엔QNN 틀어봐. 재미난 거 하는데.

큐릭이었다. '마리랑은, 벌써 헤어진 건가' 하고 미로는 생각하면서 터치스크린에서 TV를 찍고, 라이팅-패드Writing-Pad 위에 QNN이라고 썼다. 스크린 한 귀퉁이에 TV 화면이 잡혔다. TV 화면 위에 손가락을 얹어놓고 스크린 아래쪽으로 길게 잡아 늘였다. 화면에는 검은색 긴 리무진이 천천히 움직이고 있었다. 화면 하단에는 '영원한 스타 로버트 레이놀즈, 일흔여섯 살의 일기로 영면에 들다'라는 자막이 리무진이 움직이는 속도에 맞추듯이 천천히 지나가고 있었다.

'로버트 레이놀즈 ……!'

미로는 누군가 자신의 머리칼을 움켜쥐고 세차게 잡아당기는 느낌을 받았다. 술기운이 빠르게 깨고 있었다. 무겁던 눈꺼풀이 새털처럼 가볍게 느껴졌다.

"로버트 레이놀즈! 루빅스 큐브의 중심!"

미로는 자신도 모르게 소리치며 자리에서 벌떡 일어났다.

미로의 눈동자가 이글거리며 타오르고 있었다. 숨이 막히면서도, 가슴이 주체할 수 없을 정도로 뛰고 있었다. 견디기 힘들었다. 숨이 막힌 건 아닌데 심장이 격렬하게 박동치고 있었다. 어쩐 일인지 숨을 쉴 수가 없었다. 가끔 이럴 때가 있었다. 미로는 입술을 최대한 조그맣고 동그랗게 말아 천천히 숨을 내쉬었다. 더 이상 숨을 내쉴 수 없을 때까지 내뱉은 후 입을 굳게 다물고는 천천히 코만으로 숨을 아주 조금씩 들이쉬었다. 미로는 심장의 박동이 천천히 느려지는 것을 느끼고 나서야, 다시 자리에 앉았다.

TV 화면은 여전히 느리게 움직이는 검은색 리무진을 비추고 있었다. 자막은 로버트 레이놀즈의 필모그래피로 바뀌어 있었다.

1964년 7월 4일, 뉴욕 태생, 스물한 살 1985년에 영화《추방된 아이들》에 단역으로 출연했으나 이후 줄곧 주연을 맡으며 일찌감치 할리우드의 대스타 반열에 오름 …… 1999년, 서른넷 살에 그의 인생에 전기를 가져다준 영화《루빅스 큐브의 중심》에 주연으로 출연 …….

대니얼 샌스턴에게서 전화가 왔다. 그 전화를 받지 말았어야 했다. 하지만 모든 필연의 사슬들이 한 가닥의 우연을 만들어서 내게 전화를 받도록 만들었다. 만약 내 피곤이 충분히 잠을 끌어왔다면 전화를 받지 않았을 텐데 …….

미로는 머릿속으로 아버지의 유작 소설 중 한 장면을 떠올렸다. 등장하는 주인공이 약간의 두려움을, 동시에 어쩔 수 없는 운명임을 막연히 느끼면서 대니얼 샌스턴의 전화를 받는 장면이었다.

인터벤션   미로가 열한 살이던 봄이었다. 아버지와 함께 영화관에 갔다. 아버지는 틈만 나면 오래된 영화나 사람들이 잘 보지 않는 예술영화를 상영하는 극장으로 어린 아들을 데려가곤 했다. 미로가 그날 본 영화가 바로 《루빅스 큐브의 중심》이었다.

영화는 '듀크'라는 외계의 한 행성에서 추방된 몇 명의 외계인이 지구에 와서 자신의 능력인 마인드컨트롤로 지구인을 통치하면서 벌어지는 이야기였다. 듀크인은 지구의 모든 매체를 이용해 지구인들이 자신들에게 복종하도록 세뇌했다. 처음 세뇌된 지구인은 다른 지구인들을 세뇌하는 숙주 노릇을 하면서 순식간에 지구인 대부분이 듀크인의 명령대로 움직였다. 그런데 단 한 사람, 듀크인의 세뇌 공작에 말려들지 않는 청년이 있었다. 청년의 이름은 대니얼 샌스턴! 그를 연기해낸 배우가 로버트 레이놀즈이었다.

영화 속의 대니얼은 루빅스 큐브 챔피언이었다. 대니얼이 세운 기록은 채 6초가 되지 않는 5초73이다. 보통 사람들이 어떻게 맞추어야 할지 큐브를 살펴보고 있을 시간이었다. 대니얼은 의식을 큐브의 중심에 집중하면 큐브가 저절로 맞춰져서, 빠른 시간에 맞출 수 있었다. 어릴 때부터 루빅스 큐브를 가지고 놀면서 자연스럽게 그 중심에 의식을 집중시킬 수 있었다. 그 능력은 듀크인에게 조종당하지 않는 데도 아주 유용했다. 듀크인이 마인드컨트롤을 걸어올 때 그들보다 더 빠르게 그 중심으로 들어가서 컨트롤러의 회로에 의식이 잡히지 않았다. 몇 번의 시도가 실패하자 듀크인은 대니얼을 위험인물로 여겨 제거하기로 결정했다. 이를 간파한 대니얼은 오히려 그들의 수법을 역이용해 듀크인을 자신의 명령에 복종하게 만들었다. 영화 속의 대니얼은 졸지에 지구를 구한 영웅이 되었다.

그런데 대니얼은 영화 속 지구의 운명만 바꾼 게 아니었다. 대니얼을 연기한 로버트 레이놀즈의 인생까지 바꿔놓았다. 그 영화가 세계적인 선풍을 일으킨 뒤 로버트 레이놀즈는 '진리의 중심'이라는 종교의 교주가 되었다.

지금 미로 눈앞에 그 주인공을 연기했던 배우 로버트 레이놀즈의 시신을 실은 검은색 리무진이 장중한 조곡弔曲 사이로 빠져나가고 있었다. QNN의 뉴스 채널을 통해 로버트 레이놀즈의 장례식을 지켜보면서 미로는 희미하긴 하지만 확신이라고밖에는 설명할 수 없는, 어떤 강렬한 감정에 휩싸였다. 그것은 아버지의 유작 소설이 뭔가를 암시하고 있다는 거였다. 그러면서 동시에 미로는 자신의 운명을 결정지을 중대한 갈림길에 서 있다는 것도 절감했다. 그 갈림길은 아버지의 유작 소설에 있는 우연과 필연에 대한 문제였다. 어떤 일이 생긴다면 그것은 우연인가, 필연인가? 보통은 그것을 결정할 필요가 없다. 그냥 살면 되었다. 하지만 그냥 살고 싶지 않은 사람에게는 자신에게 일어난 '어떤 일'이 우연인지 필연인지를 아는 일은 너무나 중요했다.

인터벤션　당신은 철학적 성향을 가졌는가? 보통 사람들은 그렇지 않다. 그럼 철학적 성향을 가진 사람을 어떻게 보는가? 일반적으로 골치 아프다고 생각하는가? 그들은 남들에게 해악을 끼치지도 않고, 서가에 꽂혀 있는 철학서처럼 조용하게 행동하는데, 사람들은 왜 골치 아픈 사람으로 취급하는 걸까?

　미로라는 인간을 보자. 혹은 철학적 성품을 지닌 미로의 아버지를 보자. 그들이 무슨 해악을 입혔는가? 남의 흥이라도 보면서 위협하는가? 물론 아니다. 그런데 사람들은 골치 아픈 사람이라며 그들을 너무나 쉽게 외면한다.

미로는 스피릿폰을 꺼내 들었다. 어느덧 심장은 진정되어 천천히 뛰고 있었다. 통화 목록에서 마리를 찾아 통화 버튼을 검지로 지그시 눌렀다.

"미로 …… 오빠."

"……."

"왜 아무 말도 안 해?"

"마리야."

"응, 오빠. 나, 잘 들어왔어. 우리, 음식점에서 금방 나왔어. 큐릭이 곧바로 날 집까지 데려다줬어."

마치 마리의 음성을 넘기기라도 하듯 미로는 조용히 침을 삼켰다. 그리고 "마리야" 하고 무겁게 입을 열었다.

"말해, 오빠."

"넌, 유리 보고 싶지 않니?"

마리는 아무 대답도 하지 않았다.

"유리 …… 보고 싶지 않니?"

"응." 마리가 대답했다.

"보고 싶다는 거야, 안 보고 싶다는 거야?"

"보고 싶어." 마리가 대답했다.

"왜?"

"오빠가 보고 싶어 하니까."

미로는 다시 침을 삼켰다.

"솔직히 난 유리 언니 보고 싶지 않아."

마리의 대답과 함께 밭은 숨소리가 미로의 스피릿폰 수화기를 타고 흘러나왔다.

미로는 그 숨소리를 막기라도 하듯 "보고 싶지도 않고, 생각하고 싶지도 않아?" 하고 되물었다. 숨이 꽉 막혀 제대로 쉬어지지 않았다.

"나도 너처럼 유리 생각이 나질 않았으면 좋겠어. 아버지도 보고 싶지 않고, 보고 싶다는 생각도 나지 않았으면 좋겠어!"

"오빠."

"……."

"그렇게 말하지 마. 오빠를 보고 있으면 숨이 막혀."

"나도 숨이 막혀."

미로는 코끝이 아려왔다.

"오빠보다 나이는 어리지만 난 알아. 삶이란 숨이 막히지 않으려고 발버둥치는 거라는 걸. 오빠가 발버둥을 치는 게 보여. 하지만 오빤, 살려고 발버둥을 치는 게 아니야. 숨이 막히려고 발버둥을 치는 거 같아. 그건 아저씨도 마찬가지였어. 결국 아저씨가 오빠를 그렇게 만들었는지도 모르지. 그래서 오빠가 아저씨를 생각하고 싶지 않았으면 좋겠다고 말하는 걸 거야. 그렇지 않아?"

"숨이 막히려고 발버둥친다는 말, 맞는 것 같아. 그런데 아버지는 아니야. 아버지는 그런 발버둥 같은 거, 그런 발버둥 따위, 결코 치지 않았어. 내가 알아."

인터벤션　거짓말이었다. 미로의 아버지는 엄마를 잃은 어린 아들을 위해 매일 밤 아이에게 팔베개를 하고 누워서 이야기를 만들었다. 그 이야기 중에는 이런 것도 있었다.

　클린워스 박사는 자신의 아들에게 소원을 물었다. 아들은 하늘나라에 가서 엄마를 만나고 싶다고 했다. 박사는 죽음의 행성 그림-리퍼로 가서 죽음을 관리하는 파일이 내장된 플라스틱 저장 장치를 빼내 왔다. 그림-리퍼는 해골 모습에 긴 망토를 걸치고 큰 낫을 든 가상의 존재다. 그림-리퍼 행성의 궤도를 벗어나려는 순간, 박사가 탄 1인승 비행선 코쿤을 향해 미사일이 날아왔다. 미사일의 공격을 벗어날 수 있는 방법은 하나밖에 없었다. 궤도 탈출 속도의 두 배를 내는 거였다. 그렇게 하면 미사일의 공격권으로부터 달아날 수 있었다. 하지만 그렇게 하다 우주 관성에 잡혀버리면 끝이었다. 우주관성에 잡혀버리는 순간 비행선은 영원히 우주의 미아가 돼버린다. 박사는 갈림길에 놓였다. 미사일이 스스로 알아서 빗나가 주기를 기도하든가, 아니면 우주관성에 잡히는 위험을 무릅쓰고라도 궤도 탈출 속도의 두 배를 내든가. 초록색 터보 버튼 위에 손가락을 올려놓은 채 박사는 그림-리퍼 행성에서 빼내온, ADM이라는 붉은 글씨가 선명하게 쓰인 플라스틱 저장 장치를 지그시 바라봤다. 1인승 비행선 코쿤이 미사일에 맞는다면 그건 아무런 소용이 없는 물건이 되어버린다. 박사는 결정했다. 사랑하는 아들을 위해 그는 버튼을 눌렀다.

"그건 오빠 생각이지. 내가 보기엔 아니야. 아저씨도, 오빠처럼 발버둥을 쳤어. 그러다 돌아가셨지만 ……."

"마리야, 그만해."

코인박스의 센서가 깜박거리기 시작했다. 남은 시간이 줄어들고 있었다. 계기판이 00:00을 가리키며 멈췄다. 스크린의 화면도 정지했다. 화면 가득히 로버트 레이놀즈의 얼굴이 채우고 있었다.

미로의 눈앞에 대니얼 샌스턴에게서 걸려온 전화를 받기 위해 호텔의 송수화기를 집어 드는 닥터 클린워스 박사의 얼굴이 가득 차올랐다.

야다브 쿠마르

"교수님께서는 물질이
정신을 모방한다고 말씀하셨죠."

"그랬지. 그래, 내가 그랬어.
내가 처음 말한 건 아니지만."

"물질이 정신을 모방하는 건
사후인가요, 생전인가요?"

"생전과 사후, 모두.
그래야 생성과 유지가 가능하니까."

"그러면 물질이 있기 전의 정신은
어디에 있는 거죠?"

"모픽 필드에.
다 알면서 뭘 새삼스레 묻는 건가?"

"문득 의문이 들어서 ……."

"어떤 의문?"

"모픽 필드는 어떻게
만들어졌을까, 하는 거요."

"아하, 미로 자넨 지금
신을 얘기하고 싶은 게로군."

"그렇습니다.
모픽 필드는 신인가요?"

"그렇지 않다는 걸
자네가 더 잘 알잖나."

"……."

"다만 모픽 필드도 신도,
물질은 아니지."

"그렇다면 모방할 게 없겠군요."

"그렇지. 그게 논리적이지."

15

게임랜드에서 나온 미로는 집으로 가기 위해 택시를 탔다. 택시 안 계기판의 붉은 글씨가 미로의 눈에 들어왔다.

'41-11-05, 01:07' 2041년 11월 5일, 새벽 1시 7분.

11월 4일이 지나갔다.

미로는 택시에서 내려 아파트 엘리베이터를 탔다. 문 앞에 내리니 누군가가 쪼그리고 앉아 있었다. 마리였다. 마리는 미로의 전화를 끊자마자 바로 집을 나와 미로 집 앞에서 기다리고 있었다.

미로가 마리를 일으켜 세우고는 물었다.

"왜 안 들어갔어? 넌 내 지문도 갖고 있잖아."

"이젠 그런 거 안 할 거야. 오빠가 싫어하니까."

"이제, 오빠 소리가 아주 자연스럽다?"

"그런 거 좋아하지 않아? 간지러운 거. 유리 언니 같은 사람이 어떻게 오빠를 좋아했는지 모르겠어. 이해가 안 가."

"유리가 날 좋아한 게 아니라 내가 유리를 좋아한 거지. 유리도 간지러운 건 좋아하지 않았어."

"오빠, 그만 들어가자. 다리 저려."

마리는 더 이상 유리 얘기를 꺼내고 싶지 않다는 듯이, 화제를 돌렸다.

집 안으로 들어오자마자 마리는 컬렉션맘에서 애플민트 사탕 두 개를 꺼냈다. 하나는 자신의 입에 물고 나머지 하나는 미로에게 내밀었다.

"자고 갈 거야. 엄마한테 말했어."

미로는 마리의 말에 상관없다는 듯이 어깨를 으쓱해 하며 물었다.

"왜 그런 생각을 했어?"

"큐릭 오빠한테 부탁하려고 했는데, 내가 하기로 했지."

"무슨 뜻이야?" 미로가 물었다.

"누구라도 지금 오빠 곁에 있지 않으면 영영 보지 못할 거 같아서."

"흐흐 …… 내가 죽기라도 한다는 거야?"

마리의 고개가 위아래로 움직였다. 정말 미로가 자살이라도 할 거라고 생각한 듯 심각한 표정을 지었다. 미로의 입에서 웃음이 새어 나왔다.

"그것도 괜찮지. ADM을 쓰지 않고도 유리를 만날 수 있을 테니까."

"ADM?" 하고 마리가 눈을 동그랗게 뜨며 되물었다.

"사후기계."

"사후기계? 그게 …… 뭐야?"

"죽은 사람을 만나는 기계."

"그런 게 있어?" 마리가 물었다.

"오래됐지."

"왜 난 몰랐지? 영매 같은 기계야?"

"영매보다는 한 수 위지. 자세한 건 나중에 설명해줄게."

"나중에? 언제? 괜찮다면 지금 설명해줘. 내가 왜 몰랐지?"

빠르게 내뱉어진 마리의 말들을 흐트러뜨리듯이 미로는 고개를 크게 휘젓고는 소파에 앉아 몸을 기댔다. 애플민트 사탕이 녹은 물이 잇몸 사이로 흘러들어 개운했다. 미로가 고개를 들어 마리를 바라봤다. 마리는 두 손을 청바지 주머니에 찌른 채 고개를 삐딱하게 하고 미로를 바라보며 서 있었다. 영락없는 불량소녀 모습이었다. 어쩌면 유리랑 닮은 데가 하나도 없을까, 하고 생각하던 미로는 갑자기 이상한 생각이 스치면서 입가에 미소가 지어졌다. 미로의 뜬금없는 미소를 놓칠 마리가 아니었다.

"그 미소는 무슨 의미야?"

미로는 말하지 않았다. 아니, 대답을 하지 않기로 했다. 나오미 여사에게 따로 남자가 있었을 거라는 터무니없는 생각을 마리에게 할 수는 없었다.

"서 있지 말고 어디라도 앉지그래." 미로가 말했다.

마리는 식탁 의자에 앉자마자 곧바로 미로에게 질문을 던졌다.

"사후기계가 뭐야?"

미로가 대답을 할 때까지 마리는 결코 포기하지 않을 것이다. 만약 대답하지 않으면 잠자는 건 포기해야 했다.

"죽음의 세계를 보는 기계."

"어떻게?" 마리가 되물었다.

"나도 몰라. 그냥 죽음을 보여준대."

"죽은 사람을 보여준다는 거야?"

마리는 미로의 말을 믿을 수 없다는 표정을 지었다.

"때에 따라선. 죽음을 보여주니까, 죽은 사람을 볼 수도 있겠지."

"정확히 누구의 죽음을 보여준다는 거야?"

미로는 건너편에서 궁금한 표정을 짓고 있는 마리를 지그시 바라보며 말했다.

"의뢰인. 나, 혹은 너, 그, 그녀."

마리는 식탁 의자를 소파 가까이로 끌어와 앉은 후 미로 쪽으로 몸을 구부려 바라봤다. 미로는 코앞에서 자신을 주시하

는 마리를 응시했다. 마리한테서 달콤한 냄새가 났다. 초콜릿
볼 사탕 향기였다. 미로는 가슴이 가볍게 뛰는 걸 느꼈다. 손
바닥으로 가슴을 슬쩍 쓸어내고는 가만히 움켜쥐었다. 두 사
람 사이에 침묵이 흘렀다. 먼저 침묵을 깬 건 마리였다. 마리
는 앞으로 구부렸던 몸을 바로 세우며 말했다.

"오빠도 그 …… 의뢰인이란 거 …… 돼봤어?"

미로는 대답하지 않고, 그저 마리의 눈만 응시했다. 괜한 얘
기를 꺼냈다고 미로는 생각했다. 아직 남아 있는 술기운 때문
이었다.

"해봤지?" 마리는 눈을 반짝이며, 연신 재촉해 물었다.

"오빠, 말해봐. 어디 가면 할 수 있어?"

"사용할 수 없어 …… 일반인들은." 미로가 말했다.

마리는 말없이 미로의 눈을 노려봤다. 미로가 더 이상 아무
말도 안 하자, 마리는 눈에 더욱 힘을 주었다. 마리의 시선에
아무리 그래도 소용없다는 듯이, 미로는 소파에 몸을 더 깊게
파묻고는 슬며시 눈을 감은 채 한마디 덧붙였다.

"아직은."

피곤이 밀려왔다.

잠시 후 미로는 감았던 눈을 뜨자, 자신을 바라보는 마리가
정면으로 보였다. 그때서야 마리가 계속 자신을 쳐다보고 있
었다는 걸 깨달았다. 그런데 마리의 눈에 물기가 고여 있었

다. 미로는 소파에 기댔던 몸을 일으키고는 한 손을 들어 천천히 마리의 얼굴로 가져갔다.

인터벤션   초콜릿 볼의 비밀은 무궁무진하다. 어느 해를 기점으로 젊은 여자들의 낙태가 현저히 줄어들었다. 이유를 아는 사람은 드물다. 일찍 귀가하지 않는 자녀를 위해 초콜릿 볼을 더 많이 먹이라는 광고는 이제 거의 격언이 되었다. 미로는 초콜릿 볼을 좋아하지 않는다. 어릴 때부터 애플민트 사탕 맛에 익숙해져서 다른 과자의 맛을 잘 모르는 건지도 모른다. 초콜릿 볼을 먹지 않는 건장한 청년인 미로가 마음만 먹는다면, 마리는 정말 오늘 집으로 돌아가지 못할 수도 있다.

신이 어떻게 우주를 창조했는지 그것을 알고 싶은 사람도, 그 외에는 모든 것이 지엽적이라고 생각하는 사람도, 지금 미로의 상황이었다면 초콜릿 볼의 달콤한 유혹에 넘어갔을 것이다. 하지만 초콜릿 볼을 좋아하지 않는 미로는 상황이 다르다. 그는 아버지의 유작 소설의 주인공인 대니얼 샌스턴이 전화를 받을 것인지를 고민하는 상황이 되었고, 필연적으로 전화를 받을 수밖에 없는 사람의 마음을 이해하게 되었으며, 실은 우주가 신에 의해 창조된 것이 아니라는 사실을 알게 되었다.

그럼 우주가 어떻게 창조되었을까? 모픽 필드에서 흘러나오는 파장에 의해 만들어졌을까? 그럼 모픽 필드는 누가 만들었을까? 모픽 필드가 만들어지도록 모픽 필드의 파장을 흘려보내는 모픽 필드는 어디에 있는가? 만약 그 비밀을 당신에게 알려준다면, 내 말에 귀를 기울이겠는가? 그런데 그 비밀을 듣는 동안, 꿈에 그리던 이상형이 지금 당신 앞을 지나간다면 그때도 내 말에 집중할 수 있을까? 당신은 유혹에 강한가? 어렸을 때 초콜릿 볼을 배불리 먹었으면서도 다시 먹고 싶었던 아이였는가?

그렇다면 당신은 내 말에 결코 귀를 기울이지 못하고, 당연히 이상형을 쫓아갈 것이다. 그러나 당신이 당신을 끔찍이 위하는 엄마가 타준 초콜릿 우유를 완강하게 거부한 사람이라면 상황이 달라진다. 혹시 그런 아이였는가? 안타깝게도 우리들 중 그 누구도 그런 아이는 아니다. 우리는 미로처럼 이 닭기를 관리해줄 부모가 없어서 애플민트에 중독되어버린 아이가 아니다. 이처럼 우리가 우주 창조의 비밀을 알지 못하는 것은 신이, 아니 우주 창조의 비밀을 알고 있는 존재가 우리들에게 그 비밀을 말해주지 않아서가 아니다. 우리가 그의 말에 귀를 기울이지 않았기 때문이다.

허공에서 마리의 손이 미로의 손을 잡았다.

16

"오빠는 '예스터데이 샵'을 어떻게 생각해?"

"기발하지." 마리의 질문에 미로가 대답했다.

"부작용에 대해선?"

"일리가 있긴 해. 하지만 그런 부작용은 엄밀히 말해 부작용이라고 할 수 없지. 조현병을 치료하는 과정에서 얼마큼의 부작용 가능성은 충분히 있는 거니까. 진짜 부작용은 ……."

미로가 얘기를 하다 말고 멍하니 천장을 올려다봤다.

"진짜 부작용? 그게 뭐야?" 마리가 성마르게 다그쳤다.

"과거를 깡그리 잊는 거. 문제가 되는 기억만 잊게 하려다가 다른 기억들을 모두 잊어버리게 하는 거지. 내가 '예스터데이 샵'을 이용하지 않는 건 그 때문이야."

"그런 사례가 보고된 거야?"

마리의 말에 미로는 고개를 좌우로 흔들었다.

"뭐야? 오빠 상태가 생각보다 심각한걸. 없는 부작용까지 염려하다니."

"그럴지도 모르지. 하지만 아무도 거기까진 생각하지 않는 것 같아. 이거 한번 볼래?"

미로는 테이블에 놓인 미짓북을 들어서 'TOPIC' 폴더로 들어가 2039-11이라는 파일번호를 눌렀다. 파일번호 아래에 'Jeep Rush'라고 쓰여 있었다. 파일명만으론 지프차가 돌진했다는 뜻이지만 특별한 의미는 없었다.

미로는 파일이 실행되는 걸 확인하고, 마리에게 미짓북을 건네주었다. 마리는 화면을 빠르게 훑어봤다. '어제 가게'가 시행되고 일 년쯤 지났을 때 언론에 보도된 사건 기사였다.

중학교 교사인 마흔다섯 살의 남자는 자신이 보는 앞에서 강도가 아내를 폭행하고 살해, 암매장하는 끔찍한 일을 당했다. 그는 정부청사로 지프차를 몰아 현관을 들이받고 즉사했다. 그는 공무원 정기검진 후 '예스터데이 샵'에 대한 치료를 권고받고, 치료 프로그램에 참여한 3개월 뒤에 그 같은 끔찍한 짓을 저질렀다. 경찰에 의하면, 그는 가끔씩 기억에 혼란을 일으켰다. 갑자기 단기기억상실증에 빠져버려서 자신이 누군지조차도 모르는 상태가 되곤 했다는 거였다.

"그러니까 오빠 이 사건을 예스터데이 샵의 부작용으로 본다는 거야?" 기사를 다 읽은 마리가 미로에게 물었다.

"마리, 넌 우리가 어제를 기억하는 이유가 뭐라고 생각하니?"

"글쎄 …… 기억이란 건 …… 기억해야 할 이유가 있어서 기억하는 게 아니라 그냥 기억하는 거잖아. 그냥 기억되는 거지. 기억하고 싶지 않은데도 기억하는 거. 굳이 말하자면 기억하지 않을 수가 없어서 기억하는 거지."

미로는 마리의 까만 눈동자를 현미경으로 들여다보듯 유심히 바라봤다. 그러고는 가만히, 약간 씁쓸한 표정을 지으며, 말을 이어갔다.

"그게 관념의 조작이란 거야."

"조작? 누가 조작하는데?" 마리가 되물었다.

"네가. 내가. 우리가."

"왜?"

"기억의 이유를 찾지 못하도록."

"기억의 이유를 찾지 못하게? 누가?"

"우리가. 너와 내가. 그가, 그녀가."

미로의 말에 마리의 영민한 눈이 반짝였다. 그러더니 "우리가 어제를 기억하는 이유가 뭐야?" 하고 되물었다.

"기억하지 않을 때보다 덜 불행해지니까." 미로는 주저 없이 대답했다.

마리는 정답이라는 듯 확신에 차 말하는 미로를 보고 짧은 폭소를 터트린 후 다시 물었다.

"솔직히 말해. 바로 그 기억이란 것 때문에 오빠가 불행한 거 아니야?"

"맞아. 그래. 그렇다고 생각해. 기억하기 때문에 불행해진 거 맞아. 기억 때문에 불행하지. 그런데 말이야, 기억 때문에 불행해진 게 진짜 사실일까? 혹시 그 반대가 아닐까? 기억이란 것이 존재하는 한 기억하지 않는다는 게 무엇인지 모르는 것은 아닐까? 기억하지 못하는 게 기억하는 것보다 더 불행한 일은 아니고?"

"우린 불행한 기억 때문에 자살하는 사람을 수없이 봤어. 그런데도 오빠가 그렇게 말했다는 게 이상해."

미로는 마리의 말을 듣고는 소파에서 몸을 앞으로 숙인 후 두 손으로 자신의 얼굴을 쓸어내렸다.

"그래, 이상하지. 나도 이상해. 논리적으로 배배 꼬아놓은 거 같긴 해. 하지만 지프차를 몰고 정부청사로 돌진한 그 중학교 교사 사건을 읽었을 때 뒤통수를 호되게 얻어맞은 기분이었어."

미로는 더 이상 말을 잇지 못하고 다시 두 손으로 얼굴을 감싸고 한동안 말하지 않았다. 마리도 굳게 입을 닫고 미로의 모습을 물끄러미 바라봤다.

얼마나 지났을까, 미로가 다시 입을 열었다.

"똑같은 것을 보고 있으면서도 그것이 똑같다는 생각이 들지 않을 때가 많아. 인간은 동시에 두 곳에 있지 못하지. 그게 숙명이고 운명이라는 걸 알아. 근데 왜 우리가 두 곳에 동시에 있지 못하는 걸까, 그 이유가 뭘까, 혹시 내 착각은 아닐까, 이게 항상 궁금했어. 만약 내가 기억을 잃어버린다면 분명히 난 불행할 거야. 하지만 난 그 사실을 모르겠지. 기억을 잃어버리는 게 어떤 것인지를 모르니까. 우리가 기억하는 건 이 때문이야. 기억하지 못할 때의 불행을 위해서지. 그런 점에서 기억은 진화의 핵심이야. 우린 불행하더라도 기억해. 기억 때문에 불행해져도 우린 기억할 수밖에 없어. 오히려 기억하는 것이 기억하지 못하는 것보다 불행하지 않아. 차이라고 할 수 없는 이 차이 때문에 우린 살아가는 거고."

"이해할 수 없어. 너무 어려워."

미로의 말에 혼란스럽다는 듯이 마리가 고개를 좌우로 흔들었다. 미로가 그런 마리의 모습을 멍하니 바라봤다. 마리의 얼굴이 푸른 빛깔이 돌 정도로 창백했다.

"쿠마르 교수님이 케임브리지대학교에서 돌아왔을 때, 나한테 앞으로 뭘 하고 싶으냐고 물었지." 미로가 이어서 말했다.

"그때 난 스피릿 필드를 찾아야죠, 하고 대답했어. 스피릿 필드를 찾지 못하면 어떻게 할 거냐고 다시 물으시는데, 솔직히 좀 당황스러웠어. 찾지 못할 거라는 생각은 해본 적이 없습니다, 하고 대답했지. 그러니까 막 웃다가 아버지 얘기를 해주셨어."

인터벤션　가끔은 뻔뻔스러운 인간도 눈물 나도록 인생이 애처로울 때가 있다. 넌덜머리가 난다고 해야 옳겠지만. 한쪽 마음속에 숭고한 정신이 들어 있는 건 어쩔 수 없다.

세 번 정도, 신을 만난 적이 있다. 신이 아닐 수도 있지만, 여하튼 어떤 식으로 표현해도 상관없다. 그건, 인간을 인간이라고 표현하지 않거나, 고양이를 고양이라고 하지 않으면 안 되는 것과는 다르다. 완전히 상대적인 존재니까. 여기서만큼은 그저 신이라고 해두자.

처음에 '신'을 만났을 때 알아보지 못했다. 다시 만났을 때 그때서야 그것이 '신'이었구나, 하고 확신했다. 그러니까 두 번째 만났을 때 비로소 '신'과 제대로 맞닥뜨렸다. 하지만 볼 수는 없었다. 실체가 아니었기 때문이다. 형체를 갖고 있지 않았다는 뜻이다. 굳이 이미지로 표현한다면, 부드러운 털을 가진 고양이(?)였다. 형체는 고양이인데, 분명 고양이가 아니었다. 여기까지는 미로를 열대우림식물의 모든 것을 가르쳐주고 스피릿 필드로 이끈, 케임브리지대학교의 야다브 쿠마르 교수의 경험과 일치했다.

쿠마르 교수는 자신이 태어나기 120년 전에 돌아가신 5대 현조부가 인도의 마지막 제국인 무굴왕국에서 정원사를 지내면서 수시로 신과 조우했다고 믿고 있다. 교수는 현조부에 대해 모르는 것이 없었다. 교수는 가끔 자신이 현조부가 환생한 존재가 아닐까 하는 생각까지 했다. 물론 누구한테도 말하지 않았다.

교수는 자신이 현조부의 환생이라는 생각이 들 때마다 그때로 가서 현조부가 신과 어떻게 만났는지를 확인하곤 했다. 혹시라도 스피릿 필드에 대한 힌트라도 얻을 수 있을까 싶어서였다. 그러나 어떤 식으로든 힌트를 얻을 수는 없었다. 오히려 현조부가 실제로 신을 만나지 못했을지도 모른다는 생각만 들곤 했다. 그때마다 교수는 인간의 삶이란 조금은, 아주 조금은, 별거 아니라는 생각을 하곤 했다.

마리의 눈이 동그랗게 커졌다.
"아저씨 얘기?"
"응. 아버지 얘기." 미로가 침착한 표정으로 말했다.
"어떤 얘기?"
"아버지가 …… 나랑 똑같다는 얘기. 포기하지 않는다는 얘기. 아버진 …… 그러면서 정말 지독한 사람이었다고 하시더라."
"정말 똑같네. 오빤, 지독하잖아."
마리의 말에 미로가 웃음을 짓다가 바로 거두었다.
"쿠마르 교수님은 아버지가 세상을 바꾸고 싶어 하셨대. 아버지가 소설을 쓴 건 세상을 바꿀 수 있으리라고 생각했기 때문이라고."
"세상을 어떻게 바꿔? 소설로?" 마리가 되물었다.

"그러게 말이야. 그런데, 그건 망상이 아니었어. 아버진 진지했지. 세상을 바꿀 수도 있다, 바꾸려고 한다면 바뀐다, 뭐 그렇게 생각하셨던 거 같아."

미로의 말을 듣고, 마리는 식탁 의자에서 조용히 일어나 식탁으로 갔다. 목이 타는지 식탁 위에 놓인 컬렉션맘에서 물병을 꺼내 물을 절반 가까이 마셨다. 물병을 식탁 위에 놓고 미로를 지그시 바라보며 말했다.

"오빠가 벗어나고 싶어 하지 않는 어제라는 시간에 유리 언니만 있다고 생각했는데, 그게 아니었네. 이제 보니 유리 언니 자리보다 아저씨 자리가 훨씬 크네. 오빠가 예스터데이 샵에 가지 않는 건 아저씨 때문이었어. 아저씨를 잊어버린다면 오빠가 그렇게 목을 매고 있는 스피릿 필드가 사라질 테니까. 그러면 …… 세상을 바꿀 수 없으니까."

마리는 결론을 내리듯이 말하고는 굳게 입을 닫았다. 더 말하고 싶지만 차마 할 수가 없었다. 입 밖으로 꺼내는 순간 미로가 어떤 식으로든 자극을 받을 것이 두려워서였다.

마리는 '세상은 어떻게 해서든 바뀌지 않는다'고 말하고 싶었다. '설사 스피릿 필드가 발견된다고 해도 사람들은 타인의 굴욕 위에서 자신의 성공을 위해 여전히 자신의 인생을 바칠 거라고.'

미로는 마리의 의도를 아는지 모르는지, 하던 말을 마무리 지었다.

"스피릿 필드는 내가 살아 있는 이유의 전부야. 가끔 난 착각에 빠지곤 해. 거대한 신의 작업을 완성해야 할 것 같은. 지금 생각하면 아버지는 내가 아주 어렸을 때부터 철저하게 그 꿈을 이식했던 거 같아."

인터벤션　방금 미로의 입에서 나온 말이 한때 유리의 마음을 아프게 했다는 사실을, 마리로서는 상상할 수도 없을 것이다. 유리는 미로에게 최선을 다했다. 미로의 아버지가 돌아가셨을 때 열한 살 소녀는 막 아버지를 잃고 고아가 된 친구에게 무엇이든 해주고 싶었다. 소년이 원한다면 자신이 가진 걸 모두 줄 수 있다고 생각했다. 소년도 소녀의 마음을 이해했다.

　소녀와 소년은 점점 나이가 들었다. 둘은 여전히 친구였다. 하지만 소녀도 소년도 시간이 지날수록 서로 점점 멀어진다는 걸 느꼈다. 열다섯 살이 된 소년은 케임브리지대학교로 떠났다. 소년도 소녀도 안도의 숨을 내쉬었다. 매일 영상통화를 하며 지내는 것이 얼마나 다행한 일인지, 둘은 서로에게 말하지 않았다. 그로부터 다시 5년이 흘렀다. 소년은 영국에서 돌아왔고, 소녀는 영원으로 돌아갔다. 그때서야 더 이상 소년이 아닌 소년은 자신이 무슨 잘못을 했는지를 알았다. 너무 이른 나이에 사랑을 잃어버린 거였다. 소년은 처음으로 소녀가 좋아했던 초콜릿 볼을 먹지 않았던 자신의 어린 시절이 원망스러웠다.

"하지만 난 아버지를 원망하지 않아. 인간적 가치라는 게 어느 순간부터 내겐 중요하지 않게 돼버렸어. 사랑, 우정, 지혜 같은 건 파편일 뿐이야. 그런 걸 어디에 쓸 것인지, 어떤 곳에 쓰여야 하는지를 사람들은 그리 중요하게 생각하지 않지. 그런 것은 신을 설명할 때 쓰여야 가치가 있거든. 독선이라고 생각해도 상관없어. 아주 소수지만 이런 생각을 하는 사람들이 분명 존재하니까. 이들도 인간적 고뇌를 갖고 있지. 하지만 그 고뇌의 몫도 신을 설명하기 위한 대가로 지불하지. 그 사람들 중의 하나가 ……."

"아저씨겠지 …… 닥터 클린워스."

마리가 낚아채서 말하자, 미로가 쳐다봤다. 마리의 붉은 입술이 핏기를 잃은 채 새파랬다. 마리가 눈을 계속해서 깜박이고 있었다. 평소 긴장하거나 놀라면 나타나는 증상이었다. 미로는 마리가 약한 아이란 걸 잠시 잊고 있었다. 어쩌면 마리는 미로로부터 읽어내려 했던 인간을 절대 읽어낼 수 없다는 사실에 절망했는지도 모른다.

미로가 소파에서 일어나 마리에게로 다가갔다. 마리는 얼어붙은 듯 꼼짝 않고 식탁 옆에 서 있었다. 미로는 불안해하는 마리를 두 팔로 부드럽게 감싸 안아주었다. 마리는 미로의 품에서 안정감을 느끼면서도, 마음 한편에 밀려오는 절망감에 몸을 떨었다.

그때 미로의 바지 주머니에서 전파가 흘렀다. 미로는 떨고 있는 마리를 소파에 앉히고 담요를 무릎에 덮어준 후 스피릿폰을 확인했다. 큐릭이 보낸 메시지였다.

Y-R-66-66, 예상했겠지만 없는 번호야.

미로는 스피릿폰을 한참이나 내려다보다가, 혼잣말을 했다.

"맞아, 네가 찾을 수 있는 번호는 아니지. 클린워스 박사의 소설에나 나오면 모를까."

그리고 손에 들린 스피릿폰의 배터리를 분리한 후 쓰레기통에 던져버렸다.

17

인터벤션　납득하기 곤란한 일이 생겼을 때 우리가 가장 자주 찾게 되는 것이 망각이다. 그 일을 망각이라는 쓰레기통에 던져버린다. 그렇게 잊어버린다.

그 행위가, 망각 속으로 숨어드는 일이 얼마나 불편하고 얼마나 위험한 일인지를 우리는 깨닫지 못한다. 맛있는 미끼가 매달린 낚싯바늘을 덥석 물어버린 물고기라는 것을 말이다. 이처럼 신은 거부할 수 없는 미끼로 인간을 낚아버린다. 맞다. 신은 낚시꾼이다. 눈먼 고기를 낚는 낚시꾼.

미로는 아카이브 DB위성에 접속해 닥터 클린워스 사이트로 들어가서 아이템 하나하나를 모두 열어보았다. 이미 확인할 필요도 없는, 거의 외우고 있는 것들이었다. 하지만 미로는 마치 태어나 처음 보는 것인 양 일일이 읽어나갔다.

닥터 클린워스 사이트는 베를린에서 사고가 난 6개월 뒤인

2028년 4월을 끝으로 어떤 글도 남아 있지 않았다. 클린워스 박사의 유작인 『사이킥 필드』와 그 소설에 대한 여러 서평들과 언론의 기사들, 그리고 독자들의 리뷰들로 2028년 4월이 채워져 있었다. 당연한 일이고, 미로가 이미 알고 있는 일이었다.

미로는 의자에 등을 파묻은 채 골똘하게 생각했다. 자신이 기억하고 있는 물리학자 윤준승과 소설가 닥터 클린워스 사이의 차이가 무엇인지. 또 닥터 클린워스의 소설에 대해서도 생각했다. 열한 살 이전에 읽었던 것과, 철이 들고 다시 읽었던 그 소설들의 차이에 대해서도.

미로가 아버지의 소설 『예외구역』을 맨 처음 읽은 것은 일곱 살 때였다. 이 소설은 모두 8개 챕터로 구성되었다. 이야기는 먼 미래로, 세계가 '또다시 새로운 질서Newly New Order'라는 이름으로 통합된 정부가 배경이었다. 통합 정부에는 특별히 관리하는 콤브-네이션Comb-Nation. 연합을 뜻하는 단어 Combination을 Combi와 Nation으로 나누어 '국가 간의 통합'을 희화화한 말이라고 불리는 '특별구역'이 있었다.

소설은 하나의 챕터가 하나의 특별구역을 이야기하는, 연작소설 방식을 취하고 있었다. 일곱 살 미로는 전혀 막힘없이 읽어 내려갔다. 어린 미로가 잠자리에 들 때마다 아버지가 들려주던 이야기였다. 미로는 다시 돌아갈 수 없는 그 시절이 그리워졌다. 그리고 그때는 엄마의 죽음을 알지 못했다. 아니,

죽음 그 자체를 몰랐다.

"미로야, 아빠 얘기가 재밌니?"

"응." 어린 미로가 아빠 질문에 대답했다.

"무슨 얘기인지 다 알겠어?"

"응."

"우리 미로는 참 똑똑하구나. 엄마 닮아서."

"그런데 엄마는 어디 갔어?"

"저기."

미로의 아빠는 손가락으로 우주정거장이 매달려 있는 천장을 가리켰다. 우주정거장은 5초에 한 번씩 파란 빛을 내며 반짝거렸다. 일 분쯤이 지나면 다시 5초 동안 우주정거장 전체가 초록색과 노란색, 그리고 분홍색의 빛이 소용돌이를 일으켰다. 희한하게도 어린 미로는 그 빛을 보고 있으면 마음이 편안해지고 금방 잠이 왔다. 머리맡의 스위치를 켜면 우주정거장이 작동하는데, 일 분마다 펼쳐지는 5초짜리 불꽃축제를 두 번 이상 지켜본 적이 없었다. 미로의 아빠는 그것을 잠의 요정이 터미널로 들어가는 것이라고 표현했다.

"엄마는 우주정거장에 있어?"

"응. 너도 크면 우주정거장으로 가게 될 거야. 거기 가면 엄마를 만날 수 있어."

당시에 어린 미로는 아빠가 엄마의 유해를 우주정거장에서 우주에 뿌렸다는 뜻인 걸 알지 못했다.

영국의 출판사 유빅에서 출간한 『예외구역』은 곧바로 베스트셀러가 되었다. 나오미 여사가 직접 영어로 번역해 닥터 클린워스라는 필명으로 출간을 제안했다. 미로는 여섯 살이고 미로 아빠는 서른두 살이던 2022년 봄이었다.

미로의 아빠는 엄마를 잃은 어린 아들을 재우기 위해 잠자리에 들 때마다 옛날이야기를 들려주었다. 마침내 이야깃거리가 다 떨어지자 지어내기 시작했다. 그 이야기를 소설로 쓰게 되고, 책으로까지 출간된 거였다. 이야기는 여기서 끝나지 않았다. 이 소설을 감명 깊게 읽은 케임브리지대학교 생물학과의 교수로부터 얘기를 나누고 싶다는 메일을 받게 되었다. 이 생물학과 교수는 훗날 미로의 스승이 되었다.

클린워스 박사께.

책을 읽기 전에 일부러 작가의 프로필을 보지 않는 못된 버릇이 있습니다. 선생님의 소설을 읽으면서 작가가 혹시 과학자가 아닐까 하고 몇 번이나 생각했습니다. 단순히 소설 여기저기에 산재해 있는 과학적 지식 때문만은 아니었습니다. 선생님의 소설에는 예지라고 할까요, 다른 소설에서는 느낄 수 없는 뭔가가 느껴졌습니다. 저는 문학도 종교와 마찬가지로 예언의 힘을 갖고 있어야 한다고 생각합니다. 물론 일정 부분 과학도 마찬가지라고 생각합니다.

오늘날, 점점 더 오락거리가 되어가고 있는 문학을 보면 종교가 점점 세속적 복락을 기원하는 것으로 변하는 양상과 동일하다고 생각합니다. 또한 과학이 문명의 물리적 발전을 담보하지 못하고, 인간의 편리에 기여하지 못해서 속절없이 무너지고 와해되는 둑과도 같다고 생각합니다. 그런데 선생님의 소설에서 저는 우리가 얼마나 부실한 토대 위에 서 있는지를, 우리의 영혼이 얼마나 부스러지기 쉬운 물질로 만들어져 있는지를, 그리고 우리의 미래가 촛불보다 더 약하고 희미한 조명 아래 있는지를 보았습니다.

결정적으로 선생님의 소설을 읽고 제가 지진을 일으키듯 흔들린 것은 '신'의 문제로부터 해방될 가능성을 발견했기 때문입니다. 신은 보통의 인간들에게, 아니 보통 이상의 인간들에게조차 없어서는 단 하루도 살 수 없는 절대적 의지입니다. 선생님께서는 바로 그 신을 버리지 않는 한 단 하루도 명료하게 '인간답게' 살 수 없다고 말하고 있습니다. 우리가 홀로 이 우주와 함께 서 있지 않는 한, 그러지 못하는 삶은 한낱 먼지에 불과하다는 것을 저는 선생님의 소설에서 읽었습니다.

저의 감회를 한 통의 메일로 전부 전하는 것은 무리인 것을 잘 압니다. 다시 메일을 드릴 것을 약속드리며, 함께 얘기 나눌 수 있는 기회가 있기를 기대합니다.

진심을 보내며,

케임브리지대학교의 야다브 쿠마르.

인터벤션　　야다브 쿠마르 교수가 윤준승 박사, 즉 닥터 클린워스의 소설을 읽고 감동을 받은 것은 지극히 개인적인 일인지 모른다. 그리고 교수의 감정이 어느 정도 과장된 것도 있다. 다만 문학과 종교, 과학이 예지와 예언을 지니고 있어야 한다는 대목은 주목할 만하다.

예지나 예언의 의미가 다소 명확하지 않아 무엇이라 단정할 수는 없다. 하지만 만약 그것이 단순히 '앞날의 일을 미리 내다본다'는 기본적 어의를 넘어선 어떤 지점, 가령 우리가 이렇게 살아도 되는가, 이렇게 살다가 낭패를 보는 건 아닌가, 그렇다면 어떻게 살아야 하는가, 라는 질문이라면 어떨까? 그 질문이 세상에 대한 염원으로 받아들여진다면 야다브 쿠마르 교수의 생각은 결코 무시할 수 없는 힘이 있다고 봐야 한다.

미로는 소파에 등을 묻고 눈을 감았다. 숨을 천천히 내쉬고, 천천히 들이쉬었다. 미로는 서서히 무의식의 세계로 빠져들었다.

216

눈앞으로 푸른 물이 흐르고 구름이 떠 있었다. 물길 아래로 구름이 흘러갔다. 마치 물속에 누워 하늘을 올려다보는 것 같이 편안했다. 숨을 참을 필요가 없었다. 물속인데도 공기를 호흡하듯 숨이 쉬어졌다. 엄마 얼굴이 떠올랐다. 네 살 때 미로가 기억하는 모습 그대로였다. 그것은 분명 기억인데 ……. 엄마의 얼굴 위에 누군가의 얼굴이 겹쳐졌다. 유리였다. 어디선지 쿠마르 교수의 목소리가 들려왔다.

"유리라고 했지? 그래, 그녀에 대한 정보를 주게. 몇 가지만. 그러면 내가 자네에게 유리를 보여주지."

쿠마르 교수의 웃음소리가 들려왔다. 미로는 유리에 대해 설명했다.

"유리는 침착하고, 맑은 눈을 가졌습니다. 키는 작고, 얼굴은 약간 통통한 편이고요, 입술이, 도톰해요."

쿠마르 교수의 웃음소리가 점점 커졌다가 그치고, 그의 말소리가 다시 들려왔다.

"그 정도면 됐네. 자, 이리로 오게 …… 자넨 지금 미용실에 와 있다네. 편안하게 누워 있게. 그러면 미용사가 자네의 머리를 감겨줄 걸세. 그동안 자넨 잠을 자는 거야. 그리고 꿈을 꾸게 될 거야. 꿈에서 자넨 유리를 만나게 될 거고, 운이 좋다면 얘기도 나눌 수 있을 걸세. 자, 이제 시작하겠네."

'유리야 …… 어딨니?'

미로는 어둡고 긴 터널을 걸어가고 있었다. 터널은 완전히 어둡지는 않았는데, 저 멀리 촛불이 켜져 있는 곳으로 가려고 조금씩 나아가기 위해 손을 앞으로 뻗어 발걸음을 조심스럽게 움직여야 할 만큼만 어두웠다. 무서움이 느껴졌다. 쿠마르 교수의 말처럼 편안하게 느껴지지는 않았다. 유리를 만난 것도 아니고, 물론 얘기를 나눈 것도 아니었다. 그저 어둠뿐이었다. 그건, 그야말로 죽음이었다. 말 그대로의 죽음.

미로는 닫았던 눈꺼풀을 천천히 열었다. 낯익은 실내의 모습이, 실내의 사물들이, 하나둘씩 시야에 들어왔다. 창가 쪽으로 뭔가가 있었다. 커튼 앞에 어떤 형상이, 마치 동상처럼 서 있었다. '아직 꿈속인가?' 미로는 숨을 천천히 들이쉬고 내쉬기를 반복했다.

"누구세요?"

아무 소리도 내지 않았지만, 형상에서 온기가 느껴졌다. 미로는 몸을 움직이려 했지만 움직여지지 않았다. 형상을 확인하려 가까이 가고 싶은데, 갈 수가 없었다. 미로가 다시 물었다.

"누구세요?"

"……."

"누구세요?"

"……."

"누구세요?"

형상은 아무 말이 없었다. 미로는 몸이 깊고 어두운 공간 속으로 빨려들어가는 것처럼 느껴졌다. 그런데 말없이 서 있는 형상과 전혀 멀어지지 않고 거리를 그대로 유지하고 있었다. 몸의 감각이 평소 같지 않고 불편했다. 몸은 움직일 수 없어서 갑갑한데 …… 마음은 오히려 편안했다. 몸이 불편하면 마음이 불편해지기 마련인데, 그렇지가 않았다. 숨을 천천히 내쉬고 들이쉬는데도 어딘지 모르게 평소와 다르게 느껴졌다. 호흡의 길이가 마음대로 늘었다 줄었다 하는 것 같았다. 마치 기계에 의해 적정량의 공기가 들어왔다 빠져나가는 기분이었다.

미로는 꽤 오랜 시간이 지난 것처럼 느껴졌다. 자신이 인식할 정도로 깊은 잠에 빠져 있다는 것이 느껴졌다.

'나는 지금 꿈을 꾸고 있어.'

어디선가 음악 소리가 들려왔다. 소리를 자세히 들으려고 귀를 활짝 열었다. 이명은 없었다. 물속에 있다는 느낌이 온몸으로 느껴졌다. 시야가 차츰차츰 넓어졌다. 창을 가로막고 있던 형상이 차츰 또렷해지기 시작했다. 미로의 감은 두 눈에서 맑은 물이 흘러내렸다. 입술도 가늘게 떨렸다.

아버지였다.

18

인터벤션 어떤 잡지 기자와의 인터뷰에서, 닥터 클린워스는 물리학자로서 소설을 쓴 것이 아니라 소설가로서 물리학자의 일을 했다는 얘기를 농담처럼 한 적이 있었다. 그때 그는 과학이 과연 세상 사람들 모두에게 유익한 것인가를 되물었다.

세상에는 분명 유익한 과학이 있었다. 하지만 그것은 어디까지나 유익한 사용에 의해서만 실현될 뿐이었다. 유익한 과학은 일부 선진국들의 상업적 용도에 적합하지 않으면 한순간에 무익한 과학으로 전락하고 만다. 제약회사는 약값이 싸면 아무리 효과가 좋은 약이라도 생산을 중단했다. 정의롭지는 않았지만, 효율적인 판단이었다.

과학은 더 이상 순수과학이란 의미로 통용되지 않았다. 제약회사는 임상실험에서 부작용 사례가 끊임없이 보고되어도 고가에 팔려나가는 희소병 치료약의 생산을 위해 거액의 로비 자금을 기꺼이 제공했다. 그들에게 순수과학을 얘기하는 건 무의

미했다. 무익한 과학과 유익한 과학을 가름하는 기준을 묻는 일은 이미 과학의 손을 떠나 있었다. 그 사실을 서른두 살의 젊은 물리학자는 충분히 알고 있었다.

어느 날 젊은 물리학자가 자살을 위장한 살인 사건의 최초 발견자가 된 일이 있었다. 그렇게 만든 사람은 그의 둘도 없는 친구였다. 친구는 인류를 '수많은 힘겨운 상황'으로부터 구원할 수 있는 기막힌 발명품을 만들어낸 공학자였다.

공학자는 입력값이 출력값에 현저히 떨어지는, 일단 작동하기 시작하면 입력값이 거의 제로에 가까워지는 이른바 '트리플 E'라는 무한 동력 엔진을 만드는 데 성공했다.

기존의 동력 장치들이 연료를 사용할 수밖에 없는 것은 입력값보다 출력값이 떨어지기 때문이다. 하지만 Eternal Energy Engine(EEE)는 자성磁性의 상대성을 이용해 자속磁束의 방향이 일정한 주기에 따라 반전되도록 만들었다. 즉 트리플 E는 동력을 거의 무한대로 생산할 수 있도록 설계된 엔진이었다.

그날 밤 공학자는 늦은 시간이었지만 망설임 없이 물리학자 친구에게 전화를 걸었다. 공학자는 신이 되기라도 한 듯이 들떠 있었다. 전화를 받은 물리학자는 엄마를 잃은 어린 아들의 침대에 팔베개를 한 채 "인간의 마음 깊은 곳에는 진리에 대한 무한한 사랑이 흐르고, 그 무한한 사랑이 마침내 신이 머무는 크고 밝고 아름다운 정원으로 향하는 넓은 길을 알려준다"는 얘기를 하고 있었다. 그리고 "인간은 스스로 삶을 선택했으며, 그러므로 아무리 어려운 역경과 마주치더라도 스스로 삶을 개척해야 하며, 마침내 삶을 마감해야 할 날이 왔을 때는 담대하게 받아들여야 한다"는 얘기도 하고 있었다.

그때 아이가 물었다. "엄마도 그렇게 한 거야, 아빠?"

물리학자는 "그럼. 엄마는 힘들었지만 받아들였지. 담대하게"라고 대답했다.

아이는 천장에 매달린 우주정거장을 바라보며 잠이 들어야 할 시간이라는 것을 알았다. 아이가 잠이 든 것을 확인한 물리학자는 곧바로 공학자 친구에게로 달려갔다.

물리학자는 인간의 삶을 근본적으로 바꿀 수 있는 '유익한 과학'을 발견한 친구인 공학자가 부러웠다. 사실 공학자는 꽤 오래전에 이미 '신의 엔진'이라 불리는 무한 동력 엔진을 만들었다. 하지만 거대한 어떤 조직으로부터 끊임없이 위협과 협박을 받아서 발표하지 않았다.

공학자가 물리학자에게 흥분한 목소리로 전화를 한 것은 그것을 발표할 수 있는 '국가의 보증'을 얻어냈기 때문이었다. 정부의 보증은 그의 엔진이 세상에 나왔을 때 거대한 조직의 칼날을 막을 수 있는 유일한 방패였다. 국가의 보증은 신의 은총보다 더 강력한 효과를 발휘했다. 그러나 거기까지였다.

아끼던 와인을 들고 공학자 연구실에 도착한 물리학자를 반긴 것은 친구가 아니었다. 비릿한 피 냄새였다. 친구인 공학자는 자신이 발명한 무한 동력 엔진 위에 빨래처럼 널브러져 있었다. 피가 흥건히 고인 그의 흰 가운 위에는 "Fuck GOD!"이라고 씌어 있었다. 하나의 '유익한 과학'의 주검은 신을 희롱하는 놀라운 문구 앞에 처참하게 버려졌다.

"쿠마르 교수님?"

연구실에서 짐을 정리하고 있던 미로의 손길이 월스크린을 보고 멈추었다. 곱슬머리에 가무잡잡한 얼굴의 중년 남자가 환한 웃음을 지으며 월스크린을 가득 채우고 있었다.

"미로! 그래, 어떻게 지냈나?"

"저야 잘 지내죠. 못 지낸다면 이상하죠."

쿠마르 교수의 얼굴을 자세히 살펴본 순간 미로의 표정이 굳어졌다. 그의 얼굴이 그다지 편해보이지가 않아서였다. 월스크린 음성출력구에서 귀에 익은 여자의 목소리가 들리는가 싶더니 쿠마르 교수 옆으로 중년의 여자가 모습을 드러냈다. 나오미 여사였다.

"미로야, 안녕?"

"아니 …… 언제 런던에 가셨어요?"

"어제, 아니 한국 시각으로 자정이 지났을 때니까, 오늘 밤

이겠네."

'마리가 분명히 엄마에게 말했다고 했는데.'

미로는 지난밤 마리의 말을 기억해냈다. 마리는 엄마에게 전화로 얘기했던 거구나 싶었다.

"지금 가고 있는 중이야." 쿠마르 교수가 말했다.

"예? 가다니? 여기로요?"

"오후쯤 도착할 거야. 평양에. …… 근데 …….."

쿠마르 교수의 입술이 움직이다 멈췄다. 월스크린 화면으로 봤을 때 입술 색깔이 파랗다 못해 시꺼먼 색으로 변해 있었다. 쿠마르 교수가 다시 말을 이어갔다.

"내가 좀 아파. 사실은, 심각하지."

"쿠마르 교수 엄살이 심하신 거 알지, 미로? 걱정하지 마. 평양에 용한 한의사가 있다는 소문을 듣고 침 맞으러 가려고. 글쎄 길을 모른다잖아. 그래서 날 런던까지 부른 거야, 이 엄살쟁이 과학자가 말이야." 나오미 여사가 쿠마르 교수의 말을 가로채서 말했다.

미로는 예상치 못한 상황에 웃어야 할지 울어야 할지도 모르겠고, 더구나 무슨 말을 해야 할지 몰라 머뭇거렸다. 어디가 아픈지는 몰라도 한국까지 건너온다는 건 보통 심각한 병이 아닌 게 분명했다. 평양에는 역사가 거의 80년에 이르는 한중韓中병원이 있었다. 중국의 중의학과 남북의 한의학이 결합된 병원으로 규모가 아주 컸다. 남북이 통일이 되기 전의 일이었다.

"제가 어떻게 해야 하죠?" 미로가 마음을 진정시키고 간신히 입을 열었다.

"미로, 너 곧 현장으로 가야 되잖아?" 쿠마르 교수가 힘겹게 물었다.

"네, 이번 달에 지상 연구소 근무가 끝나요. 12월 1일에 우주정거장으로 출발하니까, 20일 넘게 남았어요."

쿠마르 교수가 씩 웃으면 말했다.

"그 정도면 충분해. 네가 내 임종은 지킬 수 있을 거야."

"야다브, 자꾸 이러면 전화 끊어요."

나오미 여사가 다시 말을 가로채서 면박을 주자, 쿠마르 교수는 입술을 삐죽 내밀고는 어깨를 으쓱해 보였다.

"미로야, 너한테 전화한 건 딴 게 아니고, 평양 한중 병원에 근무하는 의사 친구 있잖아. 준이라고 했던가?" 나오미 여사가 말했다.

"아, 네. 준, 그 친구, 제 친구이기도 하지만, 원래는 큐릭 친구죠."

"그래, 어쨌든, 큐릭한테 연락하든, 미로 네가 수고를 해줘야겠어. 공항에 병원차를 대기시켜달라고 손을 써줘. 내가 연락을 했더니 병원 측에서 그렇게 할 수 없다고 그러더라."

"무슨 말씀인지 알겠어요. 그렇게 할게요." 미로가 대답했다.

미로는 불안한 눈길로 월스크린을 쳐다봤다. 그런 미로를 보며 쿠마르 교수가 흰자위가 유난히 또렷한 커다란 눈을 빠르게 깜박이며 말했다.

"미로, 걱정하지 마. 보고 싶다."

미로는 뭔가 이상하다고 느껴졌다.

'분명 뭔가 있어.' 런던에서 평양까지 침을 맞으러 온다는 건 누가 들어도 믿을 수 없는 일이었다.

"저도요, 박사님. 저도 곧 평양으로 갈게요."

인터벤션 신에 대해 당신이 어떤 생각과 태도를 갖고 있든 상관없이 분명히 알아야 하는 게 있다. 기독교든 불교든 무슬림이든 혹은 대니얼 샌스턴을 신으로 받들든, 분명한 것은 당신의 가슴 속에 반드시 봉인해놓아야 할 한 가지가 있다. 심지어 당신이 무신론자이거나 불가지론자不可知論者이더라도 마찬가지다.

그것은 바로 존재와 시공의 관계에 대한 것이다. 요컨대 존재는 시공과 동일하다. 영리한 사람은 신이 모든 시간과 공간에 존재한다고 말한다. 즉, 하나님의 무한성을 뜻하는 편재遍在 를 신뢰하고, 존재하지 않는 곳이 없이 어디에나 다 있다는 유비쿼티Ubiquity를 믿는다.

그러나 이것은 함정이다. 신이 모든 시간과 공간에 존재한다는 것은 전체와 개별이 동일하다는 사실을 간과한 말이다. 모든 시간과 공간이 존재하는 방식에 대해 잘 모르는 말이다.

신이 모든 시간과 공간에 존재하려면 신이 그 모든 시간과 공간으로 쪼개져야 한다. 그리고 그 신이 낱낱이 쪼개지기 전의 신이든, 그 전에 하나인 신이든 그 둘이 부합해야 한다. 그것이 불행한 이론이라는 예를 하나 들어보겠다.

여기 30일을 보여주는 한 달짜리 달력이 있다. 이 달력에서 하루씩 쪼개서 생긴 30개의 조각은 각각 하나씩의 달력인가? 아니다. 그것은 하나씩의 쪼개진 조각에 불과하다. 하나의 몸에 깃든 신을 눈, 코, 귀, 심장, 비장, 항문, 발가락, 동맥, 정맥으로 분리해놓았을 때 이것은 눈의 신, 코의 신, 귀의 신, 심장의 신, 비장의 신, 항문의 신, 발가락의 신, 동맥의 신, 정맥의 신 등으로 분리되지 않고 하나의 신이 될 수 있는가? 온갖 과거로 흩어져 있는 추억, 그 하나하나에 신이 붙어 있다면 그것은 추억으로 흩어지기 전의 그 어떤 '시간과 공간'에 깃들어 있던 신과 일치하는가?

아니다. 그건 흩어진 추억의 조각에 불과하다. 신이 편재한다는 것은 거짓이다. 혹은 문장의 오류다. 참이거나 올바른 문장은 "신은 시간이며 공간이다"라는 것이다. 이때 신은 찢어지지 않고 확장한다. 아니, 확장이 아니라 원래 그대로의 모습을 유지한다. 신이 곧 시공이고, 시공이 곧 신일 때, 신은 분리와 결합으로부터 자유롭다. 존재란 이런 것이다. 아무리 하나와 열, 하나와 백, 하나와 천, 하나와 수만이 동일하다고 설명을 해도 소용없다. 그것은 문장의 힘에 대한 지나친 믿음이 빚어낸 모순이다.

닥터 클린워스는 그 모순을 발견한 사람이고, 그것을 자신의 소설에서 실현한 사람이었다. 야다브 쿠마르 교수는 그를 도우려 했으나, 그의 죽음으로 인해 실패했다. 쿠마르 교수는 자신의 그 실패를 평생의 저주로 삼아 자신을 학대했다.

쿠마르 교수에게 ADM은 저주의 산물이거나, 자신이 죽었을지도 모르는 한 소설가를 위한 슬픈 조사弔詞였다. 이제 쿠마르 교수는 그 조사를 읊조려줄 사람에게 오고 있다.

19

2027년 10월 30일, 평양공항터미널 3층, 피자집에 젊은 부부와 아들로 보이는 아이가 앉아 있다.

젊은 부부는 피자를 맛있게 먹는 어린아이를 흐뭇하게 바라본다.

"일주일 동안 혼자 지낼 수 있겠어?"

여자의 물음에 아이가 고개를 끄덕인다. 입안 가득 피자를 물고 있다. 아이는 얼른 주스를 마시고 입안에 있는 피자를 삼키고 대답했다.

"걱정하지 마세요, 아줌마."

여자는 아이의 엄마가 아니었다. 여자와 아이가 정답게 얘기를 주고받는 동안, 아빠인 듯한 젊은 남자는 휴대전화로 통화를 하고 있다. 간혹 그는 아이와 여자를 번갈아 바라보며 싱긋 웃는다.

맑은 햇살이 비치는 유리창 너머로 비행장의 시원한 전경이 펼쳐져 있다. 여자의 눈길이 그 어디쯤에 멈췄다. 무슨 생각을 하고 있는지, 가볍게 웃기도 한다. 여자의 손이 슬그머니 남자에게로 건너간다. 남자가 여자의 손을 꼭 쥐어준다. 남자의 통화가 길어진다. 남자가 여자의 손에서 자신의 손을 살짝 빼내 가슴 쪽을 꾹꾹 누른다. 그럴 때마다 오른쪽 눈을 찡그렸다 편다. 여자가 그 모습을 보고, 아파요? 하고 물었다. 아이가 피자를 가득 베어 문 얼굴로 남자를 바라본다. 남자가 고개를 흔든다. 통화는 여전히 계속된다. 여자가 아이에게로 고개를 돌린다. 그사이 여자의 표정이 어두워져 있다. 여자가 아이에게 말했다.

"유리랑 마리랑 다 같이 있으면 좋을 텐데. 출판사 수지 이모가 일주일 동안 와 있기로 했거든. 수지 이모, 아는 거 많다고 너도 좋아하잖아. 아줌마 생각에는 너도 같이 있는 게 좋을 것 같은데."

아이는 다시 주스를 들이켜며 말했다.

"그렇게 할게요. 그런데 이틀 이상은 그러고 싶지 않아요. 유리랑만 같이 있으면 괜찮은데, 마리는 너무 귀찮게 해요."

여자의 얼굴에 웃음이 번진다.

"알았어. 그런데, 마리도 널 좋아하는 거 알지?"

"그럼요. 너무 좋아해서 탈이죠. 걱정이에요. 전 유리가 좋은데. 질투할까 봐 그게 걱정이에요."

"아냐, 그렇지 않아. 마리가 언니를 얼마나 좋아하는데."

"알아요. 걱정하지 마세요. 마리는 제가 늘 타이르고 있으니까요."

여자가 환하게 웃는다. 이윽고 통화를 끝낸 남자가 여자의 손을 도로 잡는다. 다른 한 손으로는 아이의 머리를 쓱쓱 쓰다듬는다.

미로의 눈이 번쩍 뜨인 것과 동시에 의자에서 튕기듯 몸을 일으켰다. 어느새 졸았던 거였다. 몸을 일으킬 때 한쪽으로 쏠리면서 두꺼운 유리가 깔린 탁자 모서리에 팔꿈치를 부딪쳤다. 세찬 아픔이 몰려왔다. 그제야 주위의 소음들이 기다렸다는 듯 일제히 미로의 귓속으로 밀려 들어왔다.

"후 ……!"

길게 한숨을 내쉰 미로는 몇 번 고개를 흔들고는 주위를 둘러보았다.

인터벤션 고대 로마의 철학자 세네카가 이런 말을 했다.

"많은 인간이 지혜에 도달했을 것이다. 그들이 이미 거기에 도달했다고 믿지만 않았다면."

숫자 얘기를 해보자. 당신은 어떤 숫자를 좋아하는가? 오래 전부터 9는 완벽한 숫자로 알려져왔다. 27에서 각 자리 수를 합하면 9가 된다. 9를 세 번 더해준 값도 27이다. 그러고 보면 숫자 9 못지않게 27도 완벽한 숫자 같다.

닥터 클린워스의 소설을 주의 깊게 읽다 보면 왜 숫자 27을 얘기하는지 유추할 수 있다. 어쩌면 숫자 27의 매력에 빠질지도 모른다.

미로가 여섯 살이던 어느 날이었다. 미로 아버지는 여느 날과 마찬가지로 침대에서 어린 미로에게 팔베개를 해주고 있었다. 그날따라 아무런 이야기가 떠오르지 않았다. 기특하게도 아이가 모티브를 제공해주어, 아버지의 수고를 덜어주었다.

"아빠는 무슨 숫자를 제일 좋아해?"

훗날 닥터 클린워스가 쓴 『당신은 무슨 숫자를 제일 좋아하십니까?』라는 소설은 이렇게 시작된다.

"혹시 27이라는 숫자를 좋아하십니까?"

소설은 27이라는 숫자에 얽힌 온갖 얘기를 들려준다.

다연발광선총 캘빈-27로 조르곤의 무리를 격파한 이야기, 27명의 남편을 가진 여자에게 좋아하는 남자가 생겼을 때 27명의 남편 중 하나가 죽는 바람에 남편의 숫자가 똑같이 27명이 된 여자의 이야기, 그러다 27에 27을 곱하면 729가 되는데 앞의 수 72를 거꾸로 하면 27이 된다는 이야기와 27을 아홉 번 더하면 나오는 숫자의 맨 앞자리가 2이고 뒷자리의 수 두

개를 합하면 7이 된다는 이야기로 이어진다.

닥터 클린워스의 그 소설에 나오는 27에 얽힌 이야기가 아무런 의미가 없다는 것을 독자가 알아챌 때쯤에는 마지막 한 문장만 남는다.

"27명의 의인이 있었다면 아마 지구는 멸망하지 않았을 거라는 말에 동의하시나요?"

"우리가 견딜 수 없는 건 지혜의 부족이 아니다. 그 부족을 메우려 하지 않는다는 것이다."

항공기가 이륙하면서 내는 요란한 굉음처럼 갑작스럽게 밀려든 목소리에 미로는 깜짝 놀랐다. 탁자 위에 펼쳐져 있는 미짓북에 나타난 문장이 목소리가 되어 미로의 귓속으로 순식간에 밀려들어 왔다. 미로는 자신이 경험하고도 믿어지지 않는다는 듯이 미짓북을 뚫어져라 쳐다봤다. 아버지의 소설을 읽고 있던 중이었다.

"아 ……."

미로는 고개를 들어서야 비로소 이유를 알았다. 낯이 익은 여자의 얼굴이 미로를 내려다보고 있었다.

"써니예요."

그녀였다. 수수한 차림을 하고 있던 탓인지 카페에서 봤을 때와는 달리 지금은 삼십 대의 그저 평범한 여자 같았다. 그리고 목소리의 주인공도 그녀였다. 미로의 미짓북에 나타난 문장을 그녀가 읽은 거였다.

그녀가 미로에게 손을 쑥 내밀어 악수를 청했다. 미로는 여자의 손을 마주 잡고 엉거주춤 일어서려다가, 여자가 자리에 앉는 바람에 도로 의자에 엉덩이를 내려놓았다.

"제 보스가 며칠 전에 본부에 갔었는데 오늘 도착한다고 해서 마중 나왔어요. 비행기가 두어 시간 연착한다기에 기다리던 중인데, 미로 씨 아우라가 얼마나 강렬한지 여기까지 이끌려 왔네요. 마실 거라도 한 잔 사주시면 영광이고요."

비교적 짙게 화장을 했던 지난번과 달리 지금은 화장기가 거의 없었다. 오히려 화장기 없는 얼굴이 더 매력적으로 보였다. 미로는 미짓북을 닫고 탁자 구석에 붙은 호출 버튼을 눌렀다. 종업원이 왔고, 여자는 위스키가 딱 한 방울 들어간 에스프레소를 주문했다.

"어디, 가시는 길인가요?"

"아닙니다. 물건이 올 게 있어서."

"어디서 오는 건지 물어봐도 될까요?"

"런던에서요. 대학 은사님이 쓰시던 건데 …… 지금 병원에 계십니다. 귀밑샘에 종양이 생겨서 ……."

"아, 한중병원에 오셨군요."

"그렇습니다."

234

"근데 그 병원에서도 수술을 하던가요?"

미로가 고개를 좌우로 흔들었다.

"전신에 퍼진 상태라 수술은 불가능하답니다."

"저런 …… 그래서 이곳으로 왔군요. 침술이 통증 치료에는 좋지요. 사실 침술보다 더 좋은 게 ……."

여자는 하려던 말을 중간에서 멈췄다. 미로가 다음 말이 궁금해 여자의 눈을 쳐다보자, 여자는 미로의 눈길을 피했다. 여자가 눈길을 돌린 쪽으로 미로의 시선도 따라 움직였다. 별다른 것이 없었다. 여자가 가만히 고개를 숙였다가 들자, 미로의 눈빛과 여자의 눈빛이 허공에서 마주쳤다. 여자는 할 수 없다는 듯이 말을 했다.

"보툴리눔 식중독을 일으키는 균 중 하나 희석액이 효과가 좋다는 얘기를 들은 적이 있어서요. 그 생각이 불쑥 나서 ……."

"금지된 요법 아닌가요?" 미로가 되물었다.

"그러게 말이에요. 괜한 얘기를 했네요."

"아닙니다. 시술하는 병원이 있다는 얘기는 저도 들었습니다."

"서울에 있겠죠. 뭐든 다 되는 곳이니까요." 여자가 체념 섞인 말투로 말했다.

사실 여자는 가벼운 화제로 돌리고자 서울 얘기를 꺼낸 거였다. 그런데 미로가 갑자기 관심을 보이면서, 연합국 정부가 서울을 자유구역으로 선포한 것을 두고 둘 사이에 뜻밖의 설전이 벌어졌다. 자유구역 선포가 서울을 거의 악의 소굴로 만들었다는 것과, 그 덕분에 한국 경제가 그나마 유지되고 있다는 의견이 팽팽하게 맞섰다. 그러다 연합국 정부로부터 독립했을 때 일어날 수 있는 고립에서 둘의 의견이 극적으로 일치했다.

"정치 얘기는 그만두죠."

미로가 먼저 손을 들면서, 한마디 덧붙였다.

"하지만 더 알고 싶네요. 써니 씨가 저보다 훨씬 더 많이 아시는 것 같은데."

희미하게 웃는 여자에게서 자신감이 뿜어져 나왔다. 무엇이든 물어보라는 듯한 자신감이었다. 말없이 자신을 응시하는 여자의 눈빛에서 미로는 덫을 놓은 사냥꾼의 음험한 기미를 느꼈다.

그러면서도 미로는 써니라는 여자에게서 느껴지는 부정적인 기운이 닥터 클린워스의 영향이라고 넘겨짚었다. 써니의 매력이 그 부정적 기운이 만들어낸 허상일지 모른다는 생각이 들어서였다. 클린워스 박사의 소설에 전형적으로 등장하는 캐릭터가 바로 그런 식이었다. 팜므파탈에 속절없이 넘어가는 남자들은 우둔한 감각을 지녀서가 아니라 스스로 감각을 우둔하게 만들어버리기 때문이라는 게 클린워스의 주장이었다.

미로는 조용히 침을 한번 삼키고, 평소 궁금했던 것을 여자에게 물었다.

"종로와 을지로 지하도 일대 상가에서 구할 수 없는 물건은 연합국 수반의 속옷밖에 없다는 얘기가 사실인가요?"

여자가 쿡, 하고 웃었다. 부정하지는 않는 듯 보였다.

"그 정도로 하시죠, 미로 씨."

"하나만 더 물어볼게요. 물어볼 필요도 없을지 모르겠지만, 저에 대해서 관심이 많으시니까 이 정도 질문은 해도 괜찮다는 생각이 드네요."

미로의 말에 여자는 그다지 긴장하지 않는 모습을 보였다. 원래 성격이 그런 것인지, 아니면 이미 이런 상황을 예측하고 있었는지는 미로로서는 알 수 없었다. 그저 둘 다일 가능성이 높다고 생각했다.

"고마워요. 절 많이 믿으시는 것 같아서." 여자가 대답했다.

"믿습니다. 사실, 개인적으로 교육담당관님께 관심이 많아요."

"그것도 고마운 말씀이군요. 하시고 싶은 질문이 뭐죠? 이쯤 되면 대답을 회피할 수가 없을 거 같은데."

"사실 제 고향이 서울입니다." 미로가 말했다.

"알고 있습니다."

"저에 대해서 정말 관심이 많으시군요."

"관심 때문이 아니라 중요도 때문이죠. 미로 씨는 한국 정부나 연합국 정부나 매우 중요한 분이에요. 6개월 동안 우주에 홀로 떠 있는 분이 중요하지 않을 리가 없죠."

"6개월 동안 우주에 홀로 떠 있는 사람은 저 말고도 한 사람이 더 있죠. 그 사람의 고향도 아시나요?"

여자가 머쓱한 표정으로 고개를 좌우로 흔들었다. 그 머쓱한 표정을 낚아채듯 미로가 빠르게 말했다.

"제가 생각하기엔 서울은 방치되고 있어요."

미로는 여자의 혀끝이 아주 조금 입술 밖으로 밀려나왔다 들어가는 걸 놓치지 않고, 다시 물었다.

"겉으로 보기엔 엄청난 자유가 존재하는 것 같지만, 그 자유는 마치 인공으로 흘려보내는 물길처럼 한낱 겉치장일 뿐이죠. 성매매 구역을 성의 하수구로 생각하는 사회학의 이론이 사라진 지 오래지만, 이론만 사라졌을 뿐 실상은 그보다 더 엄청나게 강화되고 있는 것처럼 말이죠."

"아직 질문을 하지 않으셨죠?" 여자가 미소를 띠며 되물었다.

"연합국 정부가 서울을 포기한 건가요?"

"아뇨. 절대로요. 서울을 포기한다는 건 한국을 포기한다는 거죠."

"포기하지 않았다면 이용하고 있는 거겠군요."

"이용이라면, 어떤 식의 이용을 의미하는 거죠?" 여자가 다시 물었다.

"모든 것이 존재하고 모든 것이 가능한 곳은 항상 대가를 치르게 되어 있어요. 모든 것이 존재한다는 건 쓸데없는 것도 존재한다는 것이고, 모든 것이 가능하다는 건, 해서는 안 되는 것도 가능하다는 얘기죠. 서울을 자유구역으로 만든다는 건 그런 곳으로 만드는 거죠. 아니, 이미 만들어져 있어서 유지하려는 거죠. 아닙니까?"

"잘 아시네요." 여자는 단호하게 대답했다. 하지만 표정엔 미묘한 변화가 일었다. 미로로선 그 변화가 오히려 이해되지 않았다. 흔들림인 것 같기도 하고, 좀 더 근사한 미끼인 것 같기도 했다.

"인정하는 건가요?" 미로는 별 감정을 섞지 않고 물었다.

"물론이죠." 여자는 무표정하면서도 냉소적으로 대답했다.

"하지만 그건 미로 씨만 아는 게 아니라, 이미 한국 사람 모두가 아는 사실 아닌가요? 그리고 그건 오늘의 문제만도 아니죠. '새로운 질서'에 편입되기 이전부터 그랬으니까요. 미로 씨같이 똑똑한 사람이 그걸 부정한다면, 저로선 실망할 수밖에 없네요."

"포기하지 않았다고 해서 별로 좋아할 것도 없군요."

"좋으실 대로 생각하세요."

여자는 미로의 말에 기분 상한 얼굴을 감추지 않고 드러냈다.

그걸 보자 미로는 뭔가가 불쑥 치밀어 오르는 것 같은 느낌을 받았다. 불쾌감과는 다른, 오히려 허탈감을 닮은 무엇이었다.

"내친김에 하나만 더 물어보죠. 서울에 가면 ADM도 있나요?"

미로는 묻고 나서야 아차, 싶었다. '흥분했구나' 하고 생각했을 때 미로는 갈등했다. '밀고 나갈 것인가, 그만둘 것인가.' 선택을 해야 하는 순간은 그리 길지 않았다. 미로는 자신을 믿었다.

"ADM이 불법으로 계속 사용되고 있는 곳은 서울뿐이라는 얘기, 사실인가요? 써니 씨 소관이 아니라고는 말하지 마세요. 그곳에서 임상데이터를 수집하고 있다는 얘기, 사실인가요? 당신의 그 매력적인 입으로 직접 듣고 싶군요."

마지막 말은 닥터 클린워스가 여자를 꼼짝 못하게 할 때 잘 쓰는 수법이었다. 물론 소설 속에서나 가능했다. 현실은, 어느새 바뀌어버린 여자의 무표정한 얼굴이 그 수법이 제대로 먹혀들지 않았음을 알려주고 있었다.

여자는 아무 말도 하지 않고 자리에서 일어났다. 하얀 에스프레소 잔에 찍힌 흐릿한 여자의 입술 자국만이 대답을 대신

하고 있었다.

'그래요, 거기서 수집된 데이터를 종합하고 분석하고 편집해서 ADM이 완벽한 기계라는 걸 증명해내는 보고서를 제출하죠.'

미로는 자신을 향해 고개를 까닥해 보이고는 일어나 돌아서는 여자의 손목을 갑자기 그러잡았다. 여자가 놀라서 고개를 돌려 미로를 내려다보았다.

"휴대전화 좀 주시겠어요?"

미로의 손에는 여자의 명함 파일이 없는, 새로 구입한 휴대전화가 들려 있었다.

20

미로는 'Fragile. Handle with care, 파손주의'라는 붉은색 활자가 커다랗게 찍혀 있는 짐을 카트에 싣고 한중병원 로비로 들어섰다. 곧장 로비 한가운데에 있는 보안요원에게로 다가가 몇 마디 주고받은 뒤, 오른쪽 구석에 있는 물품보관함으로 카트를 밀고 가서 맨 아래쪽에 열려 있는 커다란 칸에 짐을 밀어 넣었다. 코인 센서에 보안요원으로부터 건네받은 ID 카드를 대고 비밀번호를 입력했다. 미로는 딸깍하는 소리를 들은 후 보안요원에게 다시 가서 카드를 맡기고 엘리베이터로 향했다.

인터벤션 172병동에서 엘리베이터를 내려 야다브 쿠마르 교수가 입원해 있는 병실을 향해 복도를 걷고 있는 미로의 모습은 평소와는 사뭇 다르다. 미로는 여느 때와는 달리 바지 주머니에 두 손을 푹 찌르고 있다. 이제껏 미로는 주머니에 손을 넣고 걸어

본 적이 한 번도 없었다. 걸을 때만 그런 게 아니었다. 서 있거나 앉아 있거나 할 때도 마찬가지였다.

'상대에게 손을 숨기지 마, 그건 아주 비겁한 일이야'

닥터 클린워스가 수도 없이 일러준 말이었다. 클린워스의 소설 『아무도 모르는 행성에서 온 사람』에 손을 숨기는 사람들이 손 잘리는 형벌을 받는 내용이 나오는데, 미로는 어릴 때 잠자리에서 그 이야기를 듣고 난 뒤부터 결코 주머니에 손을 넣지 않았다. 아무리 추운 겨울에도 미로는 외투 주머니에조차 손을 넣지 않았다. 그런데 처음으로 두 손을 바지 주머니 깊은 곳에 찔러 넣고 걷고 있다. 마치 두 손이 잘려도 상관없다는 듯이.

"오, 클린워스 주니어!"

우주인이 쓰는 헬멧 같은 호흡기를 쓴 채로 침대에 누워 있던 야다브 쿠마르 교수가 병실로 들어선 미로를 향해 손을 흔들었다. 그의 곁에 앉아 있던 나오미 여사의 얼굴에 미소가 지어졌다.

"신의 자비는 잘 숨겨두었겠지?"

쿠마르 교수는 소설의 주인공처럼 미로에게 물었다. 미로는 마치 소설의 주인공처럼 어깨를 으쓱해 보이는 걸로 대답을 대신했다. 미로의 손이 병실 입구에 놓인 컬렉션맘으로 가다가 멈췄다. 공항을 떠나기 전에 휴게실에서 양치질을 한 생각이 떠올랐다. 오랜만에 한 양치질이 어색했지만, 생각보다 개운했다. 미로 자신이 생각해도 그동안 애플민트 사탕이 치아 사이로 녹아 흐를 때의 찝찝함을 어떻게 견뎌왔나 싶었다. 아버지가 그냥 내버려 둔 것이 이해가 가지 않았지만, 어쩌면 '그런 건 중요하지 않아'라고 생각했을지도 몰랐다. 어차피 두 가지 모두 치아를 닦는 데 유용하다면 무엇이든 상관없다는 식으로 말이다. 신의 업무에만 관심이 있는 사람에게 양치질 따위는 지엽적인 것 축에도 끼지 못할 테니까.

미로는 나오미 여사가 앉아 있는 소파 옆에 엉덩이를 걸쳐 앉았다. 나오미 여사가 손바닥으로 등을 툭툭 치며 다독이자, 미로는 오래전 일이 떠올랐다.

초등학교에 입학하고 얼마 있지 않아 두 학년을 월반했을 때 나오미 여사는 미로에게 불고기 짜장볶음을 해주면서 '미로, 장하구나. 엄마가 아주 좋아하시겠어'라고 말했다. 그때서야 미로는 자신이 그동안 엄마를 잊고 있었다는 걸 깨달았다. 유리의 엄마를 자신의 엄마처럼 생각하고 있었던 것이었다. 나오미 여사를 부를 때 아줌마라는 호칭을 또렷하게 발음하기 시작한 것도 그때였다.

"공항에서 혹시 누구 만나지 않았니?"

공항에서 만났던 써니라는 여자의 얼굴이 스쳤다.

"누굴요?"

나오미 여사가 휴대전화에서 동영상 하나를 꺼내 보여주었다. TV로 보도된 뉴스 화면이었다. 평양공항이었다. 입국장 유리문이 열리고 금발의 남자가 조그마한 가방 하나만 달랑 어깨에 멘 채 걸어 나오는 모습이 보였다. 카메라가 남자를 클로즈업하는 순간, 미로는 자막을 보지 않고도 그가 누구인지를 알 수 있었다.

"데일 볼룸이잖아요."

한동안 남자를 클로즈업하던 카메라가 약간 뒤로 물러나면서 일행을 보여주었다. 동양인 남자와 얘기를 나눈 데일 볼룸이 고개를 끄덕끄덕하면서 환영객들 속에 있던 어느 여자와 악수를 나누었다. 써니였다. 그렇다면 데일 볼룸과 얘기를 나눈 동양인 남자는 연합국 본부에 갔다는, 써니가 말한 '보스'라는 사람일 것이다. 그리고 보스가 본부에 간 이유는 데일 볼룸을 한국으로 데려오는 일이었을 터였다.

"언제부터 데일 볼룸이 연합국 정부와 손을 잡았지?"

미로가 혼잣말하듯 중얼거렸다.

"진짜? 무슨 일이지?" 나오미 여사가 의문 가득한 눈으로 미로를 보았다.

미로가 고개를 돌려 나오미 여사를 보니, 정말 아무것도 모른다는 표정을 짓고 있었다. 미로의 눈길이 쿠마르 교수에게로 향했다. 쿠마르 교수는 헬멧 속에서 열심히 숨을 쉬고 있었다. 밖으로 드러난 그의 팔뚝과 어깨에는 손바닥 두 마디쯤 되는 반창고가 서너 개쯤 붙어 있었다. 반창고 하나하나마다 80개씩의 전자 침이 꽂혀 있을 것이다. 쿠마르 교수의 표정 역시 데일 볼룸과 연합국 정부의 관계에 대해 아는 게 아무것 도 없다는 표정이었다.

"자전거도 유용한 교통수단이 될 때가 있죠."

미로의 말에 나오미 여사가 미간에 주름을 잡으며 고개를 갸웃거렸다.

"미로, 아리송한 얘기만 할 거니?"

"아줌마, 27을 99번 더하면 4자리 숫자가 나오는데, 맨 앞자 리가 2고 세 번째 자리가 7이에요."

"호호, 무의미 게임이라면 날 당하진 못할걸? 난 너보다 네 아빠 더 오래 알고 지냈으니까. 자, 어서 얘기해줘. 데일 볼룸 이 왜 연합국 정부와 손을 잡았지?"

미로는 동영상 화면을 되돌려 써니와 데일 볼룸이 악수를 하는 장면에서 멈추었다.

"여기 이 여자, '새로운 질서'의 정보통신담당관이에요. 정 확히는 교육정보통신담당관. 그리고 이 사이버 작가 옆에 있 는 이 남자는 정보담당 국장일 거고요."

"사이버 작가? 크하하!"

쿠마르 교수가 헬멧을 벗으며 한바탕 웃음을 터트렸다. 미로와 나오미 여사가 쿠마르 교수가 있는 침대 쪽으로 슬금슬금 다가갔다.

인터벤션   16세기 영국이 인도 대륙과도 바꾸지 않을 거라 했던 셰익스피어가 대단한 건 분명하지만, 21세기의 영국이 어지간한 행성 하나를 준다 해도 바꾸지 않으려는 작가 데일 볼룸에는 미치지 못할 것이다. 그런 어마어마한 작가를 미로가 사이버 작가라고 표현한 것은 기발하면서도 섬뜩하기까지 하다.

데일 볼룸은 당연히 사이버 인간이 아니다. 그 역시 여느 인간들과 다름없이 영양 공급을 하고 잠을 자야 생명을 유지할 수 있는 생명체다. 지난 수십 년간 사이보그에 대한 모든 시험이 실패로 돌아간 이상 그가 사이보그라는 증거는 어디에도 없다. 어쩌면 그의 사이보그 출생증명서가 세운상가와 종로로 연결되는 지하통로 어디쯤에 처박혀 있을지도 모르는 일이지만.

아무튼 데일 볼룸의 소설은 한때 닥터 클린워스의 소설보다 더 재밌게 읽히고, 실제로 큰 영향을 주기도 했다. 그런 데일 볼룸을 미로가 한낱 사이버 작가라고 일축해버린 데는 이유가 있다. 그것은 바로 데일 볼룸을 일약 세계적인 베스트셀러 작가로 만든 『존재』라는 소설의 텍스트가 닥터 클린워스의 소설 『나는 인형의 옷을 입지 못한다』이기 때문이다.

데일 볼룸은 클린워스 박사의 소설을 혼성모방 프로그램을 이용해 교묘히 짜깁기 방식으로 창작을 했다. 데일 볼룸의 공을 인정해야 한다면 단 하나, 프로그램에 전적으로 의지하지 않았다는 것이다. 즉, 패스티쉬 프로그램을 이용해 창작하는 다른 작가들과는 달리 데일 볼룸은 스타일과 구성, 등장인물과 시대배경, 장소 등을 자동으로 설정하지 않고 모두 스스로 아주 꼼꼼하게 정했다. 『존재』라는 소설을 다운로드한 사람들이 첫 페이지를 펼쳤을 때 감탄한 것은 그 정성스러운 혼성모방의 이력 때문이었다.

혼성모방 프로그램을 이용해 쓴 소설일 경우, 그 소설을 다운로드하고 첫 페이지를 펼치면 해당 소설의 텍스트가 된 원래의 소설, 즉 퓨어 텍스트에 관한 모든 사항이 뜨게 되어 있다. 이어 퓨어 텍스트를 어떻게 수정했는지를 보여주는 이력이 동시에 펼쳐진다. 묘한 것은 퓨어 텍스트에 감동을 받은 독자의 상당수가 혼성모방 프로그램으로 재가공된 소설을 일부러 읽어본다는 것이다. 대부분 실망하지만 말이다. 그런 점에서 데일 볼룸은 퓨어 텍스트를 능가하는 재미와 의미를 선사한, 유일한 작가라고 할 수 있다.

데일 볼룸은 미로의 아버지 닥터 클린워스가 쓴 『나는 인형의 옷을 입지 못한다』에 나오는 모든 것을, 아주 사소한 것까지 모두 바꾸어놓았다. 그 결과 데일 볼룸의 소설은 클린워스의 『나는 인형의 옷을 입지 못한다』가 주었던 재미보다 훨씬 큰 재미를 선사했다. 거기에 더해 『존재』라는 제목이 주는 강렬한 철학적 임팩트는 사람들을 단번에 매료했다.

그 후로 혼성모방 프로그램의 상업적 타이틀이라 할 수 있는 워킹노블Walking-Novel은 텍스트의 가치를 외면하기 시작한 사람들에게 인기를 얻기 시작했다. 그 인기는 실로 놀라운 변화였다. 한때 공인할 수 없다고 여겼던 워킹노블이 단번에 최고의 프로그램이 된 것이다. 설사 워킹노블을 연합국 정부가 공인하지 않는다 해도 사람들은 얼마든지 그것으로 새로운 소설을 만들어낼 터였다. 물론 공인되지 않는다면 어느 부분이 퓨어 텍스트이고 퓨어 텍스트 중 어느 부분을 바꾸었는지조차 알아낼 수 없지만 말이다.

미로도 워킹노블을 다루는 데일 볼룸의 탁월한 솜씨 때문에 한동안 그에게 빠져들었던 적이 있었다.

"데이터가 필요한 게로군. 공생이지."

나오미 여사가 한숨 섞인 말을 내뱉었다.

"데일 볼룸은 누구도 그 자리를 넘볼 수 없는 베스트셀러 작가잖소. 더 이상 워킹노블로 글을 쓸 필요도 없고." 쿠마르 교수가 숨을 몰아쉬며 말했다.

"누가 알겠어요? 워킹노블로 쓰는지, 안 쓰는지? 워킹노블로 썼다면 파일 첫 화면에 퓨어 텍스트가 떴겠죠. 그런데 볼룸의 소설엔 더 이상 텍스트 이력이 뜨질 않잖아요. 오히려 그 사람 소설을 텍스트로 한 모방소설들이 엄청나게 쏟아지죠. 그래봐야 읽히지도 않지만 ……." 미로가 나오미 여사를 보며 말했다.

나오미 여사의 손이 미로의 손을 감쌌다. 미로는 그녀의 손에서 마리의 체온이 느껴졌다. 나오미 여사의 얼굴에 어려 있던 옅은 미소가 어느새 사라지고 없었다. 살얼음이라도 낄 것 같은 서늘한 목소리가 입 밖으로 나왔다.

"퓨어 텍스트냐 아니냐를 감별하는 건 장르가 소설일 때만이야. 그것도 발표한 소설일 때만 가능하지. 소설이 아니거나 발표한 소설이 아닐 땐 해당되지 않아. 그리고 ……."

쿠마르 교수와 미로의 눈이 나오미 여사의 입에 붙박여 있었다. 그녀는 입술 한쪽을 살짝 실룩거리곤 말을 이었다.

"이번에 용산 쪽에서 워킹노블 뺨치는 프로그램이 하나 나왔어. 표절을 가려내는 데 아주 유용하게 쓰이지. 사용한 전체 단어들의 비율, 문장의 길이, 부호, 행갈이까지 물리적인 모든 분석이 가능해. 그런데 이 기막힌 프로그램을 연합국 정부가 승인하지 않고 있어. 그래서 모든 거래가 불법으로 이뤄지고 있지. 우리 출판사에서도 하나 구했는데, 들키면 회사 문 닫아야 할지도 몰라. 벌금이 우리 일 년 치 매출보다 많으니까."

미로가 입술을 앙다물었다가 천천히 풀었다.

"이상하다는 생각이 들어요. 이쪽 장르의 소설 시장을 데일 볼룸이 거의 20년이나 독식하고 있는 현상에 대해 아무도 의문을 제기하지 않는다는 게 말이에요. 덕분에 수많은 작품 속에 등장하던 새로운 과학적 개념들도 이젠 오직 데일 볼룸의 소설에서만 볼 수 있고요. 정확하게는 그 사람만 써먹고 있다는 게 더 옳은 표현이죠. 사람들은 마치 데일 볼룸만 있으면, 그 사람 소설만 읽으면 된다는 듯한 태도를 취하고 있어요."

"미로가 단단히 화가 났군." 나오미 여사가 미로를 진정시키면서 "닥터 클린워스가 있잖아. 그 소설은 여전히 팔리고 있어. 너한테 가는 인세가 얼만데?"라며 덧붙였다.

나오미 여사의 손이 미로의 등에 닿으려는 순간 미로가 자리에서 일어나, 쿠마르 교수가 있는 침대에 엉덩이를 걸치며 말했다.

"교수님, 저, 다음 달에 스피릿 필드 현장으로 갑니다."

"알고 있네. 그 전에 꼭 임종을 하지."

"아, 교수님!"

"알았어, 알았어, 농담 안 할게."

미로는 쿠마르 교수하고 의미심장한 눈빛을 주고받으며 대화를 이어갔다.

"언제 할 수 있죠?"

"문제가 많아, 아직은." 쿠마르 교수가 대답했다.

"그럼, 언제쯤이나?"

"아직 지켜보고 있네."

"제가 직접 가볼까요?" 미로의 목소리에 결연함이 묻어났다. 그래선지 그건 물음이 아니라 오히려 대답에 가까웠다.

"그래주면 고맙지." 쿠마르 교수가 미로의 결연한 의지를 추인하듯 말했다.

"그쪽에서 부담스러워하지 않을까요?"

미로의 말에 쿠마르 교수가 고개를 좌우로 흔들었다.

"오히려 환영할 걸세. 닥터 클린워스의 아들이니까."

나오미 여사가 자리에서 일어나 미로의 등 뒤에서 그를 꼭 껴안았다. 미로가 나오미 여사의 두 손을 앞으로 끌어다 잡았다. 마리의 체온이 느껴지던 아까와는 달리 죽은 유리의 손을 잡는 것 같았다. 유리의 손을 언제 잡았는지 떠올려보았지만 기억나질 않았다. 미로는 나오미 여사의 두 손을 더욱 꼭 잡으며 말했다.

"걱정하지 마세요, 아줌마. 저 이제 어른이에요. 스물다섯 살이잖아요."

인터벤션 무슨 얘기일까? 세 사람은 지금 무슨 음모를 꾸미는 걸까? 수상한 냄새가 난다. 어쩌면 이런 걱정은 모두 기우에 불과할지 모른다. 하늘이 무너지고 땅이 꺼질까 봐 걱정이 되어

식음을 전폐한 중국의 기杞나라 사람을 사람들은 '기우杞憂'라는 한 단어로 쓸어 담아 비웃었다.

걱정이란 대부분 일어날 수 없는 일에 대한 것이고, 일어나더라도 이미 그때는 손을 쓸 수 없다.

미로가 영국 케임브리지대학교의 장학생으로 유학을 갔을 때는 열다섯 살, 2031년이었다. 쿠마르 교수로부터 스피릿 필드에 대한 모든 것을 전수받는 데는 2년이 채 걸리지 않았다.

그사이 닥터 클린워스의 소설에 감동하여 광팬이 된 슈퍼퓨처사 회장은 북쪽 강원도에 있는 원산에 연구소를 세우고, 우주정거장 호버카를 기지로 사용하도록 자금을 지원했다. 또 호버카에서 얼마 떨어지지 않은, 달과 지구 인력의 중심점에 해당하는 곳에 극소위성을 만들어놓았다. 극소위성은 최대 전파를 발생하는 지름 1.2미터짜리 타원형으로, 누에고치라는 뜻으로 '코쿤'이라 불렸다. 그리고 일주일에 한 번씩 그 코쿤 안의 조그만 공간으로 가장 간단한 구성 물질에너지들을 집어넣었다. 그 일이 스피릿 필드 현장 엔지니어의 주된 업무였다.

불안정성과 유동성 때문에 위성을 우주정거장의 궤도 안에 집어넣은 후로는 스피릿 필드 프로젝트에도 박차가 가해졌다. 매일 두 시간씩 자료를 입력할 수 있게 된 것이다. 그런데 그 장치를 설치하는 데만 슈퍼퓨처사의 3년 치 예산이 소요되었다.

지금도 그 장치를 유지하는 데 예산의 10분의 1이 사용되고 있었다.

그런데 참 이상한 일이다.

'스피릿 필드라니?'

아무리 생각해도, 이건 정말 우스꽝스러운 가설이다. 물론 조금은 흥미롭긴 하지만 말이다.

'정신이나 마음이나 영혼 같은, 눈에 보이지 않는 뭔가를 우리가 눈으로 볼 수 있고 손으로 만질 수 있는 물리적 존재로 만든다?'

솔직히 나는 이 가설이 실제 이루어질 거라고 믿은 적은 단 한 번도 없다. 어쩌면 이것을 연구하는 사람들조차 그럴지도 모른다. 심지어 야다브 쿠마르, 닥터 클린워스, 그리고 미로 자신조차도.

한번 생각해보자. 어떤 사물이 그 사물의 고유한 파장이 관리되고 있는, 혹은 생성되고 있는 어떤 '운동장'에서 발생해서 그 영향으로 탄생한다고 가정하자. 그럼 탄생된 그것이 어디에 있으면 합당할까?

다음과 같이 물을 수 있다. 모든 것 안에는 불성이 있다고 말한 부처의 말이 온당하다면, 그 불성은 '모든 것'의 어디에 있는가? 머리에 있는가? 가슴에 있는가? 아니면 DNA에?

그리고 그것들은 어떻게 발현되는가? 파장으로? 기운으로?

아니면 저절로?

다 떠나서 사물의 운동장이 있다면 어디에 있어야 가장 좋은가?

사물을 만들어내는 파장이 존재하는 '운동장'은, 세상의 모든 사물들이 만들어지는 파장이 고여 있는 '운동장'은 어디에 있을까? 혹시 슈퍼퓨처사의 스피릿 필드 현장이 있는, 지구와 달의 인력이 중심을 이루는 그 어디에? 아니면 우주정거장 호버카에?

스피릿 필드는 세상 모든 시간과 공간에 편재한다는 신처럼 각각의 사물에 흩어져 있는 것은 아닐까? 아니면 신이 곧 사물이라고 누군가 힘주어 강조한 것처럼 사물 자체에 있다면 억설일까? 자석의 둘레를 돌고 있는 자기장처럼 말이다. 그게 더 합당하지는 않을까?

사실 이런 논리가 가장 합당해 보이기도 한다. 스피릿 필드는 우주정거장 호버카의 옆 동네에 있는 것이 아니다. 손의 장은 손에, 컴퓨터의 장은 컴퓨터에, 신발의 장은 신발에, 이어폰의 장은 이어폰에, 스톱워치의 장은 스톱워치에, 멜론과 오렌지의 장은 멜론과 오렌지에 있는 것이다.

만약 이를 인정한다면, 큰일이다. 달과 지구 인력의 중심점에 세워놓은 코쿤이란 극소위성에 천문학적 돈을 쏟아부은 슈퍼퓨처사 회장이 바보가 되기 때문이다. 회장이 바보가 아니라면,

왜 그 비싼 돈을 들여 우주정거장 이용료를 물고, 호버카의 플랫폼에서 스피릿 필드 현장으로 우주선을 날려 보내고, 극소위성의 유지비로 해마다 엄청난 돈을 투자하는 걸까?

또 닥터 클린워스의 아들 미로를 탯줄만큼이나 약한 줄에 매달아 극소위성의 그 좁은 구멍에다 포크와 나이프를 섞어놓은 파일과 강철로 만든 손톱의 파일을, 농축 단백질 한 알과 자유롭게 휘어지는 바늘의 파일 따위를 집어넣도록 시킨단 말인가?

걱정이, 태산만큼이나 크게 밀려온다. 이 걱정이 부디 기우이기를!

주사위는 던져졌노라고, 수천 년 전의 한 장군이 말한 적이 있었다.

지금 신의 주사위는 당연히 장군의 주사위가 상상할 수 없는 과거에 던져졌다.

데일 볼룸

미로

"볼륨 작가님,
창작이란 무엇인가요?"

　　　　　　"뭐라고 말해버리면 말한 만큼
　　　　　　부족한 무엇이지."

"작가님은 창작가이신가요?"

　　　　　　"물론이지. 난 창작가일세.
　　　　　　자네의 부친이 그랬듯."

"작가님을 유명하게 만든 건
워킹노블이죠."

　　　　　　"덕을 많이 봤지."

"워킹노블은 기계잖습니까?"

　　　　　　"난 그 기계를 사용한 사람, 즉 창작가지."

"만약 제가 워킹노블로
작가님의 소설을 ……."

　　　　　　"유도심문하지는 말게.
　　　　　　난 범죄자가 아니야."

"창작가란 최초와 관계하는 사람이죠."

　　　　　　"부인하진 않겠네.
　　　　　　하지만 그런 점에서도 난 창작가일세."

"……?"

　　　　　　"모든 '다른 것'을 '최초'라고
　　　　　　받아들이지 않으면 안 되네.
　　　　　　그러지 않으면 진정한 창작가란 없어.
　　　　　　자네 아버지조차도."

21

하늘은 금방이라도 비를 내릴 듯이 먹구름으로 가득 차 있었다. 기차에서 내린 미로는 중앙역 플랫폼에 서서 긴장된 마음을 진정시키듯 숨을 들이쉬었다 내쉬었다. 화약 냄새가 흐릿하게 느껴졌다. 잘 정돈된 화단 한쪽에서 폭약 같은 게 타고 있는데, 벌레를 죽이는 살충제인 것 같았다. 낯선 도시에 익숙해지려는 듯이 미로는 주변을 둘러보았다. 플랫폼에서 개찰구까지 연결된 무빙워크 위 전광판에 현수막처럼 걸려 있는 커다란 녹색 글씨가 미로의 시선을 끌었다.

"자유특별시에 오신 것을 환영합니다"

어느 도심과 마찬가지로 자유시도 외관은 지나칠 정도로 깨끗했지만 온 거리에는 화약 같은 고약한 냄새가 배어 있었다. 겉으로 봐서는 극한의 퇴폐와 음란이 늪지처럼 가라앉은 도시라고 믿어지지 않았다. 자유시는 한때 아시아에서 가장 큰 도시답게 100층 높이의 빌딩들이 하늘을 향해 시원스럽게 뻗어 있었다.

미로는 문득 큐릭이 떠올랐다. 쭉쭉 뻗은 높은 빌딩이 그를 연상시켰다. 미로는 큐릭에게 자유시의 모습을 영상으로 전송해줄까 하다가 그만두었다. 여유로운 여행으로 왔다면 그랬겠지만, 미로는 지금 그럴 여유가 없었다. 하늘의 먹구름이 세찬 비라도 내릴 기세로 빌딩들 사이로 몰려들고 있었다.

더 나은 세상을 희망하는 것이 때로 더 불행한 세상을 만들 수도 있다.

이유는 뭘까?

애초에 희망이란 놈을 잘못 선택했기 때문이다.

미로는 순간 닥터 클린워스의 유작 소설이 떠올랐다. 화가 났다. 떠오른 문구를 지우려는 듯이 미로는 거칠게 고개를 가로저었다. 주머니에서 휴대전화를 꺼내 서칭로드를 띄웠다. 지하상가는 그리 멀리 떨어져 있지 않았다. 지하철을 탈 수도 있었지만 미로는 걷기 시작했다. 그리고 결심을 다잡듯이 혼잣말을 내뱉었다.

"더 나은 세상을 희망하려는 게 아니에요, 아버지."

미로는 횡단보도에 서서 신호를 기다렸다. 횡단보도를 건너는 동안 도심의 화약 냄새가 잦아들고 서서히 다른 냄새가 풍겨왔다. 비 한 방울이 미로의 구두코 끝에 떨어졌다. 딱 한 방울이었다. 미로는 고개를 들어 빌딩 숲 좁은 사이로 하늘을 올려다봤다. 짙은 회색빛이 조금씩 엷어지고 있었다. 방금 떨어진 게 비라면 ……, 미로의 구두코에 우연히 떨어진 한 방울의 빗방울은 엄청나게 응축된, 어마어마한 고농도여야 했다. 미로는 구두코가 뚫어지지 않았을까 하는 생각에 고개를 숙이고 유심히 바닥을 살폈다. 그러곤 자신의 행동이 우스운지 픽하고 코웃음을 쳤다.

올바른 희망을 선택할 수 없다면 처음부터 희망을 가지지 않아야 한다. 이건 철칙이다.

"데일 볼륨!"
미로의 입에서 땀방울 같은 끈적거리는 음성이 자신도 모르게 삐져나왔다.

인터벤션 어떻게 된 일일까? 둘 중에서 어떤 것이 먼저 쓰인 걸까?
"더 나은 세상을 희망하는 것이 때로 더 불행한 세상을 만들 수도 있다. 이유는 뭘까? 애초에 희망이란 놈을 잘못 선택했기 때문이다."

"올바른 희망을 선택할 수 없다면 처음부터 희망을 가지지 않아야 한다. 이건 철칙이다."

두 개의 문장이 들어간 소설을 각각 다운로드해보면 금방 알 수 있다. 이력 맨 앞 페이지에 '퓨어 텍스트'라고 씌어 있다면 먼저 쓴 것이다. 그렇지 않다면 먼저 쓴 퓨어 텍스트를 워킹노블로 혼성모방해서 쓴 것이다.

애석하게도 첫 번째 문장은 그 누구도 다운로드할 수 없다. 미로의 머릿속에 가장 최근에 새겨진 닥터 클린워스의 유작 소설 『Space without Space』에 나오는 대목이기 때문이다. 두 번째 문장은 미로가 2~3년 전에 읽었던 데일 볼룸의 『네페쉬로 가는 길Road to NEPESH』에 나온다. 서울의 빌딩숲을 걷고 있던 미로에게 갑자기 왜 그 두 문장이 떠오른 걸까? 우연일까? 그래, 우연이다. 먹구름이 가득 찬 하늘에서 딱 한 방울의 비가 미로의 구두코에 떨어졌듯이 말이다. 아무 의미가 없다. 우연이란 그런 것이다. 그 자체로는.

"누가 더 훌륭한가를 가리는 게임은 이젠 지겹다."

미로가 머릿속 어디선가에서 들려오는 소리를 혼잣말로 내뱉었다. 서칭로드를 따라 걷는데 구식 폴라로이드 카메라를 파는 가게가 눈앞에 들어왔다. 미로는 진열된 카메라를 쫓으며 발걸음을 느리게 움직였다.

미로는 사진을 별로 좋아하지 않았다. 찍는 것도 찍히는 것도. 어릴 적 친구의 집에 갔을 때 벽난로 선반 위에 있던 친구의 가족사진을 본 후부터였을 것이다. 사진 속에 친구는 엄마, 아빠, 누나, 동생과 함께 활짝 웃고 있었다. 사진 속에는 미로에게 없는 가족이 있었다. 어렸지만 미로는 가족이 있는 사람만이 찍고 찍히는 것이 사진이라고 생각했다. 그때부터 그 생각이 미로에게 완고히 굳어졌다.

차들은 조용히 달렸다. 소음이 거의 없었다. 눈으로 차도를 보지 않으면 차를 의식할 수 없을 정도였다. 미로는 휴대전화의 서칭로드에서 좌회전 표시가 된 지점에서 발길을 멈췄다.

인터벤션 미로의 발걸음에는 호기심도, 낯선 공간에 대한 두려움도 없다. 미로는 서울에 처음 온 이방인처럼 길을 찾고 있지만, 사실 미로는 자신이 어디로 가고 있는지 정확히 알고 있다. 폴라로이드 카메라 가게를 지나고, 또 은행을 지나 10여 미터쯤에 은하계 지도를 파는 작은 가게가 나온다는 것도 알고 있다. 지도 가게가 옛날 그대로라면 삼각형으로 좁아지는 양쪽 벽 서가에는 4만8천 개의 크고 작은 은하계 지도가 빼곡히 꽂혀 있을 것이다. 지도가게를 지나면 의족가게, 등산장비가게, 베트남 국수집, 광학기기가게, DNA 검사와 타액으로 전립선암을 진단

하는 간이검사소가 차례로 있을 것이다. 미로는 옛 기억을 되새기듯 발걸음을 하나하나 옮겼다.

그렇다. 미로는 고향에 온 것이다. 2025년에 대규모 첨단단지가 원산에 건설되면서 상당수의 대학교가 이주했고, 이에 맞춰서 당시 대학에 있던 미로 아버지도 옮겨야 했다. 미로는 아버지를 따라 원산으로 가기 전, 아홉 살 때까지 서울에서 살았다. 두 해 동안 집 인근의 초등학교도 다녔다.

미로가 떠나온 지 17년이 지났지만, 서울의 겉모습은 크게 달라지지 않았다. 변한 것은 두 배나 높아진 빌딩의 크기와 사람들이었다. 그 전에는 여느 도심처럼 거리마다 수많은 사람으로 넘쳐났는데, 지금은 드문드문 한두 명 정도가 걸어 다녔다. 빌딩이 높아진 만큼 사람들도 그만큼 서울을 떠난 것이다.

당신 …… 목적이 뭡니까?

내가 온 목적? 그거야 하나지!

미로가 발걸음을 멈추고 어느 보석가게 앞에 적힌 문구를 읽었다. 미로의 기억이 정확하다면 보석가게는 중국인이 운영했다. 그때도 지금과 똑같은 문구가 적혀 있었다.

문득 어릴 때 "아빠, 보석가게에서 목적을 왜 물어?" 하고 아빠에게 물었던 기억이 났다.

"미로야, 저건 보석가게 광고가 아니라 보안업체의 상호야, 그러니까 보안업체의 회사 이름이지. 일종의 경고이기도 해."

어린 미로는 아빠의 말에 고개를 끄덕이면서도, 여전히 모르겠다는 듯이 다시 고개를 갸우뚱거렸다. 어린 아들의 표정을 보고 아빠가 덧붙여 설명했다.

"목적이란, 어떤 경우엔 불순한 목적을 의미하기도 한단다. 저 사인보드에 파란 불이 들어왔을 때 들어가면, 운 나쁘게 목숨이 달아날 수도 있지."

그때 아빠의 말을 어린 미로는 이해할 수 없었다.

미로는 서칭로드가 가리키는 대로 높다란 건물 하나를 끼고 왼쪽으로 돌았다. 바로 지하도로 통하는 입구가 나타났다. 휴대전화 서칭로드에서 조그만 십자가가 깜박이고 있었다. 약해졌나 싶었던, 화약 냄새 같은 고약한 냄새가 다시 스멀스멀 올라오고 있었다.

22

"괜찮아요?"

나오미 여사가 분홍 손수건에 물을 적셔서 쿠마르 교수의 이마에 맺힌 땀을 닦아주며 불안한 눈길로 물었다.

쿠마르 교수의 피부가 노랗게 변해가고 있었다.

"효과가 더딘 게 침술의 특징이잖아요."

고통이 온몸을 휘감는 와중에도 쿠마르 교수는 나오미 여사를 향해 희미하게 웃음을 지어 보이며 말했다.

"미로한테선 연락이 없죠?"

쿠마르 교수의 물음에 나오미 여사가 대답 대신 고개만 끄덕였다. 나오미 여사의 휴대전화에서 전파가 흘렀다. 마리였다. 나오미 여사가 소파 쪽으로 자리를 옮긴 후 통화 버튼을 눌렀다.

"저녁 먹었어?" 마리는 그렇게 물었지만, 진짜 궁금한 건 미로가 옆에 있는지였다.

나오미 여사는 딸의 의중을 알아채고 대답했다.

"서울 갔어. 뭘 좀 구할 게 있어서. 빠르면 내일쯤 올 거야."

마리는 자기를 떼놓고 간 게 서운한 듯, 별 애기 하지 않고 전화를 끊었다.

인터벤션   때로는 처음에서 다시 시작하고 싶다는 생각에 사로잡힐 때가 있다. 중국의 한 현인은 '원하지 않으면 이루지 못할 게 없다'라고 했다. 과연 그럴까? 원하지 않는 것이 모든 것을 이루어내는 방법이 될 수 있을까?

쿠마르 교수는 닥터 클린워스를 처음 만나자마자 그의 인간미에 매료되었다. 쿠마르 교수는 그의 소설보다 '닥터 클린워스'라는 인간에게 더 감동을 받았다. 쿠마르 교수는 자신의 직위를 최대한 활용해서 한국의 윤준승 박사가 케임브리지 사이버대학교 교수로 채용되도록 했다. 두 사람은 모든 것을 공유했다. 특히 모픽 필드에 관한 것이면 모든 자료와 데이터를 서로에게 제공했다. 그것으로 클린워스는 훌륭한 소설을 만들어냈고, 세계적 우주산업체를 운영하는 회장의 마음을 움직였다. 쿠마르 교수는 한동안 그의 야심이 너무 커지는 게 아닌가 하는 우려를 했지만, 어디까지나 인류를 위한 것이라고 생각해서 크게 신경 쓰지 않았다.

결국 닥터 클린워스는 새로운 사물을 만들어내는 운동장인 모픽 필드에 대한 엄청난 자료까지 섭렵했다. 그리고 어느 날 그는 모픽 필드로부터 한 걸음 더 나아간 '정신이 만들어지는 운동장'이라는 가설을 들고 쿠마르 교수를 찾아왔다. 바로 사이킥 필드였다. 이것은 훗날 슈퍼퓨처사가 막대한 투자를 하게 되는 스피릿 필드의 출발이기도 했다. 쿠마르 교수는 그때 처음으로 클린워스 박사의 어린 아들 미로를 만났다. 어린 미로는 총명했고 피자를 좋아했다.

　　쿠마르 교수는 런던에서 가장 맛있는 피자집으로 두 사람을 데리고 갔다. 어린 미로가 피자 한 판을 비우는 동안 닥터 클린워스는 쿠마르 교수에게 자신이 쓰고 있는 사이킥 필드에 관한 얘기를 들려주었다.

　　사이킥 필드는 닥터 클린워스의 단순한 소설적 상상력에 불과한 것으로, 아직 가설의 형태조차 갖추지 못했다. 그가 얘기하는 사이킥 필드는 기쁨, 슬픔, 분노, 이성, 우울, 불안, 질투 등 정신의 현상들이 만들어지는 것으로 형체를 가진 것을 만들어내는 모픽 필드와는 상반되는 거였다.

　　그의 이야기를 들으면서 쿠마르 교수는 문득 그가 신이 되고 싶거나 신의 행위를 해명하고 있다는 생각이 들었다. 인간이라면 한 번쯤은 상상할 수 있는, 어쩌면 당연한 일일지도 몰랐다. 어쨌든, 닥터 클린워스는 자신의 마지막 소설이 되어버린 『사이킥 필드』를 발표했다. 예전처럼 큰 성공을 거두진 못했지만 그래도 반응은 나쁘지 않았다.

이듬해, 닥터 클린워스는 모픽 필드 학회에 참석하고자 베를린으로 갔다. 쿠마르 교수의 발표를 지지하는 연설을 하기 위해서였다. 그리고 하루 전 베를린에 도착한 클린워스는 노천카페에서 커피를 마시다가 심장마비로 세상을 떠났다.

나오미 여사는 이따금 그때 클린워스와 함께 카페에 있었다면 어떻게 되었을지를 생각했다. 만약 클린워스의 심장마비 사인이 커피에 들어 있던 유해활성산소를 농축한 물질인 프리래디컬이라면 그녀 역시 닥터 클린워스와 함께 세상을 떠났을 것이었다. 하지만 그의 사인이 만약 단순한 심장마비였다면 어쩌면 그녀가 그를 살릴 수 있었을지도 몰랐다. 그때 그녀는 쿠마르 교수와 함께 호텔에 있었다.

처음부터 다시 시작한다는 건, 한낱 허상일 뿐이다.

"나오미, 난 그날 당신이 왜 나와 있고 싶어 했는지 모르겠소. 아무리 생각해봐도 말이오. 윤 박사를 사랑하고, 지금도 그건 변함이 없다고 생각하는데 ……. 우리가 여전히 그저 절친으로 있다는 게 증거지만."

쿠마르 교수가 숨을 몰아쉴 때마다 입술 밖으로 노랗고 단단하게 부은 혀가 보인다. 혀만 그런 건 아니다. 입술도 샛노

랗고, 유난히 큰 눈자위도 노랗게 변해 있었다.

"굳이 설명해달라는 얘기는 아니지만. 죽음을 앞두고 보니 별게 다 궁금해지는구려."

나오미 여사는 조용히 침을 삼키고 천천히 입술을 뗐다.

"모두들 그렇게 알고 있죠. 내가 윤 박사와 연인 이상의 관계라고 공공연히 말했으니. 사실 그 표현이 마음에 들지 않았어요. 진짜 연인이고 싶었으니까요. 하지만 그렇지 않았어요. 그러기에 그 사람은 미로 엄마를 너무나 사랑했어요. ADM에 집착한 것도 결국 그 때문이라는 거, 야다브 당신도 알잖아요."

지금껏 나오미 여사가 그 누구에게도 말하지 않았던 얘기였다. 죽음을 며칠 앞둔 사람에게는 속내를 털어놔도 되겠다는 생각이 들어서일까. 나오미 여사는 그동안 힘들게 참아왔던 얘기를 풀어놓기 시작했다.

"심지어 윤 박사는 저를 싫어했어요."

나오미 여사는 말을 하고는, 한쪽 입술을 비틀기까지 했다.

"농담하지 말고요. 농담을 듣기엔 내게 남은 시간이 얼마 되지 않소."

쿠마르 교수의 말에 나오미 여사의 고개가 힘없이 흔들렸다. 그녀의 입가에 쓸쓸한 미소가 어렸다. 그 미소가 굳이 말로 하지 않아도 사실임을 전하고 있었다.

나오미 여사는 쿠마르 교수의 손을 꼭 잡은 채 한동안 그의 눈을 들여다봤다. 그리고 조심스레 입술을 열었다.

　"야다브, 이 얘기를 왜 당신에게 하는지 모르겠네요. 아무 소용도 없는데. 당신을 힘들게 할지도 모르는데."

　"아니요. 당신과 윤 박사의 얘기라면 내겐 모두 소중하오. 소용이 없는 건 아무것도 없소. 물론 날 힘들게 하는 것도 아니고. 두 사람은 내게 가장 좋은 벗이었소. 그건 내게 큰 행운이었고."

　쿠마르 교수의 위로에 나오미 여사의 얼굴이 비로소 편안해졌다.

　"야다브, 클린워스가 날 싫어한 건 사실이에요. 이유는 두 가지였죠."

　"하나는 알지. 데일 볼룸의 책을 당신 출판사에서 번역해 출판한 것 때문일 테지. 그렇지 않소?"

　쿠마르 교수의 말에 나오미 여사가 가볍게 고개를 끄덕였다. 쿠마르 교수는 흰자위가 노래진 눈을 깜빡이며 힘겹게 말을 어어갔다.

　"그거라면 클린워스에게도 책임이 있소. 당신에게 데일 볼룸의 소설을 번역해 출판하라고 부추긴 건 바로 그 사람이니까. 물론 워킹노블을 이용하지 않고 쓸 때 얘기지만. 그래도 데일 볼룸이 워킹노블로 혼성모방한 소설이 성공을 거두었을 때, 자신이 텍스트 작가라고 얼마나 뿌듯해했는데 ……."

"그러긴 했지만 자기보다 더 성공을 했으니, 왜 질투가 없었겠어요."

"두 번째 이유는 뭐요? 설마, 나는 아니겠지?"

쿠마르 교수의 농담에 나오미 여사가 목젖이 보일 정도로 입을 크게 벌리고 웃었다. 웃음이 천천히 잦아들자, 나오미 여사의 얼굴이 다시 딱딱하게 굳어졌다.

"스물다섯 살 때였어요. 그러고 보니 지금 미로 나이네요. 모습도 비슷하고 …… 윤 박사와 내가 결혼을 약속한 적은 없었지만, 난 우리 둘이 결혼할 거란 걸 의심치 않았어요. 그런데 어느 날 그가 흥분해서 말하는 거예요. 너무도 좋은 여자를 만났다고."

쿠마르 교수의 모습에는 지친 기색이 역력했지만 눈빛만은 더 또렷해져 있었다. 쿠마르 교수로서는 처음 듣는 얘기였다.

"처음엔 그러다 말겠지 했어요. 그런데 그 여자와 결혼을 하겠다고 했을 때 난 불같이 화를 냈죠. 말도 안 된다고, 그럼 난 어떡하느냐고 울고불고 그랬죠. 하지만 그 사람은 냉정했어요. 다시 보지 않아도 좋으니 방해만 하지 말아달라고 하더군요. 그때 그가 그 말을 하지 않았으면, 그를 포기하지 않았을 거예요. 결국 그 말에 무너지고 말았죠."

쿠마르 교수가 무슨 말인가 하려고 입술을 달싹거리다, 이

내 꽉 닫아버렸다. 나오미 여사가 말을 이어갔다.

"그 사람은 행복해했어요. 그 무렵 저도 결혼을 했죠. 홧김에 한 것이 아니라고 말하기는 어렵지만요. 그런데 미로 엄마는 임신을 하고부터 무척 아팠어요. 임신중독이 심했죠. 너무 애처로웠어요. 미로 엄마의 모습을 보고 있자니, 그나마 그에 대해 남아 있던 감정이 어느새 사라져버렸어요. 그것도 완전히. 아직도 고통으로 힘들어하던 미로 엄마의 모습이 눈에 선해요."

"그래도 원수처럼 지내진 않았나 보오"

쿠마르 교수의 농담에 나오미 여사도 피식 웃었다.

"우린 초등학교 때부터 이웃이었어요. 그래도 참 이상하죠. 충분히 멀어질 수도 있었는데."

쿠마르 교수는 자신도 모르게 통증으로 얼굴이 찡그려졌다. 하지만 한쪽 입술만은 나오미 여사를 향해 웃고 있었다.

"미로 엄마는 미로를 낳은 뒤에도 건강이 회복되지 않았어요. 상황이 그렇다 보니 윤 박사도 평소의 그답지 않게 성격이 거칠어지더군요. 그때는 나도 첫아이를 낳은 때라 경황이 없었어요. 윤 박사가 가끔 우리 집으로 와서 유리 아빠와 밤새워 술을 마시기도 했죠. 그러다 유리 아빠가 일이 있어 늦게 들어온 적이 있었어요. 그날도 윤 박사가 와서 혼자 술을 마시기에, 제가 안쓰러워서 함께 몇 잔 마셔줬죠. 저는 소파에서 잠이 들었고, 윤 박사가 집으로 돌아갔어요. 유리 아빠가 집으로 오다가 윤 박사가 돌아가는 걸 봤나 봐요. 그 일이 있은 후로 유리 아빠와 싸우는 날이 잦아졌죠. 유리 아빠는 윤 박사를 우리 집에 오지 못하게 하라고 했고, 난 그럴 수 없다고 맞서다가 결국 우린 이혼을 하고 말았죠. 다시 합치긴 했지만요. 그때 내 배 속에는 마리가 있었거든요."

나오미 여사는 얘기를 멈추고, 고개를 숙였다. 밀려오는 아픔 때문에 한동안 감정을 추스르지를 못했다. 쿠마르 교수가 조용히 나오미 여사의 등을 토닥여주었다. 그 후 나오미 여사가 보조침대에서 잠이 들 때까지 둘 사이에는 더 이상의 얘기는 오가지 않았다.

23

인터벤션   '인간이 이 세상에 존재하는 이유는 뭘까? 인간은 이 세상에 꼭 필요한 존재일까?'

이런 질문들은 오래전 시작되었다. 그리고 인간은 신화를 만들어 그 안에 수많은 질문에 대한 답을 담아두었다. 그 중에는 아주 그럴듯한 답도 있었다.

어느 날, 신은 궁금해졌다. '내게는 왜 생명이란 게 없을까?' 신이 이런 생각을 한 것은 자신의 생명과 비교할 수 있는 무언가가 없어서였다. 바로 죽음이었다. 자신이 살아 있다는 걸 확인하기 위해서는 죽음이 필요했다. 그렇다고 신이 자신에게 죽음을 부여할 수는 없는 일. 그래서 신이 만든 것이 인간이었다. 영원히 살 거라고 믿는 인간이 어느 날 죽음을 맞이하게 되는 것을 지켜보면서 신은 비로소 자신의 생명을 확인할 수 있었다.

신화는 때로 사실보다 강하고 자극적이다. 그리고 때로 냉혹할 정도로 현명하다.

지하통로는 조명 시설이 제대로 되어 있지 않았고, 습도가 높아 불쾌지수를 부추겼다. 미로는 의식적으로 감정을 추스르려고 애를 썼다. 그런데 기이하게도 공기가 지상보다 신선했다. 걸어오는 동안 계속 쫓아왔던 고약한 냄새가 나지 않아선지 더 그렇게 느껴졌다. 사람들도 지상보다 훨씬 많았다. 아니, 사람들이 모두 지하로 내려와 있다는 생각이 들 정도였다. 그중에는 점잖게 차려입은 사람들도 눈에 많이 띄었다.

미로는 지하통로를 걸어가면서 스피릿폰에서 명함 목록을 꺼내 하나씩 넘기다, 팩트레인Packed-Train이라는 상호에서 멈추었다. 전화 연결을 시도하자 연결음이 들려왔다. 느릿한 미니멀리즘 음악이 꽤 오래도록 이어졌다. 음악이 그치자마자 축축한 여자의 음성이 들려왔다.

"팩트레인입니다" 녹음된 음성이 아니었다. 순간 미로의 뇌리에 이름 하나가 스쳤다. 지니!

"혹시, 지니 씨 되세요? 전, 미로라고 합니다. 윤미로."

"미로? 전화 잘못 거신 것 같은데요."

"지니 씨 아닌가요? 그럼 지니 씨 좀 부탁합니다."

통화가 끊긴 건 아닌데, 아무런 소리가 들리지 않았다.

미로는 지하통로 양쪽으로 즐비한 가게들을 지나쳐 가면서 재빨리 가게 안을 하나하나 살폈다. 어느 가게 앞에서 미로의 발길이 멈추었다. 팩트레인이라는 간판에 미로의 눈이 한동안 머물렀다.

"야다브 쿠마르 교수님이 보내서 왔습니다."

미로는 다시 한번 자신을 밝혔다. 역시 아무런 답이 없었다. 미로는 '팩트레인'이라고 쓰인 조그만 간판을 주의 깊게 살폈다. 오래된 간판임을 증명이라도 하듯 여기저기 흘러내린 녹물 자국이 많이 보였다. 미로는 곧바로 시선을 가게 안으로 옮겨 살펴보았다. 책상 앞에서 수화기를 들고 있는 빨강 머리 여자의 뒷모습이 보였다. 미로는 조심스럽게 가게 문을 열고 안으로 발을 들여놓았다.

"세계에서 ADM 부품을 구할 수 있는 곳은 서울밖에 없고, 서울에서 ADM 부품을 구할 수 있는 사람은 지니 씨밖에 없다고 하더군요."

빨강 머리 여자가 출입구 쪽으로 고개를 돌려 미로를 쳐다봤다. 그녀는 들고 있던 송수화기를 천천히 내려놓으며 미로를 말없이 노려보았다.

인터벤션 슈퍼퓨처사의 회장이 스피릿 필드에 투자를 결심하고 원산에 연구소 부지를 마련할 때는 '새로운 질서'로 통합되는 것을 반대하는 여론이 아주 높은 시기였다. 기이하게도 원산에 연구소가 완공되고, 스피릿 필드 기지도 준공을 눈앞에 두었을 때 '새로운 질서'로의 통합도 순조롭게 진행되었다. 세계는 그렇

게, 의아할 정도로 신속하게, 재편되었다. 겉으로 보기에만 그런 지는 알 수 없었지만,

모든 것은 자연스러웠고, 슈퍼퓨처사의 우주산업에 대한 애정은 많은 사람을 감동시켰다. 한낱 소설에 이끌려 거액의 투자를 결심한 회장은 이 시대 최후의, 그래서 유일한 낭만주의자였다. 오래전에 절판되었던 그의 자서전은 복간되었고, 엄청난 판매고를 올렸다. 이상할 건 없었다. 의심하는 일은 쉬웠지만, 그뿐이었다.

슈퍼퓨처사 회장은 닥터 클린워스가 생존해 있을 때 만난 적이 있었다. 베를린에서였다. 슈퍼퓨처사의 회장도 모픽 필드 학회에 초대된 손님 중 한 명이었다.

2027년 11월 4일 오후, 클린워스 박사가 심장마비로 갑자기 세상을 떠나기 두 시간 전이었다. 두 사람은 우연히 길에서 마주쳤다. 클린워스는 "바람을 쐬다가 노천카페에서 커피를 마실 생각"이라고 회장에게 말했다. 회장은 "참 좋은 생각"이라며 "독일은 환경 보호에 철저해서 공기가 참 맑다"라고 말했다. 그러면서 "원자력 발전을 전면 폐기한 최초의 국가라는 자랑이 곧 최악의 대기를 가진 나라가 될 거라던 온갖 비아냥거림은 단 하나도 실현되지 않았다"고 환하게 웃으며 덧붙였다.

그런 후 클린워스 박사에게 "지금 쓰고 있는 소설이 무엇이냐"고 물었다. 클린워스 박사는 회장이 자신의 열혈 팬이라는

사실을 잘 알고 있는 데다, 모픽 필드에 대한 막대한 투자가 진행되고 있다는 점에 고무되어 "마침 장편소설을 하나 탈고했는데 회장님의 이메일로 출간 예정인 소설의 원고를 보내드릴 수도 있습니다"라고 말했다. 회장은 "물론 퓨어 텍스트겠죠?" 하고 농담을 던지고는 곧바로, "아하, 농담입니다" 하고 특유의 환한 웃음을 날렸다.

그러자 클린워스는 다시 한번 원고를 보내드리겠다고 말했는데, 회장은 아니라고, 그럴 수는 없다고 하면서, 책이 출간되면 꼭 서명을 받고 싶다고 했었다. 그러고는 책을 가지고 원산을 방문하겠다고 한 번 더 약속을 한 뒤, 제목이 어떻게 되느냐고 물었다. 클린워스 박사는 오른쪽 검지를 세우더니 하늘을 가리키면서 살살 흔들면서 대답했다.

"하늘에는 하늘이 없고, 우주에는 우주가 없습니다 — 이게 바로 이번에 제가 쓴 소설의 제목입니다."

그것을 끝으로 두 사람은 헤어졌다. 근처의 미술관과 공원을 둘러보고 노천카페에 도착한 클린워스 박사는 자신이 너무 흥분해서 슈퍼퓨처사의 회장에게 하지 않아도 될 호의까지 베풀려고 했다는 것을 후회했다. 그러면서 혹시 예스터데이 샵과 ADM에 대해서도 얘기를 했었는지, 기억이 가물가물하다고 생각했다. 아마도 신만 알겠지만, 그때 클린워스 박사의 얼굴이 붉게 상기되어 있었던 이유가 무엇인지는 아무도 알지 못했다.

그때가 그가 지상에서 얼굴을 붉힌 마지막 순간이었다.

"배고프지 않아요?"

미로의 표정을 자세히 살펴본 빨강 머리 여자는 뜬금없이 경계심을 푼 듯이 미로를 향해 씽긋 웃으며 말했다. 여자는 능숙한 솜씨로 한쪽 고리가 빠진 출입문을 끼워 맞추고는 비밀번호를 입력한 뒤, 갈색 목도리로 얼굴의 반을 휘감았다.

"덥지 않아요?"여자의 행동을 지켜보던 미로가 물었다.

"추워서 하는 게 아니에요."여자의 말에 미로가 알았다는 듯이 고개를 끄덕였다. 여자는 미로에게 바짝 붙어 팔짱을 꼈다. 순간 미로는 움찔했지만 곧 눈치를 챘다. 목도리를 추워서 한 게 아니듯이, 이 행동도 그와 같을 거라는 생각이 떠올라서였다. 미로는 다정한 연인처럼 보이려고 최대한 자연스럽게 행동했다. 여자는 빠르지도 느리지도 않은 속도로 걸었다. 미로도 여자가 걷는 속도에 맞추면서 조심스럽게 주위를 둘러보며 걸었다.

"처음 온 사람 티 내지 말아요. 여기 사람들, 눈치 하나는 광속급이죠. 벌써 알아챘을 테지만."미로는 여자의 지적에 자세를 자연스럽게 해보려 했지만 더 어색하게 느껴져서 급기야 얼굴까지 굳어져버렸다.

지하통로에 있는 대부분의 가게는 모두 오픈 상태였다. 공통적으로 칙칙한 불빛과 음습한 분위기를 연출하고 있었다. 그런데 그런 가운데 묘하게도 생명력이 넘쳤다.

지나가는 사람 몇 명이 빨강 머리 여자를 알아보고는 빈정거리는 건지 부러워하는 건지 모를 말들을 던졌다.

"지니, 어디가? 좋은 데?"

행인의 말에 대꾸도 하지 않고 무시하며 걷는 빨강 머리 여자를 힐끔 보며 미로가 물었다.

"여긴 보통 언제 문을 닫습니까?"

"24시간 영업해요. 가게 안에서 먹고 자고 다 하죠. 손님들이 언제 닥칠지 모르니까."

"지니 씨 가게, 팩트레인이라는 이름은 어떻게 만든 겁니까? 이름이 참 특이해서요."

"혹시 가게 다 둘러봤어요?" 빨강 머리 여자가 되물었다.

"……"

미로가 아무 말 없이 눈만 둥그렇게 뜨자, 빨강 머리 여자는 한쪽 입꼬리를 올리며 미소를 지어 보였다.

"그야말로 없는 게 없죠. 만원열차 ― 딱 그거죠."

빨강 머리 여자의 말에 미로의 고개가 끄덕였다.

"쿠마르 교수님은 어떻게 아세요?" 미로가 궁금증을 참지 못하고 물었다.

"쿠마룬지 구루만지 제가 어떻게 알겠어요. 그 교수를."

"그러면 ……?"

"연락하는 사람이 따로 있어요. 쿠마르라는 이름은 그 사람한테 들었어요. 너무 많은 걸 알려고 하지 말아요."

"그러면 ADM ……."

미로가 말하기도 무섭게 빨강 머리 여자의 발이 미로의 구두 앞축을 날쌔게 걷어찼다.

"A 자도 꺼내지 말아요. 그냥, 그거라고 해요."

순간 미로는 자신이 실수했다는 생각을 하면서, 빨강 머리 여자의 행동에 아무런 말도 못하고 고개만 끄덕였다.

인터벤션   연합국 정부는 이미 3년 전에 전 세계에 있는 ADM 기기의 회수를 마쳤다. ADM 기기를 사용한 사람들이 이유가 무엇이든 스스로 목숨을 끊었기 때문이었다. ADM 기기 이용자의 50퍼센트가 넘는 사람들이 자살했다는 얘기가 공공연히 나돌았다. 그렇다고 공식적으로 이용자와 자살자 사이의 비율을 조사하거나 발표한 적은 없었다. 엄밀히 말해 객관적인 자료가 없이, 소문만 무성할 뿐이었다.

이런 현상은 한국과는 관계없는 일이기도 했고, 더욱이 ADM 기기 회수는 ADM이 한국에서 판매되기 전이었다.

저 멀리 지하통로의 직선도로가 끝나고, 오른쪽으로 약간 경사진 길과 왼쪽으로 거의 90도로 꺾인 길이 보였다. 갈림길이었다. 사람들의 발길이 드문 곳인지, 주변에는 행인들이 없고 조용했다.

빨강 머리 여자가 미로의 옆구리에 꼈던 팔짱을 풀고, 미로에게로 몸을 돌리더니 처음 봤을 때처럼 험한 눈으로 노려보며 말했다.

"지금부터 제가 하는 말 잘 들어요."

미로는 깡마르고 몸집도 작은 여자한테서 어떻게 저런 강렬한 카리스마가 나오는지 신기해서 아무 말도 못 하고 바라만 봤다. 빨강 머리 여자의 말에 미로의 고개가 저절로 끄덕여졌다.

"당신은 왼쪽 길로 가세요. 전 이 길로 갑니다."

"저 …… 같이 가는 거 아닙니까?"

빨강 머리 여자가 희미하게 웃으며 고개를 끄덕였다. 이제부터 설명할 테니 잘 들으라는 뜻인 듯했다. 미로는 상급생 선배 앞에서 잔뜩 겁을 집어먹은 초등학생처럼 두 팔을 옆구리에다 가지런히 붙인 채 빨강 머리 여자가 무슨 말을 할지를 기다렸다.

"3분쯤 걸어가면 '타벨의 마술가게'라는 가게가 나올 거예요. 간판이 아주 작아서 놓치기 쉬우니 주의 깊게 살펴보세요. 그 가게 도어에 버튼이 붙어 있어요. 원래 카드키로 열어야 하지만 그냥 버튼을 눌러요. 그러고 나서 한 5초 정도 뒤에 '동전 마술도 하나요?' 하고 말하세요."

"동전 마술 ……?" 미로가 잊지 않으려는 듯이 여자의 말을 따라 했다.

"동전은 여길 뜻하죠."

빨강 머리 여자가 검지로 이마를 가리키고는, 다시 "왠지 알아요?" 하고 물었다.

"머리가 좋다고 그러던데, 어디 맞혀봐요."

"맞힌 사람도 있어요?" 미로가 '설마' 하는 마음으로 물었다.

"피프티 피프티."

"머리 좋은 사람이 그렇게 많아요? 아니면 문제가 어렵지 않은 건가요? 나만 모르나? 음 ……."

미로는 머리를 굴리면서 빨강 머리 여자의 눈을 지그시 바라봤다. 미로는 빨강 머리 여자가 표정과는 달리 사람 마음을 편하게 해주는 것 같다고 여겨졌다. 그러면서 한편으로 묘한 구석도 있다고 생각하는 순간, 뇌리를 스치는 것을 낚아채듯 입을 뗐다.

"동전의 코인(COIN)과 머리의 브레인(BRAIN)은 끝음절이 같네요. 그리고 묘하게도, 안으로 들어간다는(IN) 뜻이군요. 음, 머리를 써야 동전을 벌기도 하니까, 결국 코인은 브레인이 네요."

"그다지 나쁘진 않네요. 대답을 들어보니까 통과할 수 있을 것 같군요."

무슨 뜻이냐는 듯 눈으로 묻는 미로에게 빨강 머리 여자가 대답했다.

"동전 마술도 하나요, 하고 물으면, 거기서 무슨 말이냐고 되물을 거예요. 그다음은 지금처럼 알아서 대답하세요."

빨강 머리 여자는 거기서 끝이라는 듯이 설명을 멈추고 입을 다물었다.

미로는 이게 끝이냐고 되묻지도 못한 채 눈만 멀뚱히 뜬 채로 빨강 머리 여자를 바라봤다. 그런 미로의 모습에 빨강 머리 여자가 묘한 웃음을 지어 보였다.

"따로 정답이 있는 게 아니라는 얘기예요."

미로로서는 빨강 머리 여자의 말이 여전히 이해가 될 듯 말 듯 한 표정을 지었다.

"그 자식이 아주 괴팍하거든요. 그때그때 마음 내키는 대로라, 정해진 답이 없어요. 대답이 마음에 들면 문을 열어줄 테지만, 그렇지 않으면 내일 다시 가야 할지도 몰라요. 내가 따라가지 않는 건, 그가 여자만 보면 무턱대고 덮치는 변태이기 때문이에요."

미로는 절로 침이 꿀꺽 삼켜졌다. 한동안 아무 말도 못하다가 막 걸음을 떼려던 그가, 불안한 마음에 뒤돌아보며 빨강 머리 여자에게 물었다.

"만약 …… 거부를 당하면 …….'

"그 자식은 시시콜콜 나한테 다 얘기하니까, 당신이 ……
미로 씨가 거부당하면 곧바로 나한테 전화할 테니, 만약 거
부당하면 여기 갈림길로 도로 오세요. 나도 이리로 올 테니까
요. 내가 늦더라도 딴 데 가지 말고 그냥 여기서 기다려요. 됐
어요?"

미로는 여전히 겁먹은 초등학생 캐릭터에서 벗어나지 못한
상태였다.

"당신 머리가 좋다고 하니, 다시 말해주지 않아도 되죠? 자,
그럼, 아 …… 그 자식하고는 되도록이면 눈을 마주치지 말아
요. 별명이 메두사예요.'

빨강 머리 여자는 얼어붙은 듯 그 자리에 꼼짝없이 서 있는
미로를 남겨둔 채 약간 경사가 진 어두운 오른쪽 지하통로로
뚜벅뚜벅 걸어갔다. 일 분이 되지 않아 빨강 머리 여자의 뒷
모습도 발소리도 거짓말처럼 사라졌다.

"눈이 아니라 얼굴 아닌가? 하기야 눈이 얼굴에 붙었으니
그게 그거지.'

미로는 길게 한숨을 뽑아내고는 혼잣말을 중얼거렸다. 불
안한 마음을 다잡고 왼쪽으로 난 어두운 통로로 천천히 걸어
들어갔다.

24

여자와 남자가 중앙 엘리베이터에 올랐다. 여자의 긴 손가락이 엘리베이터 13층 버튼을 눌렀다. 엘리베이터 바깥쪽 전면은 투명 유리였다. 남자는 투명 유리 밖으로 펼쳐진 원산 시가지와 드넓은 바다를 무심히 바라봤다. 여자가 남자의 의중을 떠보듯, 불쑥 한마디 건넸다.

"미로란 사람, 어떤 사람인 것 같아요?"

남자는 바다에서 눈길을 거두고 엘리베이터 바닥을 내려다봤다. 바닥에는 커다란 S 자가 새겨져 있었다. 남자는 구두 앞코로 S 자를 천천히 따라 그리면서 말했다.

"내가 묻고 싶은 게 그겁니다. 어떤 사람인가요?"

여자는 팔짱을 끼고 잠시 생각에 잠겼다가 다시 말문을 열었다.

"글쎄요. 두 가지가 달라요. 단언하긴 힘들지만, 확실히 달라요."

"뭐가 다르다는 거죠?"

"파일과 실재가." 여자의 말에서 단호함이 묻어나왔다.

"파일은 가짭니까?" 남자가 되물었다.

"글쎄요 …… 실재가 오히려 가짜일 수도 있죠."

"초일류 파일분석가의 말씀이라 의미심장하게 들리는군요. 파일은 가짜인데 진짜고, 실재는 진짜인데 가짜다? 마치 클린 워스 박사의 소설을 읽는 것 같군요."

무심한 듯 내뱉는 남자의 말에 여자가 관심을 보였다. 여자 는 구두 앞코로 S 자를 천천히 그리는 남자의 행동을 무심히 바라보면서 다시 입을 열었다.

"사람들은 파일에 담긴 정보는 별 거리낌 없이 객관적이라 고 생각하는 습성이 있어요. 그러면서도 조작을 우려해서 파 일이 가짜일 수 있다고 생각하면서 항상 의심을 하죠. 반면에 머릿속의 생각은 당연히 주관적이라고 생각해요. 그리고 그 생각이 설사 잘못된 것이라 해도 '리얼'이라고 못 박아버리죠. 그런데 사람들의 이런 비논리적 사고는 그리 오래가지 않아 요. 쉽게 판명이 되죠. 대부분의 파일이 그 파일 주인의 생각 과 일치하니까요."

"그런데, 미로란 사람은 그렇지 않다, 그런 말인가요?" 남자 가 되물었다.

"미로란 사람이 하는 일이란 게 파일과 실재, 그 둘이 전혀 다르면 곤란해지는 일이죠. 어떤 게 진짜인지를 골라야 하니까요. 물론 대부분의 파일은 진짜예요. 조작만 되어 있지 않다면요. 미로라는 사람도 보통사람과 완전히 다르진 않으니까요." 여자가 대답했다.

"조작이 아니라 그렇게 타고났으면 어떻게 할 겁니까? 불안한 심성에 두려움도 많고, 기준을 무시하는 성정에 경계를 쉽게 넘나드는 태도 …… 그런 것까지 타고났다면 어떤 게 진짜인지, 어떤 게 가짜인지 알 수 있나요?"

남자의 질문에 여자의 고개가 슬슬 흔들렸다.

엘리베이터가 13층에 멈추고 문이 열렸다. 정면으로 유리처럼 투명한 금속 문이 있었다. 그 문 앞에는 출입을 허가하지 않는 레이저 빔이 설치되어 있었다. 금속 문은 사선으로 빗겨 떨어지는 세 개의 레이저 빔 뒤편에 서서 영원히 열리지 않을 것처럼 완강하게 닫혀 있었다. 엘리베이터에서 먼저 내린 여자가 오른손에 쥐고 있던 휴대전화에서 일곱 자리의 번호를 누른 뒤 중간의 레이저 빔이 꺾이는 곳에 갖다 댔다. 그러자 녹색 화살의 레이저 빔이 일제히 사라졌다.

"비밀번호를 맞혀볼까요?" 뒤에 서 있던 남자가 농담을 던지듯 말했다.

"힌트를 달라고만 하지 말아요." 여자가 대꾸했다.

"힌트는 주지 않아도 돼요. 오늘 아침 마신 차만 가르쳐주세요. 커피? 녹차?"

"영화를 너무 많이 보셨군요." 남자의 농담에 여자도 농으로 받아쳤다.

"제가 쓴 소설은 모두 영화로 만들어졌죠. 백 편이 넘어요."

여자는 남자의 말에 대꾸하지 않고, 투명한 금속 문 앞에 똑바로 서서 지문인식기에 손가락을 넣었다. 금속 문은 투명하지 않고, 그냥 투명하게 보이는 문이었다. 남자는 마치 문 안쪽에서 누군가 보고 있다는 느낌을 주기 위해 만든 거 같다는 생각이 들었다.

문이 열리고 두 사람이 안으로 들어갔다. 안에는 대형 컴퓨터가 빈틈없이 빼곡하게 서 있었다. 곳곳에 흡음 장치가 설치되어 있어서 기계 돌아가는 소리는커녕 그 어떤 소리도 들리지 않았다. 고요하다 못해 적막하기까지 했다. 바닥 재료도 흡음제 역할을 해서 두 사람의 발소리조차도 들리지 않았다.

여자는 발걸음을 재촉하듯 앞장서서 걸었다. 남자도 눈을 조금 크게 뜨고 주변을 주의 깊게 둘러보면서 여자 뒤를 따라갔다. 남자는 수많은 대형 컴퓨터의 모습에서 중국 시안에 있는 비림碑林이 연상되었다. 비림은 글자 그대로 숲을 이룰 정도로 많은 비석과 돌로 만든 부조물로 이루어진 박물관이었다. 물론 중국이 사막의 모래로 뒤덮이기 전이지만.

뒤에서 따라가는 남자의 눈에는 여자가 비림의 부조물 사이를 이리저리 빠져나가는 것처럼 보였다. 흡사 귀신처럼 느껴지기까지 했다. 남자는 그렇다면 자신이 귀신을 쫓는 퇴마사인가 하는 생각에 슬며시 미소가 지어졌다.

여자는 전산실 맨 안쪽의 조그마한 방 앞에서 걸음을 멈추었다. 방에는 커다란 책상 하나가 공간의 절반을 차지하고 있었다. 책상 위에는 아무 장식 없이 30인치쯤 되는 모니터와 외양이 깨끗한 본체만 놓여 있었다. 본체는 켜져 있었고, 모니터는 아무것도 안 보이는 상태였다. 본체는 아주 오래된 구식 컴퓨터였다. 본체의 뒤에는 손가락 굵기의 선이 한 가닥 늘어져 있었다. 남자는 아마도 전산실의 메인 컴퓨터와 연결되어 있을 것이라 생각했다.

"그러니까 이게 …… 코 …… 인이라는 거군요."

남자는 짚이는 데가 있는지 검지로 옆머리를 콕콕 찌르며 말하자, 여자가 가만히 미소를 지었다. 여자가 의자를 내주자 남자가 앉았다. 여자가 휴대전화를 꺼내 모니터에 갖다 대었다. 화면이 곧 옅은 녹색으로 변하더니 차츰 연두색으로 밝아졌다. 여자가 책상 아래로 손을 넣어 고리를 잡아당기자, 잡지 크기만 한 회색 플레이트가 딸려 나왔다. 플레이트 위에는 터치스크린에 나타나는 키보드와 똑같은 게 그려져 있었다. 여자가 플레이트의 한 부분을 손가락으로 가리키며 남자에게 말했다.

"선생님의 파일카드를 거기다 대세요."

여자가 가리킨 곳은 키보드의 엔터키 아래쪽에 위치한 조그만 공간이었다. 공간은 파일카드보다 훨씬 작았다. 남자는 어깨를 으쓱해 보이며, 재킷 안주머니에서 지갑을 꺼냈다. 다시 지갑에서 파일카드를 꺼내고 여자를 바라보았다.

"그냥 그 판독대에 대시면 됩니다. 크기를 축소해서 판독하는 카메라가 내장되어 있거든요." 여자가 설명했다.

"역시 슈퍼퓨처사답군요. 이거, 소설에 써먹어도 되겠죠?"

"안 됩니다." 여자가 단호하게 말했다.

"농담입니다."

남자가 판독대에 파일카드를 대자 밝은 연두색 모니터에 모두 여덟 개의 폴더가 펼쳐졌다.

"제가 할까요?" 여자가 책상 위에다 손을 올리며 말했다.

"아, 아니요. 내가 직접 하겠습니다."

남자는 버릇처럼 손가락을 모니터로 가져가려다 겸연쩍게 웃으며 회색 플레이트 위로 두 손을 올렸다. 가상 마우스는커녕 터치패드조차 없었다. 남자는 당황한 듯 난로에 불을 쬐듯 두 손을 펼친 상태로 고개를 들자, 여자가 다시 설명했다.

"플레이트가 터치패드나 스크린이라고 생각하시면 됩니다. 문서 작업을 하지 않으면 키보드는 정지 상태거든요."

남자는 그제야 고개를 크게 끄덕이고는 플레이트 위에 검지를 올리고 모니터에 있는 여덟 개의 폴더를 모두 지정했다. 지정을 마친 여덟 개의 폴더가 초록색으로 바뀌었다. 그때 여자가 플레이트에 그려진 자판에서 F11과 인서트 키를 동시에 눌렀다. 갑자기 화면에서 모든 폴더가 사라지고, 모니터는 처음 상태처럼 아무것도 보이지 않았다.

"왜 이래요?"

당황한 남자가 눈을 동그랗게 뜬 채로 여자를 쳐다보며 묻자, 여자는 굳은 표정으로 대꾸했다.

"파일을 검사하는 겁니다. 얼마 전에 우리 전산실에 흑사병이 돌았거든요. 그때부터 파일 검사는 중앙컴퓨터가 일일이 해부를 합니다. 글자 하나하나, 부호, 행간까지. 그래서 시간이 좀 걸리죠. 파일 크기에 따라 다르지만, 그래도 일 분에 2~3테라 정도는 처리를 하니까 그렇게 많이 걸리지는 않을 겁니다."

"철저하다는 얘기는 들었지만 ……."

중앙컴퓨터가 파일을 낱낱이 검사하는 동안 남자는 마치 알몸을 내보이는 듯한 묘한 느낌을 받았다. 여자의 말대로라면 자신의 파일에 담긴 글자 하나하나, 수많은 행간들 사이로 차갑고 가느다란 금속의 혓바닥이 지나가고 있다는 거였다.

남자는 관념의 혓바닥은 실제의 혓바닥보다 훨씬 차갑고 이물스럽다고 여기면서, 그건 일종의 인과응보라고 생각했다. 자신이 그토록 애지중지했던 워킹노블 역시 그랬을 것이기 때문이다. 워킹노블에 붙은 관념의 혓바닥 역시 자신의 컴퓨터에 연결된 퓨어 텍스트의 글자 하나하나, 수많은 부호, 무수한 행간 사이로 미끄러져 갔을 것이다. 그러곤 그 혓바닥을 자신에게 내밀며 맛본 것을 일러바쳤을 것이다. 정보라는 이름의 그 맛을,

'이번엔 카프카의 문체가 어울릴 것 같군요', '캐릭터를 둘쯤 늘려요', '배경이 너무 어두우니 좀 밝은 곳으로 끌어내요', '아, 이번엔 경찰관의 이름을 필 레시로 하는 게 어떤가요?', '퓨어 텍스트에서 그 친구는 늘 쫓기기만 했으니, 이번엔 바꿔놓으면 독자들이 좋아할지도 모르죠', '종이달력은 너무 흔하니까 침을 뱉으면 나타나는 달력을 하나쯤 만드는 건 어떨까 싶은데 작가님 생각은 어떤가요' …… 따위를.

남자는 파일 검사가 진행되는 동안 초조함을 감추려는 듯 과장스런 몸짓을 하며 화제를 다시 미로에게로 돌렸다.

"아, 우리 아직 미로란 사람에 대해 얘기를 끝내지 않았죠? 아까 정보담당관님 말씀은, 파일에 나타난 미로와 실재 인간인 미로 사이에 차이가 있다는 건데, 구체적으로 어떤 건지 설명해주실 수 있나요?"

"그냥 써니라고 불려주세요. 제 생각은 중요하지 않아요. 저역시 파일과 실재가 다를 수 있는 사람일지 모르니까요. 그래

도 어쩔 수 없죠. 파일을 믿어야 하는 건 일종의 숙명이잖아요. 인간의 운명처럼요. 어쨌든, 우리가 갖고 있는 파일은 조작되지 않은 퓨어 텍스트니까 안심하세요." 여자가 말했다.

인터벤션　그렇다. 지금 여자는 '새로운 질서'의 정보통신담당관 써니다. 카페에서 미로에게 말을 걸었던, 공항에서 미로에게 알은체를 했던 그 여자다. 그리고 남자는 데일 볼룸. 미로가 사이버 작가라고 격하했던 그 작가다. 공항에서 정보담당 국장이 본부에서 데려온 데일 볼룸과 써니가 인사를 나눈 것을 우린 알고 있다. 슈퍼퓨처사 13층에 지금 둘이 있다. 그리고 그 13층은 슈퍼퓨처사 산하의 3개 연구소의 컴퓨터를 총괄하는 곳으로, 요타바이트급의 중앙처리 장치가 무려 서른 대가 넘게 비치되어 있는 전산실이다.

지금 이들은 무슨 일을 꾸미고 있는 것인가? 둘의 대화를 더 들어보자.

"퓨어 텍스트 …… 호호." 남자가 '퓨어 텍스트'란 말에 소리 내어 웃었다.

"사실, 전 미로 씨를 위험인물로 보진 않아요. 위험한 건 그 사람 아버지였죠." 여자는 남자의 웃음을 무시하며 자신의 생각만을 말했다.

"동의합니다. 닥터 클린워스는 꽤나 위험했죠. 신이 되고 싶어 했으니까."

"신 ...... ? 그 정도였나 ...... 요?" 여자는 놀란 표정을 지었다.

"정보담당관님, 아니 써니 씨, 당신은 소설을 별로 좋아하지 않는군요." 남자는 여자가 놀라는 모습을 보고 닥터 클린워스 소설을 전부 읽지 않았다고 확신했다.

"그럼 선생님도 꽤 위험하다는 얘기네요. 그 사람의 소설들을 거의 다 텍스트로 삼았으니까요."

"흐흐, 그렇게 되나요? 이제 분석기로 살펴보기만 하면 되겠군요. 글자 하나하나, 부호 하나하나, 행간 하나하나. 이제 곧 파일들은 당신들 손에 넘어갈 테니까요." 남자는 여자의 말에 아랑곳하지 않는다는 듯이 자신감 있게 말했다.

남자는 검정 비석들을 향해 팔을 쭉 뻗었다. 모니터가 녹색에서 연두색으로 밝아지고 있었다. 여덟 개의 폴더를 모두 분석한 결과 흑사병의 징후는 없다는 안내문이 떴다. 남자는 당연하다고 생각하면서, 한편으로는 안심하는 표정을 지었다. 일어날 확률이 제로에 가깝지만 그래도 컴퓨터가 오작동이라도 일으키면 고스란히 뒤집어쓸 수 있다는 생각에 어깨가 저절로 움츠러들었었다.

남자는 책상 앞으로 바짝 몸을 붙이고는 회색 플레이트 위에 다시 검지를 올려놓았다. 모두 지정된 여덟 개의 폴더를 다시 확인한 뒤 천천히 엔터키를 눌렀다. 여자가 휴대전화를 회색 플레이트의 소형 카메라가 내장된 공간으로 가져가려는 데, 남자가 그 공간을 손으로 가로막으면서 말했다.

"하나만 물어볼게요. 회장님한테는 감히 물어볼 수 없고 물어봐야 대답도 안 해주실 테니, 명색이 슈퍼퓨처의 전속 작가인 데일 볼룸으로 이 정도는 물어봐도 되지 않을까 싶네요."

여자의 미간에 깊게 골이 파이고 있었다. 남자는 여자의 표정에 상관없이 계속 말했다.

"제게 ADM 사업권을 넘기는 이유가 뭡니까?"

"그건 제가 대답할 수 있는 영역이 아니네요."

"아뇨, 난 그렇게 생각하지 않아요. ADM의 관건은 정보죠. 써니 씨는 정보를 관리하는 총책임자고 ……."

"책임자는 제가 아니라 이사님이라는 걸 잘 아실 텐데요. 전 그저 고용인일 뿐이에요. 공무원 봉급만으론 먹고살기에 빠듯한 아르바이트생에게 그런 중대한 일을 물으시면 곤란하죠." 여자는 남자의 질문을 애써 외면하는 답변만 했다.

"아니죠. 그거야말로 파일과 실재가 뒤바뀐 거죠. 써니 씨는 슈퍼퓨처사의 모든 걸 갖고 있는 사람이에요. 회장은 돈을 갖고 있지만, 당신은 그 돈을 하루아침에 휴지로 만들 수 있는 사람이니까요. 마음만 먹으면. 정보가 돈이라는 건 예부터 전

297

해오는 진리가 아니던가요?"

여자는 남자의 말에 대꾸할 가치가 없다는 표정을 지으며 입을 굳게 다물었다. 남자는 여자의 입술에서 미세한 경련이 일어나는 걸 놓치지 않고 보았다. 여자는 그런 남자의 시선을 피하면서 대답했다.

"뭔가 잘못 아신 것 같네요. 슈퍼퓨처사의 전산실을 움직이는 건 제가 아니라 오르간입니다. 잘 아실 텐데요?"

"물론 알죠. 인간처럼 통제하고 관리하고 조합하고 정렬하는 유기체 컴퓨터."

"그걸 아시는 분이 저한테 이런 식으로 말하면 곤란하죠." 여자가 말했다.

"천만에요. 기계는 어차피 기계일 뿐, 결국 그 기계를 통제하고 관리하고 조합하고 정렬하는 건 인간이죠."

"선생님은 인간을 너무 믿으시는군요. 이제 컴퓨터는 대부분 자신을 통제해요. 정전이 되면 자가발전을 하고, 바이러스는 차단하고, 차단되지 않는 바이러스는 함정에 몰아넣고, 인위적 관리 시스템에 저항하고, 어지간한 열과 충격에는 타지도 부서지지도 않죠."

"써니 씨야말로 기계를 너무 믿으시는군요. 그리고 인간을 너무 얕잡아보시는 군요. 결국 마스터키를 가진 건 인간입니다."

남자는 여전히 엔터키 아래를 손으로 가로막은 채 절대 물러설 수 없다는 듯이 여자를 쳐다보며 단호하게 말했다.

"제가 워낙 의심이 많은 사람입니다. 써니 씨 당신이 만약 ADM 사업에 저와 동참을 해준다면 모를까, 제가 받을 정보가 정확한 정보라는 걸 어떻게 보장합니까? 그렇지 않나요? 먼저 얘기해줄 것 같지 않아서 제가 물어보는 겁니다. 다시 묻겠습니다. 왜 제게 ADM 사업권을 넘기는 겁니까? 목숨을 걸고 스피릿 필드의 극소위성에 데이터를 저장한 건 미로이고, 그 정보를 통째로 관리하는 사람은 써니 씨 바로 당신인데, 왜 아무 상관도 없는 제게 ADM을 맡기는 겁니까? 조금만 생각하면 누구든 의심하지 않겠어요? 제게 사업권이 넘어왔을 때 미로도, 당신도 과연 괜찮은 겁니까? 가만히 있을 수 있나요?"

"저는 빼주세요. 저는 그런 사업을 할 수 있을 만큼 지갑이 두꺼운 사람도 아니고, 야심 같은 것도 없어요. 그저 늙으면 동네에다 조그만 구멍가게나 하고 살면 족합니다. 그리고 미로란 사람도 제가 알기론 당신 같은 야심가는 아니에요."

"써니 씨가 파일과 실재가 다르다고 말한 건, 그리고 미로란 사람이 야심가가 아니란 건 파일인가요, 실재인가요?"

"제 판단입니다." 여자가 말했다.

남자는 회색 플레이트를 가로막고 있던 손을 아직 움직일 생각이 없다는 듯이 여자에게 물었다.

"다시 묻죠. ADM이 왜 제게 넘어왔습니까?"

"꼭 듣고 싶으세요?" 여자가 되물었다.

"물론."

"그럼 말씀드리죠. 우선, 그 손부터 치워주세요. 어차피 제가 하는 대답으로 사업권을 포기할 선생님이 아니잖아요. 전제 할 일을 다 해놓아야 안심이 되는 소심한 사람이거든요."

여자는 회색 플레이트에 올라져 있던 남자의 손을 가만히 옆으로 밀쳐냈다. 그러고는 자신의 휴대전화를 엔터키 아래 조그만 공간에다 올려놓았다. 녹색으로 범위에 잡혀 있던 여덟 개의 폴더가 화면 오른쪽 하단의 SFSuper Future라고 쓰인 폴더 속으로 빨려 들어갔다. 얼마 있지 않아 모니터가 다시 어두워졌다. 그 모습을 지켜보던 남자가 의자에서 몸을 일으키며 다시 여자에게 물었다.

"써니 씨, 이제 대답을 해주실까요? 내 목숨과도 같은 걸 넘겼으니."

"선생님이 제 얘기를 들으시려면 인내심이 좀 필요합니다."

여자는 검은 비석들 사이로 걸음을 옮기기 시작했다. 멍하니 지켜보던 남자도 그 뒤를 따라 걸음을 옮겼다.

유리

"유리, 너 정말 죽은 거니?"

"응."

"그럼 지금 넌 누구지?"

"유리."

"그렇다면 유리는 둘이겠네.
 살았을 때의 유리와 죽은 뒤의 유리."

"아니. 둘만 있는 건 아니야.
 더 많을 수도 있어."

"널 만질 수 있을까?"

"물론이지.
 하지만 대가를 치러야 할 거야."

"무슨 대가?"

"그건 나도 몰라.
 하지만 그걸 무릅써야 할 거야."

"혹시, 널 만지게 되면 나도 죽게 될까?"

"미로야, 죽음이 두렵니?"

"두렵진 않아. 그렇지만 끔찍하긴 해."

"죽음보다 더 끔찍한 건 얼마든지 많아."

"유리, 네가 없는 것만큼 끔찍한 건 없어!"

"그래, 그건 좀 끔찍하지.
 내 옆에 네가 없어서 나도 그러니까."

25

미로는 '타벨의 마술가게' 앞에서 선뜻 도어 버튼을 누르지 못하고 머뭇거리고 있었다. 이유는 알 수 없었다. 고약한 가게 주인이 어떤 질문을 던질지 두려워서 그런 것도 아니었다. 입장이 거절당하면 어떻게 할까 걱정이 된 것도 아니었다.

미로는 이런저런 생각을 하다가 문득, 자신이 왜 여기에 와 있는지, 과연 자신이 여기에 올 필요가 있었는지를 자신에게 물었다. 만약 거절당한다면 어쩌면 그건 우연이 만들어낸 가장 행복한 결과일지 모른다고 생각했다.

'나는 왜 죽음 이후의 일을 알고 싶은 걸까?, 그건 이미 잊어버린 정보를 머릿속에 입력하는 일에 불과한데 ……, ADM을 사용했다가 모든 걸 기억하는 사람이 되어서 진짜 악몽 속에 살아가게 될지도 모르는데 …….'

미로는 생각이 분명해졌다는 듯이 어금니를 꽉 깨물고, 도어 버튼을 눌렀다. 아득한 곳으로 흘러가는 파동이 느껴졌다.

이내 그 파동이 쇳내 나는 음파로 되돌아왔다.

"무슨 일이오?"

미로는 힘껏 침을 삼키며 큰 소리로 대답했다.

"동전마술도 하나요?"

카드키에 내장된 스피커 밖으로 거친 숨소리만 들려올 뿐 아무 소리도 나오지 않았다. 그러다가 뭔가를 발로 걷어차는 것 같은 소리가 들려오고, 이어서 신경질적인 목소리가 튀어나왔다.

"이제 마술 같은 건 안 해. 난 마술사가 아니야!"

좀 전의 목소리와는 완연히 달라서, 미로는 '두 사람인가?' 하고 의아하게 생각했다.

미로는 뭐라고 대답해야 할지 난감했지만, 그렇다고 딱히 할 말도 없어서 그냥 기다렸다. 스피커 밖으로 튀어나온 목소리에는 알코올 기운이 잔뜩 묻어 있었다. 빨강 머리 여자의 말처럼 내일 다시 와야 할지도 모른다는 생각을 하며, 어둑한 주위를 둘러보았다. 그때였다.

문이 덜컹하고 빼꼼히 열리더니 덥수룩한 모습에 덩치 큰 남자가 나타나서 말했다.

"마술할 줄 아는 거 있소?"

"아, 예 …… 포싱 덱 정도 ……."

미로는 순간 머릿속에 떠오른 대로 머뭇거리며 둘러댔다.

"포싱 덱? 그게 무슨 마술이야, 똑같은 카드 갖고 하는 장난이지."

남자의 말에 미로는 '진짜 마술산가?' 하는 생각에 '타벨의 마술가게' 간판을 쳐다보았다. 새삼스레 다시 보니 글씨가 지저분한 간판에 작은 크기로 새겨져 있었다. '타벨' '타벨' …. 왠지 낯설지 않았다. 그러고 보니 막연하게 주인의 이름이라고 생각했던 '타벨'이 지난 20세기 최고의 마술사 할란 타벨을 가리키는 걸 미로는 그제야 깨달았다. 생각이 거기까지 미치자, 마술을 배워도 나쁘지 않겠다는 생각까지 들면서 자연스레 능청스러운 말까지 흘러나왔다.

"재주가 없어서, 마술을 좀 배울까 해서 왔습니다."

남자가 진짜 마술사라면 미로는 배우고 싶다는 생각이 들었다.

"배워서 뭐 하게?"

"뭐 …… 제 아들을 기쁘게 해주려고 …….'

미로는 천연덕스럽게 입에서 흘러나온 거짓말에 자신이 더 놀라서 흠칫했다.

"괜찮은 아빠구먼." 남자의 말투가 한결 부드러워졌다.

딸깍, 하고 자물쇠가 풀리는 소리가 들리더니 문이 스르르 열렸다. 막상 문이 열리자 미로의 가슴이 덜컥하고 내려앉는 것 같았다. 긴장감이 밀려오면서, 양쪽 주먹이 불끈 쥐어졌다.

가게 안으로 들어서자 나무 타는 냄새가 났다. 실내는 빨강 머리 여자의 가게와는 달리 어둑하고 가구가 거의 없었다. 텅 비었다고 해야 할 정도로 휑했다. 커다란 책상 하나만이 정면으로 출입문을 마주 보고 놓여 있었다. 책상도 녹이 잔뜩 슨 철제였다. 책상 위에 올라져 있는 향꽂이에서 향이 조용히 타고 있었다. 처음 맡았던 나무 타는 냄새의 진원지는 향이었다. 벽 위 한쪽 구석에는 먼지 더께가 가득 앉은 환풍기 두 대가 요란스럽게 돌아가고 있었다. 실내가 조용해서 환풍기 소리가 유난히 크게 들렸다. 바닥 한편에는 온풍기가 삐죽이 놓여 있는데, 작동이 되고 있지 않아 보였다.

덩치 큰 남자는 문을 열어준 것으로 자신이 할 일은 마쳤다는 듯이 미로에게 무심했다. 실내에는 남자와 미로, 둘뿐이었다. 미로는 두리번거리며 주인을 찾았다. 덩치 큰 남자의 태도로 봐서는 마술사도, 주인도 아닌 것 같았다. '주인이 외출했으며 기다려야 하나? 설마 마술사처럼 연기를 피우면서 나타나는 건 아니겠지?' 하며 지레짐작하고 있는데, 어디선가 사람 말소리가 들려왔다.

"닥터 클린워스 주니어?"

미로는 갑자기 들려온 목소리에 주춤하며 한 발 물러섰다. 뒷골이 서늘해지면서 순식간에 온몸에 소름이 끼쳤다. 틀림없이 온풍기 옆에는 아무것도 없었는데, 다시 자세히 보니 문이 하나 달려 있었다. 문에는 작은 창문이 유리 없이 뚫려 있었다. 수염이 얼굴을 덮고 있는 털보 사내가 그 창문으로 보였다. 마치 사내의 얼굴을 정밀하게 그려놓은 액자처럼 보였다. 정말 마술을 보는 것 같았다. 털보 사내는 미로를 알고 있는 모양새였다. 알고 있다면 빨강 머리 여자나 쿠마르 교수한테서 들었을 거라고 미로는 짐작했다.

"부친을 닮았으면 순발력이 대단할 거라고 생각했는데, 실망이야. 문을 안 열어주려고 했지."

"죄송합니다. 제가 워낙 …… 주변머리가 없어서." 미로가 얼떨결에 대답했다.

"주변머리는 확실히 없는 것 같고, 머리 좋다는 얘기는 많이 들었지. 자네 부친은 늘 자기보다 아이큐가 두 배는 높다고 아들 자랑을 늘어놓곤 했지."

그 말을 듣는 순간 미로의 머릿속이 뒤엉키기 시작했다. '설마 그 말은 털보가 아버지를 그냥 아는 게 아니라 만났다는 얘긴데, 아버지가 언제? 이런 곳에?' 그러다가 '그런데 저 시꺼먼 털보는 언제까지 저기 저 창문에 붙어 있으려나?'라는 생각을 하던 차였다.

털보 사내가 손가락 하나를 창문 밖으로 꺼내놓고 까닥까닥 움직였다. 미로에게 가까이 오라는 신호였다. 미로는 털보가 있는 문 쪽으로 천천히 걸음을 옮겼다.

"파일은 어디 있나? 카드? 전화?"

"아, 예."

미로는 재킷 안주머니에서 지갑을 꺼낸 다음 카드를 뽑아 털보 사내에게 건넸다. 시꺼먼 수염 속에서 사내의 눈이 반짝이고 있었다. 막상 사내의 눈빛을 보니, 빨강 머리 여자가 눈을 마주치지 말라는 말이 그저 엄포였다는 것이 느껴졌다. 사내의 눈은 결코 메두사의 눈이 아니었다.

순간 털보 사내의 모습이 창문에서 사라졌다. 잠시 후 이런저런 전자음들이 들려왔다. 미로는 아마도 털보 사내가 리더기로 카드를 읽고, 파일을 찾아내 컴퓨터로 옮길 거라고 생각했다. 미로는 창문 안쪽을 들여다보려고 살그머니 허리를 숙였다. 그 찰나에 털보 사내의 목소리가 들려왔다.

"어느 쪽인가? UR이야, CW야."

미로는 얼른 창문에서 떨어져서 허리를 펴고, 두 손을 바지 주머니에 찔러 넣었다. UR은 유리를, CW는 클린워스 박사를 의미했다.

"아, 예 …… 가능하면 둘 다 …….." 미로는 되도록 침착하게 대답하려고 했다.

대꾸가 없었다. 몇 개의 전자음이 들리더니 쏫내 나는 털보 사내의 목소리가 다시 들려왔다.

"죽으려고 환장했구먼. 그리고 둘 다는 되지 않아. 클린워스 파일은 손상됐어."

"예? 그럴 리가 ……." 미로는 믿을 수 없었다.

"입력할 때부터 오염됐어. 어디서 받은 거야?"

"연구소에서 ……."

닥터 클린워스의 정보를 슈퍼퓨처사의 전산실만큼 완벽하게 보관하는 곳은 없었다. 스피릿 필드 연구소가 생기면서 윤준승 박사의 기존 정보는 물론이고 소설, 논문, 연구자료, 일기 그리고 사소한 메모까지 모두 DB에 저장되었다. 그것도 슈퍼퓨처 전산실에서 유일하게 사용하는 프로그램을 통해서만 분석과 정렬, 관리가 이루어졌다. 그리고 이후 5년 동안 미로가 스피릿 필드 현장과 연구소에서 축적한 모든 데이터를 하나의 파일 안에 담았다.

외부 자료는 전혀 들어가 있지 않았다. 만약 파일이 오염되었다면, 의심할 곳은 연구소의 컴퓨터뿐이었다. 하지만 연구소의 컴퓨터는 어떤 해커도 뚫을 수 없는 고밀적高密積 차단벽이 설치되어 있었다. 큐릭은 "보안국 정보부에서 정기적으로 진행하는 각국의 전산망해킹 시뮬레이션 중 유일하게 뚫리지 않는 곳이 슈퍼퓨처사 전산실이야"라고 했었다. 그러면서 "지나치게 깨끗한 물에선 물고기가 살지 않지"라고 하면서, "슈퍼퓨처사 전산실이 그래"라고 했었다.

"파일 오염은 기계 안에선 물리적 오염하고 똑같아. 이걸 만약 자네 머릿속에 집어넣는다면 금방 뇌종양에 걸려버릴걸세. 녹슨 칼로 수술하는 거랑 같다고 생각하면 돼. 연합국 새끼들이 ADM을 그렇게 급하게 거둬들인 이유가 뭔지 아나? 이게 들통이 날까 봐서지. 오염된 파일이 실제로 뇌를 오염시킨다는 게 밝혀지면 …… 무슨 말인지, 더 설명하지 않아도 알겠지? 요컨대, 오염된 파일을 사용하는 건 자살행위야. 살인 무기라고 하는 편이 더 낫겠구먼."

미로는 창문 쪽으로 살그머니 다가가 허리를 숙이고 안을 들여다보았다. 어둠침침했다. 사내의 등에 가려서 잘 보이지는 않았지만 등받이가 높은 의자 하나가 놓여 있는 것 외엔 이쪽이나 저쪽이나 별반 달라 보이지 않았다. 그런데 저 등받이 높은 의자 ……. 미로는 그 의자가 뭔지를 알 것 같았다. ADM이었다. 아마도 닥터 클린워스와 쿠마르 교수가 처음 만들었던 그 모델. 퓨어 텍스트다!

"슈퍼퓨처 파일이 오염될 리가 없을 텐데요." 미로는 짐짓 확신하는 투로 말했다.

"오, 그래? 그럼 이게 망할 놈의 슈퍼 파일이란 말이야?"

"예?"

"자넨 그런 말도 모르나? 물이 너무 맑으면 물고기가 살지 않는다는. 맑은 물에 왜 물고기가 살지 않는지 알아? 먹을 게 없어서? 아니, 한번 오염돼버리면 삽시간에 끝장나버리니까."

털보 사내가 창문 가까이 오는 소리를 듣고 미로는 숙였던 허리를 펴고 얼른 한 걸음 물러섰다.

"거기서 살면 면역성이 길러지지 않거든. 그래서 물고기들이 다 도망치고는 아예 돌아가려 하지 않는 거야. 살기 위해서지. 파일도 마찬가지야. 지저분한 놈들이 들락날락한 파일, 그래서 위험한 놈이 어떤 놈인지 금방 식별할 줄 아는 눈을 가진 파일, 그게 진짜야. 오염이란 건 흠집과는 달라. 흠집은 치명적이지만 오염은 씻어내면 되거든. 씻어내면 깨끗해져. 처음부터 깨끗한 놈보다 더 깨끗해질 수도 있지. 더러운 게 뭔지 아니까. 나 같은 놈처럼."

털보 사내는 거기서 잠깐 숨을 돌리고 다시 말을 이었다.

"슈퍼퓨처 전산실은 자네 아버지 같지. 청순하고 순수하고 맑고 투명한. 그래서 한번 오염되면 끝이야. 뭔 소린지 알겠어? 머리가 클린워스보다 두 배는 좋다니 뭔 말인지 알겠지."

미로는 여전히 무슨 뜻인지 알 수 없었다. 털보 사내는 멀뚱한 미로의 표정을 보고 코웃음을 치더니 다시 입을 열었다.

"자네 카드 속에는 파일이 두 개 있어. UR은 적당히 오염되었다가 적당히 복구된 놈이야. 그런데 슈퍼퓨처에서 받은 클린워스 파일은 완전히 깨끗한 놈이지. 그래서 내 컴퓨터로 읽히기만 했는데도 오염이 돼버린 거야."

미로는 조금은 알 것 같다는 표정을 지었다. 아니, 거의 완전히 이해할 수 있었다. 하지만 뭐라고 대꾸할 말이 떠오르지 않았다. 묵묵히 사내의 다음 말에 귀를 기울였다.

"슈퍼퓨처 놈들은 자기들이 최고라고 알고 있지. 하지만 그냥 세계 최고로 깨끗한 놈들일 뿐이야. 끊임없이 세탁하고 청소하고 말리고 털어내야만 현상이 유지되는. 결국 그런 놈들은 자기네들이 살던 곳에서만 살 수밖에 없어. 밖으로 나오면 이렇게 죽어버린단 말이야."

털보 사내는 말을 끝내고 미로를 잠시 바라보다가, 손에 들고 있던 카드를 까닥까닥 움직였다.

"자, 마음이 바뀌지 않았다면 어디 시작해볼까?"

카드가 오염됐다는 말에 반쯤 포기하고 있던 미로는 또 다시 한 방 먹었다는 느낌이 들었지만, 생각을 정돈할 겨를도 없이 별안간 창문이 닫히고, 문이 열렸다.

26

"단둘이서 회의를 하자는 거요?"

여자가 엘리베이터 38층 버튼을 누르는 걸 보고 남자가 빈정거리는 투로 말했다. 각 층의 버튼 옆에는 연구소의 로고와 픽토그램이 붙어 있었다. 38층 버튼 옆에는 회의실을 표현하는 탁자 하나와 그 둘레로 의자가 그려져 있었다.

"데이트할 일은 없죠."

여자의 목소리에 상냥함이 묻어나진 않았지만 신경질적인 기미도 없었다. 하지만 여자의 표정이 조금씩 싸늘해져가는 걸 남자는 눈치채고 있었다. 여자의 그 모습을 본 남자의 입가에 어줍은 미소가 떠올랐다.

"사납게 굴진 말아요. 난 나쁜 남자가 아니라오."

"비밀 얘기를 해드려야 하는데, 마땅한 장소라곤 회의실밖에 떠오르질 않아서요."

여자가 다소 누그러진 목소리로 말했다.

"내 생각엔 미로 그 사람 연구실이면 더 좋을 것 같은데 ……."

여자는 남자를 바라보며 묘하게 웃었다. 빈정거리는 건지, 흐뭇해하는 건지 알 수 없었다.

"그것도 괜찮은 생각이긴 한데요, 거기 가면 마음이 좀 흔들릴 것 같네요."

남자의 눈이 이유를 묻고 있었지만, 여자는 대답하지 않았다.

엘리베이터가 38층에 멈추고 여자가 먼저 밖으로 나섰다. 자동문이 열리고 회의실 안으로 두 사람이 들어갔다. 회의실 한쪽 전면이 통유리로 되어 있었다. 남자는 넓은 유리창 너머로 펼쳐진 동해 바다를 바라봤다. 한 치의 미동도 느껴지지 않는 새파란 바다가 마치 그림 같았다.

인터벤션 혹시 『듀플의 괴담』이라는 소설을 아는가? 『자살유언』이라는 것에 대해선 좀 들어봤을 것이다. 전자는 닥터 클린워스가 서른다섯 살에 출간한 작품집에 실린 단편소설이고, 후자는 그 소설을 퓨어 텍스트로 삼아서 혼성모방한 데일 볼룸의 소설이다. 어쨌든 클린워스 박사의 단편소설 『듀플의 괴담』에는 이런 내용이 나온다.

복제인간을 만들어내는 듀플사라는 세계적인 의료 기업이 있다. '듀플사'의 듀플은 물론 2배라는 뜻을 가진 영단어지만, 기업의 이름은 회장인 레온 크레머 듀플Leon Cramer Duple의 패밀리네임에서 따왔다. 그의 성을 생각해보면 복제인간을 만들어야 할 운명을 타고났을지도 모른다. 아무튼, 그가 죽었다. 그리고 사후 그의 유언장이 공개되었다. 그의 유언장에는 네 가지 사항이 적혀 있었다.

첫째, 자신의 성기에서 추출한 세포로 복제품을 만들 것.

둘째, 자신의 '복제품' 이름을 레온 크레머 듀플 주니어라고 할 것.

셋째, 레온 크레머 듀플 주니어의 열네 살 생일날 자신과 관련된 모든 데이터를 그에게 줄 것.

넷째, 열네 살 이후에는 일체의 일을 레온 크레머 듀플 주니어의 판단에 맡길 것.

듀플 회장의 유언은 그대로 집행되었다. 그렇게 태어난 레온 크레머 듀플 주니어는 자신의 열다섯 살 생일날, 축하를 위해 찾아온 고문변호사와 면담을 하면서 "사람을 딱 하나만 죽이면 안 될까요? 불가능하겠죠?" 하고 물었다. 변호사는 불가능하다고 대답했다. 그러자 듀플 주니어는 이렇게 말했다.

"그래요. 그럼 저 자신을 죽일게요. 제가 죽고 난 뒤에 저를 복제해주세요. 그리고 저와 똑같이 그 친구가 열네 살이 되면 아버지와 저의 데이터를 모두 주세요. 그리고 그가 어떻게 하는

지 꼭 지켜봐 주세요."

열네 살 이후에는 일체의 일을 듀플 주니어의 판단에 맡기라고 한 듀플 회장의 유언에 따라 고문변호사는 그의 말에 동의하고 난 뒤 이렇게 말했다.

"그게 무슨 의미가 있을까? 어차피 자넨 그 친구가 어떻게 하는지를 알지 못할 텐데."

변호사의 말에 레온 크레머 듀플 주니어는 그저 웃기만 할 뿐, 아무 대답도 하지 않았다.

회의실에 들어온 두 사람은 한동안 아무 말 없이 창밖만 바라보았다. 잠시 후 남자가 의자를 끌어다 앉자, 여자가 단상 옆에 놓인 백색보드에 불을 켰다. 그러곤 보드 아래 서랍에 놓인 전자펜을 집어 들었다. 여자는 전자펜의 꼭지에 달린 버튼을 눌러 붉은색으로 맞추고는 하얀 보드 위에다 뭔가를 쓰기 시작했다.

After-Death Machine

여자가 남자 쪽으로 고개를 돌려 쳐다보았다. 남자는 탁자에 왼쪽 팔꿈치를 댄 채 턱을 괴고 여자를 바라보고 있었다.

"이제 ……"하고 여자가 천천히 입을 열었다.

"모든 게 그저 우리 두 사람의 기억에만 남게 되었네요. 당신의 파일들은 중앙컴퓨터 속으로 모두 들어갔고, 그걸 꺼내 쓸 수 있는 사람은 아무도 없어요. 세월이 흘러 컴퓨터에 심어놓은 '아무에게도 주지 말라'는 인공지능의 의식을 풀어낼 재주가 있는 사람이 나타나기 전까지는. 그때까지는, 우린 그저 쓸쓸한 공모자의 추억이나 되씹고 있겠죠."

"쓸쓸한 공모자라 …… 언제 그런 제목의 소설을 하나 써야겠군요." 남자가 말했다.

"그 소설은 읽지 않아도 알겠네요. 죽은 사람이 14년 뒤의 아들에게 메일을 보내고, 그 아들은 아버지를 만나기 위해 모험을 떠나고."

"그 아들의 모험을 어떻게 끝냈으면 좋겠어요?"

남자의 질문을 받는 여자의 얼굴이 갑자기 굳어졌다. 여자의 표정에 남자가 당황한 듯이 주춤거리며 얼버무렸다.

"뭐, 죽인다는 건 너무 잔인하지만 ……."

"당신은 좋은 소설가였어요." 여자가 말했다.

남자는 여자가 사용한 과거형 동사와 '당신'이란 단어를 듣고 미간을 찡그렸다. 여자가 말을 이어갔다.

"클린워스 박사도 그렇게 생각했죠. 그분이 당신 소설에 대해 쓴 글을 읽은 적이 있어요. 당신도 당연히 읽었겠죠. 전문이 다 기억나진 않지만, 인상적인 문장은 기억에 남아 있어요. — 이름이란 주소와 같은 것이다. 중요한 건 그 안에 사는 사람이다. 데일 볼룸이라는 주소를 가진 집에는 아주 소중한 사람이 살고 있다. 그가 살고 있는 집은 어쩌면 닥터 클린워스가 살았던 집인지도 모른다. 소중히 잘 가꾸어갔으면 좋겠다."

여자를 바라보던 남자가 시선을 돌려 유리창 너머 동해 바다를 쳐다보았다.

여자는 남자의 행동을 지켜보며 차분하게 말을 이어갔다.

"클린워스 박사는 당신이 자신의 소설에서 중요한 부분들을 표절하고 있다는 걸 알고 있었어요. 그래서 그런 글을 쓴 거죠. 완곡하게, 알아듣도록."

여자는 잠시 숨을 돌리고는 다시 말을 이어갔다.

"그런데 당신은 한술 더 떴어요. 워킹노블이란 기막힌 프로그램을 만들어냈으니까요. 아마도 당신이 클린워스 박사보다 뛰어나다면 바로 그 점일 거예요. 당신은 도저히 넘을 수 없는 벽을 아주 가볍게, 튼튼하고 날렵한 사다리를 타고 넘어갔어요. 클린워스 박사는 그 벽을 멍하니, 그저 멍하니 지켜볼 뿐이었죠."

"기발한 소설이군. …… 가만 보니 당신은 소설에 천부적인 소질을 타고났군요."

남자는 여자의 말이 신경에 거슬렸지만 아무렇지 않다는

듯이 위트 있게 넘기려 했다. 여자는 이에 응하지 않고, 계속 말을 이어갔다.

"소설 비슷한 걸 쓴 적은 있지만, 저의 천부적인 재능은 컴퓨터 기술이에요. 사라진 포털사이트 속으로 들어가 죽은 아버지가 14년 뒤의 아들에게 메일을 보내는 기술을 쓸 수 있는, 또는 통신망을 교란해 유령 번호를 만들어 죽은 애인이 살아 있는 연인에게 전화를 걸게 하는 기술 따위 같은, 그런 허접한 기술 ……."

"그런 얘기까지 들을 줄은 몰랐는데."

남자의 말에 여자는 상관없다는 듯이 진짜 얘기를 꺼내놓기 시작했다.

"소설 얘기는 그만두고 우리 얘기를 시작하죠. 슈퍼퓨처사가 ADM 사업권을 왜 선생님께 드렸을까요?"

"……."

여자의 말을 들은 남자의 얼굴이 붉게 상기되었다. 가느다란 금빛 머리카락까지 부르르 떨리는 것 같았다. 하지만 침묵을 지키며 여자의 다음 말을 기다렸다.

"그게 혹시 함정이라는 생각은 안 해보셨나요?"

"……."

순간 남자의 얼굴이 납빛으로 변했다. 여자는 부드럽지도 차갑지도 않은 목소리를 유지하면서 말했다.

"물론 함정이라고 할 필요까진 없겠죠. 선생님께서 얼마나 역량을 발휘하느냐에 따라 달라질 수 있으니까요. 이건 어디까지나 회장님의 생각이고 …… 물론 제 대답은 회장님과 같지 않을 수도 있고요"

남자가 더 이상 참을 수가 없다는 듯 자리에서 벌떡 일어났다.

"써니, 당신 아주 건방지군."

"그래요, 전 아주 건방져요, 볼룸 선생님."

여자는 손에 쥐고 있던 전자펜으로 백색보드 위에 쓰여져 있는 붉은색 글씨 위에 천천히 '×'를 그었다.

"볼룸 선생님은 ADM의 부작용을 완전히 제거할 수 있는 방법이 있다고 생각하시죠. 완벽한 정보의 입력에 있다고 말이에요. 정보가 완벽하면 할수록 죽은 자를 완벽하게 불러낼 수 있다고 말이에요! 아시다시피 선생님의 소설에 아주 자세히 묘사된 얘기예요. 그 얘기는 지상 최후의 낭만주의자이신 회장님의 마음을 움직였어요. 회장님은 결국 실현 불가능한 걸 알면서도 완벽한 정보 입력 시스템을 구축하기 위해 스피릿 필드를 재현하는 데 천문학적인 숫자의 돈을 퍼붓기도 했어요. 지금은 그 돈이 ADM 사업으로 옮겨가지만요. 선생님은 그걸 해내신 거예요. 어쨌든 선생님께 ADM 사업권이 주어졌으니까요. 정말 대단해요, 선생님."

남자는 화가 나서 더 이상 참을 수 없다는 듯이 의자에서 벌떡 일어났다. 여자도 지지 않고 단상에서 내려왔다. 무슨 일이 일어날 것처럼 살벌하게, 둘은 서로를 노려보았다.

잠시 후 여자는 아직 할 말이 더 남았다는 듯이 말을 이어갔다.

"ADM, 이게 만약 성공한다면, 그래서 선생님 소설에 나오는 것처럼 전 세계에 맥도날드만큼이나 ADM 체험방이 생긴다면, 그러면 스피릿 필드에 투자된 돈의 몇 배를 단번에 벌어들이겠죠. 그런데 성공 가능성이 어느 정도나 될까요?"

"그건 당신이 걱정할 바가 아니야."

남자는 화가 난 채 성난 말을 내뱉으며 출입구 쪽으로 발길을 돌려 뚜벅뚜벅 걸음을 옮겼다. 자동문이 열린 것과 여자의 말소리가 흘러나온 것은 거의 동시였다.

"더 큰 부작용이 생긴다면, 결국 당신은 자신이 판 함정에 스스로 걸어 들어간 꼴이 될 거예요."

남자가 나가고 자동문이 닫혔다.

혼자 남은 여자는 남자가 사라진 문에서 시선을 돌려 창밖으로 펼쳐진 바다를 바라보았다.

27

아무것도 보이지 않는다.

'죽음이구나, 이런 게 죽음이란 거구나.'

미로는 움직이지 않으려 애썼지만, 몸이 저절로 어딘지 모르는 안쪽으로 빨려 들어가고 있다고 느껴졌다. 얼마쯤 지나자 빨려 들어가는 속도가 느려졌다. 이번엔 발이 천천히 움직이는 거 같았다. 어딘가를 향해 점점 안으로 들어가고 있었다. 어둠이 더욱 짙어지고, 저 어둠 어딘가에서 뭔가가 나타날 것만 같았다.

미로는 물속에 있는 것처럼 느껴졌다. 아무 소리도 들리지 않았다. 물방울 소리 같은 게 들렸다. 어디선가 나무망치로 매끈하고 단단한 타일 바닥을 두드리는 소리가 들리는데, 확실치는 않았다.

미로는 모든 게 환시이고 환청일 거라고 스스로에게 인식시켰다.

"2027년 11월 1일 ……."

비교적 명료한 목소리가 들려왔다. 미로는 '타벨의 마술가게'의 털보 주인의 쉰내 나는 목소리일 거라고 생각하면서도, 그 생각을 마치 낯선 타인이 한 것처럼, 먼 풍경을 바라보는 것처럼 느껴졌다.

11월 1일 …… '맞아, 아버지가 내게 메일을 보낸 날이지'라는 기억이 떠올랐다. 그 생각을 하자 짙은 어둠 속을 더듬거리며 무겁게 걷던 발길이 순간 가볍고 부드러워졌다. 갑자기 미로의 눈앞이 환하게 밝아졌다. 너무 환해서 아무것도 볼 수 없었다. 태양을 정면으로 올려다보고 있는 것처럼 눈을 제대로 뜰 수도 없었다. 그런데 눈부심으로 인한 눈의 고통이 느껴지지 않았다. 그냥 환하다는, 무척 밝다는 ─ 그런 느낌이었다.

얼마큼 흘렀을까. 밝은 빛에 갇힌 채 하염없이 시간이 흘러가는 것 같았다. 뭔가 휙, 소리를 내며 지나갔다. 소리 나는 쪽으로 고개가 움직이는데, 몸은 움직이지 않았다. 어린 여자아이가 묶은 머리를 팔랑이며 뛰어갔다. 이상했다. 여자아이는 분명히 뛰어가는데, 거리가 전혀 멀어지지 않았다. 그러고 보니 낯익은 아이였다. 유리? 유리였다. 근데 이름을 부르려 하는데 부를 수가 없었다. 누군가가 입을 꽉 틀어막고 있는 것 같았다. 주변은 여전히 환한데, 주위의 그 어떤 모습도 어떤 것도 볼 수 없었다. 유리가, 어린 유리가 뛰어가는 모습밖에는 보이지 않았다.

미로는 의식 한편에 지금 보는 것이 실제가 아니라는 걸 자신에게 인식시키려 했다.

"2031년 9월 22일……."

다시 명료한 목소리가 들려왔다. 이번엔 또렷하게 들렸다. 목소리는 지난번 목소리와 같았다. 그때, 환한 빛 속에서 뛰어가는 여자아이가 뒤를 돌아보았다. 여전히 눈에 익었다. 누굴까? 왠지 유리가 아닌 것 같았다. 언뜻 보기에는 오히려 마리 같기도, 아니 나오미 여사의 어릴 적 모습 같기도 했다. 그러다 그 모습이 그 누구도 아닌, 언젠가 본 것 같기는 하지만 도무지 생각이 나지 않는, 낯선 여학생의 얼굴로 변했다. 그런데도 미로에겐 여전히 유리라고 여겨졌다.

'잊고 있어서 그런지도 몰라'라고 미로가 자신을 위로하는데 여자아이가 미로에게 손을 쑥 내밀었다. 마치 악수를 청하는 것 같았다. 웃는 얼굴이었다. 희미하게 말소리도 들렸다.

"넌 잘할 거야. 난 알아. 나도 잘할게."

그 말은 미로가 케임브리지대학교로 떠날 때 유리가 했던 말이다. 그때 미로는 자신이 뭐라고 대답했는지 기억이 나지 않았다. 기억하고 싶었다. 하지만 기억한다 해도 그는 말을 할 수 없고, 여자아이의 손을 잡아줄 수도 없었다.

밝고 환하던 빛이 점점 어두워졌다.

"2036년 10월 17일 ……."

여자아이는 잠을 자고 있었다. 미로는 잠든 아이의 곁에 앉아 있었다. 주변에는 비가 내리고 있었다. 주위가 점점 어두워지기 시작했다. 서치라이트 하나가 잠든 아이의 얼굴을 비추었다. 이제 주변은 어둠에 싸였다. 아이 얼굴에서 성숙한 여자의 모습이 보였다. 하지만 눈을 감고 있어서인지 여전히 얼굴은 아이 같았다.

아이의 잠든 얼굴을 지켜보고 있는 미로의 마음이 편안했다. 경직됐던 몸도 많이 부드러워졌다. 누군가가 틀어막고 있던 입도 어느새 자유로워져 있었다. 말을 할 수 있었지만 아이가 자고 있어서, 가만히 있었다. 아이의 얼굴을 계속 바라보고 있는데, 문득 유리가 죽었다는 생각이 스쳤다. 순간 가슴이 꽉 막혀왔다. '유리야 ……!' 미로는 자는 아이의 손을 그러잡았다. 차갑기도 하고, 따뜻하기도 했다. 묻고 싶었다.

'죽은 거니? 정말 죽은 거니?'

눈을 감은 아이는 미로의 물음에 아무런 대답을 하지 않고 그저 편안히 자고 있을 뿐이었다.

"2041년 11월 7일 ……."

오늘이었다.

아이의 얼굴을 비추던 서치라이트가 갑자기 꺼져버렸다. 완전히 어둠에 갇혀버렸다. 그런데 처음에 마주쳤던 어둠과는 달랐다. 미로가 어둠 속에서 움직였다. 걸음을 옮겨 가는 대로 의식도 따라 쫓아갔다. 자신의 의지대로 어디든 갈 수 있을 것 같았다. 신기했다. 발걸음 소리도 들렸다. 바닥은 부드럽지만 발소리는 마치 대리석 위를 걷는 듯 맑게 났다.

어딘가로 가고 있는데, 어디로 가고 있는지 알 수 없었다. 멀리 희미하게 빛이 보였다. 그 빛을 향해 느리지도 빠르지도 않은 걸음으로 걸어갔다. 편안한데, 쓸쓸함도 느껴졌다. 머릿속이 복잡하게 얽혀 있는 것 같기도 하고, 한편으로는 텅 비어 있는 것 같기도 했다. 희미한 빛이 점점 가까워지고 있었다.

빛이 있는 곳에서 뭔가 형체가 보이기 시작했다. 분명 낯선 곳인데, 낯이 익었다. 양쪽으로 갈라지는 길에 다다랐을 때, 불쑥 여자의 목소리가 들려왔다.

"오래 기다렸어요?"

계단을 헛디딘 것처럼 한순간 몸이 아래로 쏠리면서 미로는 눈을 떴다. 어둑한 붉은빛 속에 붉은 머리를 한 여자가 자신을 보고 있었다.

"……!"

여자가 웃으며 미로에게 말했다.

"배고프지 않아요?"

"……!"

미로는 어리둥절한 상태로 주변을 두리번거렸다. 분명한 것은 이 여자는 빨강 머리, 지니였다.

"어떻게 된 일이에요?"

미로가 빨강 머리 여자한테 물어보면서 주변을 계속 둘러보았다. 안쪽으로 갈수록 어둠이 짙어지는 지하통로가 아득히 놓여 있었다.

"전화했잖아요." 빨강 머리 여자가 대답했다.

"예? 제가요?" 미로는 여전히 어리둥절했다.

"생각 안 나요?" 하고 물으며 여자가 가볍게 고개를 가로저었다.

"네. 전혀요."

"휴대전화 줘봐요."

빨강 머리 여자는 미로가 주머니에서 휴대전화를 꺼내자

바로 낚아채더니 통화기록을 열어 미로에게 보여주었다.

"이거 봐요. 빨강 머리, 있잖아요."

휴대전화에는 머리카락이 빨간 여자의 아이콘이 찍혀 있었다.

"밥 먹으러 가요"라고 말하고 아무 일 없다는 듯이, 빨강 머리 여자는 앞장서서 걸어갔다. 미로는 엉거주춤한 자세로 발길을 움직이려다가 멈추고는 다시 고개를 돌려 어두운 지하 통로를 응시했다.

'내가 저곳을 지나온 것인가?' 하고 생각했다.

그럴 수도 있고, 아닐 수도 있다. 그 어떤 것도 명확하지 않았다. 빨강 머리 여자에게 전화를 걸었다는 기억은 전혀 나지 않았다. 하지만 휴대전화에 찍힌 통화기록은 미로의 기억이 잘못되었음을 증언하고 있었다.

"내일 또 퇴짜 맞으면 나하고 같이 가요. 내가 그 자식을 콱!"

목도리로 얼굴의 반을 가린 빨강 머리 여자가 미로를 돌아보며 말했다. 이마까지 흘러내린 빨간 머리카락과 칭칭 감긴 목도리 사이로 여자의 새까만 두 눈이 반짝였다. 미로는 그 눈을 넋을 놓고 바라보았다. 코끝이 아리고, 목이 꽉 잠겨왔다. 그 눈은 처음 보았다. 그리고 그 눈은 아주 오래전, 맨 처음 그의 입술에 자신의 입술을 댔던 여자아이의 눈과 똑같았

다. 문득, 미로는 지니라는 빨강 머리 여자의 생일이 궁금해
졌다.

* * *

미로는 서울에서 평양으로 돌아갈 때 비행기를 타지 않고
일부러 기차를 탔다. 기차는 아버지와 두 번, 탄 적이 있었다.
한 번은 남해로 여행을 갈 때였고, 또 한 번은 원산으로 이사
갈 때였다. 둘 중 어느 때였는지는 잘 기억나지 않지만 아버
지와의 대화가 떠올랐다.

아빠는 손에 들고 있던 물병을 위로 던졌다 받았다 하며 어
린 미로에게 물었다.
"우리가 탄 기차는 달리고 있는데 왜 이 물병은 그대로 아
빠 손에 돌아오는 걸까?"
어린 미로는 대답 대신 고개를 가로저었다.
"잘 봐, 아들."
아빠는 물병을 다시 위로 던졌다. 위로 올라간 물병이 떨어
져 아빠의 손으로 돌아왔다. 어린 미로는 창밖을 바라보았다.
아주 빠른 속도로 풍경들이 빗겨가고 있었다. 물병은 분명히
아빠의 손으로 떨어져서는 안 되었다. 그건 뒷좌석으로 날아

가야 옳았다. 어린 미로의 눈이 동그랗게 커졌다. 그런 아들을
바라보며 아빠가 말했다.

"아빠 손을 떠난 물병은 아주 잠깐 동안 시간을 잊은 거야."

한참을 생각하던 어린 미로가 아빠의 눈을 보며 말했다.

"우리하고 같이 있을 땐 같이 시간을 보내는데, 우리하고
떨어지니까 시간을 잃어버린 거야, 그치 아빠?"

어린 아들의 대답에 아빠는 환하게 웃으며 말했다.

"우리 아들, 참 똑똑하네."

미로는 휴대전화를 꺼내 목록에서 마리를 찾아 통화 버튼
을 눌렀다. 꽤 오래 신호가 간 뒤에 마리의 얼굴이 화면 가득
잡혔다. 잠이 들었다 전화벨 소리에 막 깬 듯 부스스한 모습
으로, 이마 위의 머리카락이 하늘로 뻗쳐 있었다. 마리는 신경
쓰지 않는 듯 쓸어내리려고도 하지 않았다.

"오빠, 웬일? 나 보고 싶었구나." 마리가 말했다.

"……."

"집에 오라고? 서울서 왔어?" 마리가 다시 말했다.

"평양으로 가는 중이야. 기차 안이야."

"와, 기차!"

미로는 휴대전화를 차창 밖으로 돌려 마리에게 주변 풍경
을 보여주었다. 불빛들이 빠르게 지나갔다.

"정말 기차네. 좋겠다, 오빠."

"응, 좋아." 미로가 말했다.

"오빠, 원산엔 언제 와?"

"쿠마르 교수님한테 별일 없으면 내일쯤."

"서울 간 일은 잘됐어? 서울 많이 변했지?" 마리가 서울 간 일을 물었다.

"응." 미로가 시큰둥하게 대답했다.

"아, 마리도 서울 가고 싶다." 마리는 미로의 반응과 상관없이 서울을 떠올리며 대답했다.

"언제 같이 가자." 미로가 마리의 말에 맞장구를 쳐주었다.

"오빠, 근데 뭔 일로 갔어, 서울?"

"여자 친구 만나러."

마리가 주먹을 쥐고 볼 옆에다 댔다.

"농담하지 마. 여자 친구는 원산에 있잖아."

"마리 하나로는 부족해서."

미로의 말에 마리가 환하게 웃었다. 환하게 웃는 마리의 모습이 귀엽다고 생각되는 순간, 마리 얼굴 위로 유리가 겹쳐졌다. 한번 겹쳐지자 잘 지워지지 않았다. 하지만 지워지지 않는 게 아니라 아예 유리의 얼굴로 바뀌어 있었다.

'ADM의 부작용일까?'

미로의 이마에 맺힌 땀방울이 볼을 타고 미끄러져 내렸다.

"왜 그래? 아파?" 마리가 미로의 상태가 걱정스러운 듯 물었다.

"좀 피곤해서. 근데, 마리야."

"응, 오빠."

"나 …… 연구소 그만두고 소설 쓰면 어떨까?"

"닥터 클린워스 주니어?"

"응."

"좋지. 아주 좋은 생각이야."

호응하는 마리의 말에 미로가 어줍은 미소를 지어 보였다.

"생각해놓은 소설 있어?" 마리가 물었다.

"응"

"제목도 지었어?"

"모든 걸 기억하는 남자의 죽음."

미로는 지금 자신의 상황에 맞는 제목을 떠올리며 말했다.

"모든 걸 …… 기억하는 남자 ……?"

마리의 목소리에 불안감이 깃들어 있었다.

"그 남자는 아무것도 잊지 못하다가 결국엔 죽지."

미로의 말에 마리의 표정이 굳어지면서 입이 굳게 닫혔다.

멈추어버린 마리의 동공을 지그시 바라보며 미로가 이어서 말했다.

"그 남자는 사후기계에 머리를 넣고 죽은 연인의 모든 기억이 들어 있는 파일을 입력해. 죽은 연인을 만나기 위해서. 그리고 그 남자는 드디어 그녀를 만나."

"만나서?" 마리가 입을 열었다.

"만나서 얘기를 나누고 사랑도 하고."

"그러곤 다시 헤어지겠군." 마리가 미로의 다음 말을 이어받아 말했다.

미로는 마리의 말에 가만히 웃었다.

"헤어지지. 그리고 ……."

"그리고 죽겠지."

마리가 다시 미로의 말을 이어받아 말했다.

"죽을 수밖에 없지. 모든 걸 기억하게 되었으니까. 아무것도 잊을 수가 없으니까. 더 이상 고통을 잊을 수 없게 되었으니까."

미로의 휴대전화에 메시지가 도착했다는 표시가 들어왔다.

"걱정하지 마. 내가 그 남자는 아니니까." 미로가 마리를 안심시켰다.

"오빠."

"응."

"조심해서 와. 원산에서 만나면, 술 사줘. 딱 한 잔만."

"한 잔? 알았어. 근데 원산에서 마시지 말고, 서울에서 마시자."

미로는 서울에 다시 가야겠다고 생각했다.

"서울에서?" 마리가 되물었다.

"응. 좋은 델 알게 됐어. 아주 근사하더라."

"좋아. 기대할게. 그런데 …… 오빠." 마리가 하려던 말을 멈추었다.

"응?"

"아니야. 만나면 말할게."

마리와 통화를 끝낸 미로는 방금 전에 온 메시지를 확인했다. 나오미 여사로부터 온 메시지였다. 메시지함을 열자 쿠마르 교수가 방금 돌아가셨다는 내용이 적혀 있었다. 미로는 안쪽 깊은 곳이 바늘에 찔린 듯한 고통스러움에 가슴을 부여잡았다. 목이 꽉 잠기고, 코끝이 아려왔다.

문자메시지 아래에 영상파일이 첨부되어 있었다. 영상파일로 건너가는 미로의 손가락이 가늘게 떨리고 있었다. 파일번호 아래 적혀 있는 녹화 시각은 오후 4시 27분. 날짜는 오늘도, 어제도 아니었다.

04:27 PM 04 NOV 2041.

2041년 11월 4일 오후 4시 27분.

쿠마르 교수가 한국으로 오기 전, 런던에서 녹화를 해둔 거였다. 나오미 여사의 휴대전화에 저장된 것으로 보아, 쿠마르 교수를 한국으로 데려오기 위해 런던으로 갔던 그날 녹화한 게 분명했다.

영상에서 야다브 쿠마르 교수는 짙은 회색 양복에 붉은 넥타이를 매고 있었다. 그는 눈을 깜빡이지 않기 위해 잔뜩 힘을 주고 있었다. 그래서인지 그렇지 않아도 큰 눈이 더 커 보였다.

"미로 …… 언제부턴가 말하고 싶었네만 용기가 없었네. 확신도 없었고. 처음엔 …… 자네 아버지가 정말 신이 되고 싶어 한다는 생각을 했어. 하지만 설사 그런 꿈을 꾸고 있다고 해도 말리고 싶진 않았지. 그러다 …… 내가 잘못 생각한 거란 걸 알았어. 클린워스는 그저 순수한 존재였어. 마치 어린아이처럼. 그는 스피릿 필드가 그냥 이론으로만, 가설로만 있는 게 안타까웠지. 실현해보고 싶었던 거야. 하지만 불가능했어. 그건 만유인력이 존재하는 걸 알지만 실현해낼 수 없는 것과 마찬가지였지. 언젠가, 어떤 영민한 과학자에 의해 발견될 뿐인 그런 것 말일세.

하지만 인간이란 별난 동물이라 꿈을 꿀 순 있지만 그 꿈 때문에 어쩌면 더 불행해지는지도 몰라. 클린워스는 내게 보낸 편지에다 이렇게 쓰곤 했다네. 난 새로운 질서가 싫어. 나치 냄새가 나서 말이야. 그러면서 나치로부터 연구자금을 받았던 과학자들의 불행했던 인생을 얘기하곤 했지.

그리고 …… 어쩌면 결국 그도 그들과 비슷한 행로를 걷게 된 건지도 몰라. 슈퍼퓨처의 제안을 받아들인 건, 어쩔 수 없는 일이었지만, 그 어쩔 수 없는 일이 그를 죽음으로 …….”

미로는 차창 밖의 어둡게 가라앉은 산과 들을, 간혹 휘황하게 불을 밝힌 시가를, 무연히 바라보았다. 뭐라고 형언하기 힘든 감정이 지혈되지 않는 혈관으로부터 비어져 나오는 피처럼 천천히 흘러내렸다. 이 피가 다 빠져나가기 전에 죽어가겠지. 그렇게 죽으면, 무엇을 볼 수 있을까. 누구를 만날 수 있을까. 미로의 눈앞으로 닥터 클린워스의 짧은 소설 『당신은 무슨 숫자를 제일 좋아하십니까?』의 마지막 문장이 펼쳐졌다.

27을 270번 더하면 네 자리 숫자가 나온다.
그 두 번째 자리의 수는 2이며,
첫 번째 자리의 수는 7이다.

인터벤션　　한 달 후. 예상했겠지만, 미로는 스피릿 위성으로 돌아가지 못했다. 슈퍼퓨처사의 스피릿 필드 연구소 연구원에서 해임되었기 때문이다. 해임의 이유는 미로에게 전달되지 않았고,

미로도 그 이유를 알려고 하지 않았다. 그리고 미로는 해임 통보를 받기 전에 이미 짐을 싸놓았다.

여기서 당신과 작별을 고해야겠다.

"당신이 있어서 좋았다. 끝까지 애기를 들어줘서 고맙다. 앞으로 당신과 다시 만날 일은 없겠지만, 당신 기억 속에 내가 남아 있었으면 한다. 왜냐하면 기억에서 사라지지 않는 한, 죽은 것이 아니기 때문이다. 죽음을 두려워하는 건 아니지만 잊히는 건 참 싫은 일이다. 내가 당신의 기억에 남아 있는 것이 당신을 괴롭게 하는 것이라면, 나는 당신의 기억에서 영원히 잊혀도 상관이 없다. 안녕, 당신."

미로의 독백

전기뱀장어, 모차르트, 적외선레인지, 달력,
공중회전 장난감, 잃어버린 질량, 전자 메모지, 필
라멘트, 구름, 두 드럼의 원유, 무한 동력 영구기
관, 22번 염색체의 3천4백만 개의 문자, 미라, 외
줄 타기, 최초의 인간, 가짜 오아시스, 궤도속도,
열복사, 임팔라와 제넷, 성서, 신의 주사위, 핑크색
구球, 막스토프 카세그레인 망원경, 정신의학, 압
생트, 콤프턴 효과, 수정시계, 설국雪國, 원통형 필
름, 바보, 머리 없는 원숭이 실험관, 처녀자리, 홍
합 접착제, 오디세이, 방향지시등, 지구, 천체, 우
주, 그리고 무無 …….

이것들의 공통점이 무언지 아십니까?

아시면 답을 적은 메일을 당신에게 보내세요. 메일주소는 아시죠? 당신의 메일주소니까 당연히 아시겠죠.

그런데 반드시 기억해야 할 것이 있습니다. 메일이 14년 뒤에 도착하도록 예약 전송을 해야 합니다. 그렇지 않으면 당신의 메일은 영원히 사라질지 모릅니다.

그런데 왜 14년이냐고요? 그야 저도 모르죠. 어쩌면 당신의 아들이 열네 살이 되어 있을지도 모르겠군요. 하하하!"

한때 CCTV라 불렸던 전자감시회로의 설치와 폐쇄, 철거를 지역의 자율에 맡기는 법안이 통과된 적이 있었다. 하지만 법안이 통과되고도 정작 그것을 시행하는 지역은 단 한 곳도 없었다.

골목, 주차장, 거리, 운동장, 교실, 사무실, 화장실, 공원, 침실 …… 폐쇄회로 카메라는 여전히 그곳에 달려 있었다.

일 년이 지나 법의 효율을 문제 삼은 집권당은 수정법안을 위한 어떤 공청회도 열지 않은 채 그 법안을 말끔하게 폐기했다. 당시 어느 대학교의 철학과 교수가 신문에 기고한 글은 이렇게 시작되었다.

"정의를 실현하는 데 생각보다 큰 용기가 필요하다는 것을 누구나 인정한다. 하지만 사람들이 정작 인정하고 싶은 것은 따로 있다. 정의를 실현하려 하지 않는다면 굳이 용기를 낼 필요조차 없다는 사실이다.

우리가 우리 자신에게 실망하는 일은 우울하지만, 우울해질 것이 두려워 싹을 미리 잘라버리는 것은 더 우울한 일이다. 당연하게도 일단 싹을 잘라버리면 그 식물은 자랄 수 없다.

더 불행한 사실은 우리가 싹을 잘라버린 그 식물이 대단한 희귀종이라 세상에 딱 하나밖에 없다는 사실을 알았다는 거다."

미로

지은이_하창수

2019년 1월 17일 1판 1쇄 인쇄

2019년 1월 31일 1판 1쇄 발행

펴낸이_황재성 · 허혜순

책임편집_박지원

디자인_color of dream

펴낸곳_도서출판연금술사

(04030) 서울시 마포구 동교로 136

신고번호 제2012 − 000255호

신고일자 2012년 3월 20일

전화 02 − 323 − 1762 팩스 02 − 323 − 1715

이메일 alchemistpub@naver.com

www.facebook.com/alchemistbooks

ISBN 979 − 11 − 86686 − 39 − 3 03810

이 도서의 국립중앙도서관 출판예정도서목록(CIP)은
서지정보유통지원시스템 홈페이지(http://seoji.nl.go.kr)와
국가자료공동목록시스템(http://www.nl.go.kr/kolisnet)에서
이용하실 수 있습니다. (CIP제어번호 : CIP2019001519)

이 도서는 한국출판문화산업진흥원의
출판콘텐츠 창작 자금 지원 사업의 일환으로
국민체육진흥기금을 지원받아 제작되었습니다.